Diogenes Taschenbuch 64/XVII

JULES VERNE
Les
NAUFRAGÉS
DU
JONATHAN

Jules Verne

Die Gestrandeten

Band II

Übersetzt von Karl Wittlinger
Mit einunddreißig Illustrationen
von George Roux

Diogenes

Der Titel des Originals lautet
›Les Naufragés du Jonathan‹ (J. Hetzel, Paris 1909)
Die Illustrationen sind der französischen
Erstausgabe entnommen
Die Erstausgabe dieser Neuübersetzung
erschien 1968 im Diogenes Verlag

Veröffentlicht als Diogenes Taschenbuch, 1977

100/77/E/1
ISBN 3 257 20410 8

INHALT

ERSTES KAPITEL

ERSTE MASSNAHMEN

An der Spitze seiner fünfzehn Freiwilligen überquerte der Kaw-djer im Laufschritt die Ebene. Sie brauchten nur wenige Minuten – und waren in Liberia.

Auf dem Platz wurde noch gekämpft, aber man war nicht mehr so recht bei der Sache: Man wollte nicht einfach aufhören, wußte aber auch nicht mehr genau, worum es eigentlich ging.

Das plötzliche Auftauchen der kleinen bewaffneten Truppe schlug ein wie ein Blitz: Damit hatte keiner gerechnet. Wie hätten die Irrsinnigen auch auf die Idee kommen sollen, geladene Gewehrläufe könnten ihrem blutigen Unfug ein Ende machen?

Die Keilerei hörte augenblicklich auf. Die Schläger machten sich davon, die Geschlagenen standen gelähmt, rieben sich ihre Beulen und lutschten an ihren Platzwunden. Alle waren entsetzt aus einem Traum gerissen, den sie nicht verstehen konnten, und keuchten entgeistert wie nach dem erfolgreichen Abschluß einer sinnlosen Anstrengung. Übergangslos wich die Raserei völliger Erschlaffung.

Der Kaw-djer ging zunächst daran, die Brände niederzuhalten, denn ein leichter Südwind trieb

Flammen und Funken über das ganze Lager hin. Beauvals ›Regierungspalast‹ war schon dreiviertel ausgebrannt, und es genügten ein paar kräftige Kolbenstöße, um den Rest prasselnder Bretterwände übereinanderzuwerfen, so daß bald nur noch beißender Rauch aus den verglühten Trümmern hochquoll.

Fünf Mann blieben als Wache bei der ruhig gewordenen Menge zurück; mit den zehn anderen ging der Kaw-djer auf die Suche nach allen übrigen Siedlern. Das war nicht schwierig: Bald hatte sich die neue Situation überall im dichten Nebel herumgeschrien, und man kam von allen Seiten erschöpft zurück: als erste die Schwerarbeiter mit ihren Knüppeln; sie waren glücklich, daß sie endlich aufhören konnten zu prügeln; dann die Opfer, denen der Schreck und die Schmerzen noch in den Gliedern saßen und die dem unerwarteten Frieden noch nicht ganz trauten. Aber auch sie erholten sich rasch; sobald sie den Kaw-djer sahen, fingen sie an zu laufen, und so trafen Prügler und Verprügelte in buntem Durcheinander in Liberia ein.

Eine knappe Stunde, und die ganze Bevölkerung war auf dem Platz versammelt. Wenn man die Masse anschaute, die dichtgedrängt – wie aus einem Guß – dastand, wäre man nie auf den Gedanken gekommen, daß das einmal verschiedene, bös zerstrittene Parteien gewesen sein konnten. Und nur die zahlreichen überall herumliegenden und -hockenden Opfer erinnerten an die vergangene Schlacht.

Keiner verriet Ungeduld; alle zeigten nur grenzenlose Neugierde. Immer noch benommen von der unbegreiflichen Katastrophe, die sie heimgesucht hatte, musterten sie stumm und in angstvoller Erwartung die Gruppe der fünfzehn Bewaffneten, die ihnen gegenüber Aufstellung genommen hatte: Was wird jetzt passieren?

Der Kaw-djer kam zur Mitte, wandte sich an die Siedler, die mit aufgerissenen Augen an ihm hingen, und sagte laut:

»Ab sofort bin ich euer Chef!«

Welch langen und schweren Weg hatte er gehen müssen, um endlich diese sechs Worte aussprechen zu können! Und wie konsequent er dabei vorging: Er erklärte sich nicht nur einverstanden mit dem Prinzip der Autorität; er stellte sich ihm nicht nur als Exekutive zur Verfügung. Nein – er ging von einem Extrem ins andere und übertraf damit die strengsten Autokraten. Er verzichtete nicht nur auf sein bisheriges Ideal, die Freiheit, sondern er trat es mit Füßen: Ohne Rücksicht auf Wille und Zustimmung des Volkes erklärte er sich zu dessen Oberhaupt. Das war mehr als eine Revolution – das war der klassische Staatsstreich!

Ein Staatsstreich übrigens, der erstaunlich unblutig und reibungslos verlief. Der lakonischen Ankündigung des Kaw-djer folgten ein paar Sekunden völliger Stille, dann brandete ein Orkan hoch von Händeklatschen, Hochrufen und Hurras. Die Männer beglückwünschten sich, die Frauen umarmten sich und ihre Kinder – die Begeisterung war grenzenlos.

Die armen Leute hatten wieder Hoffnung: Wenn der Kaw-djer ihre Geschicke in die Hände nahm, waren sie gerettet! Hatte alle Not ein Ende! Wie er das unter den gegebenen Umständen zustande bringen sollte, darüber machte sich allerdings keiner Gedanken. Warum auch: Der Kaw-djer würde sich von jetzt an um alles kümmern – wozu sollte man sich den eigenen Kopf zerbrechen?

Einige wenige konnten sich dem allgemeinen Enthusiasmus nicht anschließen: Es waren die unter der Menge versteckten Parteifreunde von Dorick und Beauval. Aber sie wagten es nicht, ihr Mißfallen anders kundzutun als durch böses Schweigen. Zum erstenmal mußte die Minderheit auf die Mehrheit Rücksicht – und sich vor ihr in acht – nehmen, denn zum erstenmal hatte dieser große Leib einen Kopf, dessen Gehirn die unzähligen Arme zu einer Gefahr machte.

Der Kaw-djer hob die Hand, und als hielte diese einen Zauberstab, wurde es augenblicklich wieder totenstill.

»Hostelier«, sagte er, »wir werden das Notwendige tun, um die Lage wieder zu normalisieren. Um das zu erreichen, muß ich von euch allen unbedingten Gehorsam verlangen und mich darauf verlassen können, daß mich keiner von euch jemals zwingen wird, Gewalt anzuwenden. Geht jetzt nach Hause und wartet dort auf die ersten Instruktionen.«

Das war kurz und klar gesagt und verfehlte deshalb nicht seine Wirkung. Man begriff, daß man von heute an geführt wurde und nicht mehr zu tun brauchte, als sich einfach führen zu lassen. Ein wunderbares Gefühl für diese armen Leute, die bisher mit der Freiheit ununterbrochen so schlechte Erfahrungen gemacht hatten, daß sie sie längst gern für ein Butterbrot hergegeben hätten. Die Freiheit ist ein unschätzbares Gut – genießen kann man sie aber nur, wenn man dabei zu leben hat. Und im Augenblick war man in Not und dachte an nichts anderes als an das Leben – an das Überleben!

Man gehorchte sofort und ohne Widerreden. Der Platz leerte sich im Nu, alle – sogar Dorick – führten den Befehl aus und schlichen sich in ihre Baracken und Zelte zurück.

Der Kaw-djer sah ihnen nach, wie sie sich erleichtert nach allen Seiten hin verdrückten, und ein bitterer Geschmack legte sich ihm auf die Zunge. Hätte er noch einen Rest von Illusionen gehabt – bei diesem Anblick wären sie verflogen. Nein, es war ein Irrtum gewesen: Der Mensch haßte den Zwang nicht – er brauchte ihn. Er war zu schlapp und zu feige, um in Freiheit zu bestehen!

Ungefähr hundert Siedler standen immer noch

irgendwo herum, und der Kaw-djer ging stirnrunzelnd zu ihnen hin: Hatten sie ihn nicht recht verstanden, oder wollten sie nicht?

Da trat einer vor und sprach ihn im Namen der anderen an: Sie könnten nicht in ihre Behausungen zurück, weil sie keine hätten. Sie seien im Zug jener grotesken ›Strafexpedition‹ von ihren Höfen vertrieben worden und zum Lager zurückgekommen – die meisten von ihnen in den letzten Tagen – und hätten jetzt kein Dach überm Kopf als den freien Himmel.

Der Kaw-djer versicherte ihnen, er werde sich um sie in besonderer Weise kümmern – vorerst sollten sie die Reservezelte aufschlagen. Damit waren sie zufrieden, und so konnte man zum Notwendigsten kommen – zur Ersten Hilfe für die Opfer des Aufstands.

Es waren eine ganze Menge. Die meisten lagen auf dem Platz, die andern wurden gesucht, bis alle nebeneinander aufgebahrt waren.

Dabei stellte sich heraus, daß die Unruhen insgesamt zwölf Menschenleben gefordert hatten einschließlich der drei Plünderer, die bei dem Angriff auf das Gehöft der Rivière umgekommen waren. Man hatte nicht viel Grund, diesen Toten nachzutrauern. Nur einer von ihnen gehörte zum ›gesunden‹ Teil der hostelischen Bevölkerung; er war einer der im Laufe des Winters aus dem Landesinneren zurückgekommenen Ansiedler. Alle andern gehörten zu den Banden von Dorick und Beauval, und ihr Verschwinden konnte für die Ruhe und Ordnung auf der Insel, die man jetzt so dringend brauchte, und auch für die Arbeiten, die man in Angriff nehmen mußte, nur von Vorteil sein.

Die blutigsten Verlierer waren natürlich die

Randalierer selbst gewesen, denn sie hatten am Ende mit letzter Erbitterung aufeinander eingeschlagen und -gestochen. Das neugierige Publikum dagegen, das nach dem Ausbruch des Feuers davonlief, war zwar wild verfolgt und sinnlos verprügelt worden, hatte dabei aber – wenn man von dem einen erschlagenen Siedler absah – nur Verletzungen davongetragen: Quetschungen, Brüche, ein paar Messerstiche; glücklicherweise stellte sich nichts davon als lebensgefährlich heraus.

Trotzdem gab das für den Kaw-djer viel Arbeit, und er scheute sich nicht, sie mit der gewohnten Selbstverständlichkeit zu übernehmen. Er hatte sich die neue Verantwortung für über tausend Männer, Frauen und Kinder ja nicht blindlings aufgeladen. Und wie übermenschlich die Schwierigkeiten seiner Aufgabe auch sein mochten – sein Mut und sein Selbstvertrauen waren noch größer.

Er untersuchte die Verletzten, legte ihnen Verbände an und ließ sie in ihre Wohnungen bringen. Und erst als der Platz völlig leer war, stellte er fünf Mann als Posten auf und ging mit den zehn übrigen zurück nach Neudorf. Denn dort wartete eine andere Pflicht: Halg. Vielleicht lag er im Sterben – vielleicht war er schon tot . . .

Halgs Zustand war unverändert, und der junge Indio befand sich in den besten Händen. Graziella und ihre Mutter lösten sich an seinem Bett mit Karroly ab, und auf die Sorgfalt solcher Pflege konnte man sich verlassen.

Als der Kaw-djer kam, stand Graziella leise auf. Das junge Mädchen hatte eine so harte Schule hinter sich, daß es ihr nicht schwerfiel, ihren Schmerz und ihre Sorgen zurückzuhalten und ruhig und präzise alle Fragen zu beantworten.

Es ging dem Patienten etwas besser. Er hatte wenig Fieber, erwachte aber nur selten aus seinem Schwächeschlaf und stöhnte dann fast unhörbar. Auf seinen blauen Lippen stand immer noch hellroter Schaum, aber er rann immer spärlicher und war nicht mehr so stark mit Blut vermischt: ein gutes Zeichen.

Inzwischen beluden sich die zehn Männer, die den Kaw-djer begleitet hatten, mit Lebensmitteln und verteilten alles sorgfältig in Liberia. Sie gingen von Tür zu Tür, bis jeder seine Ration hatte. Dann stellten sie Wachen für die Nacht aus und legten sich schlafen.

Auch der Kaw-djer, der ihnen nachgekommen war und die Aktion überwacht hatte, rollte sich in eine Decke. Aber er konnte trotz körperlicher Erschöpfung nicht zur Ruhe kommen: Sein Geist arbeitete.

Wenige Schritte vor ihm standen zwei Posten: unbewegliche Statuen. Die Stille war vollkommen. Der Kaw-djer hatte die Augen offen und träumte.

Was wollte er hier? Was hatte er getan? Warum ließ er sein besseres Wissen durch banale Wirklichkeit vergewaltigen? Durch Tatsachen, die immer

schwerer auf ihm lasten und ihn am Ende erdrükken würden?

Zugegeben: Vielleicht hatte er bisher in einem Irrtum gelebt? Aber er war zufrieden gewesen in diesem Irrtum. Wer hinderte ihn, zurückzukehren in das Refugium seiner Illusionen? Es lag alles in seiner Entscheidung. Er brauchte nur aufzustehen und dieses ganze grausam ernüchternde Abenteuer zu vergessen in der Ziellosigkeit, die er bisher als Glück verstanden hatte.

Es blieb die Frage: Würde ihm sein altes Leben das wiederbringen, was die jüngsten Erfahrungen zerstört hatten? Konnte er überhaupt weiterleben im Bewußtsein, tausend Menschen einem falschen Gott geopfert zu haben? Nein, für diese tausend trug er jetzt die Verantwortung – nicht nur ihnen, sondern auch sich selbst gegenüber. Und frei wurde er erst wieder, wenn er sie alle Schritt für Schritt zum sicheren Hafen geführt hatte.

Also – fangen wir an! Aber welchen Weg sollte man einschlagen? War es nicht für alles längst zu spät? Konnte er – konnte überhaupt irgendein Mensch – dieses Volk noch retten? War dieser Haufen moralischen Unrats und geistiger Minderwertigkeit nicht von vornherein hoffnungslos zum Untergang verdammt?

Kalt und sachlich wog der Kaw-djer das Gewicht seiner Bürde und schätzte die Möglichkeiten ab. Was war seine Pflicht? Welche Mittel standen ihm zur Verfügung, sie zu erfüllen?

Die armen Teufel nicht verhungern zu lassen – das war wohl das erste, die *conditio sine qua non*. Aber damit war noch nicht viel getan, genau genommen überhaupt nichts. Leben bedeutet schließlich mehr als die biologischen Bedürfnisse befriedigen – mehr sogar, als sich der menschlichen Würde bewußt zu sein. Leben heißt vielmehr: selbständig sein im Dienst der anderen; stark sein, um gut sein zu können. Ja, dahin mußte er sie bringen, nachdem er sie vom Tod gerettet hatte: Menschen mußten sie wieder werden!

Und erneut stellte sich die Frage: Waren diese degenerierten Zweibeiner noch fähig, sich aufzuschwingen – sich auf dieses Niveau heben zu lassen? Alle bestimmt nicht – aber vielleicht einige? Einzelne? Wenn man sie an der Hand nahm und ihnen die Sterne zeigte, die zu entdecken sie selber nicht imstande waren?

So meditierte der Kaw-djer in die stille Nacht hinein. Und so brachen die Reste seines Widerstands zusammen. Und langsam gingen seine letzten Vorbehalte über – zunächst in allgemeine Pläne, schließlich in die praktischen Richtlinien, nach denen er künftig vorgehen wollte.

Bei Tagesanbruch war er längst auf den Beinen und kam schon wieder von Neudorf zurück, wo er mit großer Befriedigung festgestellt hatte, daß in Halgs Befinden eine weitere leichte Besserung eingetreten war.

Er trat sofort sein Amt an – als Gouverneur der Kolonie und als Bürgermeister der Hauptstadt. Seine erste Maßnahme setzte sogar jene in Erstaunen, die ihn gut kannten: Er trommelte die zwanzig oder fünfundzwanzig Maurer und Zimmerleute zusammen, die es auf der Insel gab, stellte ihnen etwa zwanzig ordentliche Bauern zur Seite, die mit Hacke und Schaufel umgehen konnten, und teilte allen die Arbeit zu. Es mußte ein Fundament ausgehoben werden, und auf ihm sollte das beste der zerlegbaren Häuser erstellt werden. Dieses war mit Stützmauern zu versehen, so daß es besonders stabil und sicher wurde. Den Plan für die räumliche Aufteilung zeichnete der Kaw-djer in den Sand – dann ernannte er den Zimmermann Hobart zum Bauführer und ging mit zehn Mann seiner Truppe aus Neudorf auf die Suche nach der geeigneten Baracke.

Er fand sie gleich nebenan. Es war das Domizil von Lewis Dorick, der sich hier mit den Brüdern Moore, Sirdey und Kennedy eingenistet hatte. Der Kaw-djer klopfte kurz an und trat ein.

Die fünf Männer waren gerade in eine heftige Auseinandersetzung verwickelt. Als sie ihn sahen, standen sie wütend auf.

»Was haben Sie hier zu suchen?« fragte Lewis Dorick grob. Der Kaw-djer blieb unter der Tür stehen und erwiderte kalt:

»Die Kolonie braucht dieses Haus.« Er trat einen Schritt vor.

»Braucht dieses Haus?« wiederholte Dorick – er traute seinen Ohren nicht. »Wozu denn?«

»Um die Verwaltung unterzubringen. Ich ersuche Sie, unverzüglich zu räumen.«

»Ach nein!« Dorick wurde ironisch: »Und wohin evakuieren uns der Herr Gouverneur?«

»Gehen Sie, wohin Sie wollen. Bauen Sie sich eine neue Hütte.«

»So so! Und bis die fertig ist – ?«

»– stehen Ihnen Zelte zur Verfügung.«

Dorick war vor Wut rot angelaufen: »Hauen Sie ab! Dort ist die Tür!«

Der Kaw-djer trat zur Seite – seine bewaffnete Eskorte, die draußen geblieben war, wurde sichtbar.

»In diesem Fall«, sagte er ohne eine sichtbare Spur von Erregung, »bin ich leider gezwungen, Sie mit Gewalt zu entfernen.«

Lewis Dorick hatte schon begriffen, daß Widerstand zwecklos war, und steckte sofort zurück.

»Na schön«, sagte er verärgert, »wir gehen ja schon. Lassen Sie uns Zeit zu packen, unsere Sachen werden wir ja wohl noch mitnehmen dürfen –«

»Nein«, unterbrach ihn der Kaw-djer. »Ich will gern veranlassen, daß Ihnen Ihr persönliches Eigentum zurückerstattet wird. Alles übrige gehört der Kolonie.«

Das war zuviel für den sozialistischen Propheten. In seiner Wut vergaß er alle Vorsicht.

»Werden wir ja sehen!« brüllte er und griff an seinen Gürtel.

Aber das Messer war noch nicht aus der Scheide, da wurde es ihm schon weggerissen.

Die Brüder Moore wollten ihm zu Hilfe kommen. Den größeren von ihnen packte der Kaw-djer am Hals und warf ihn gegen die Wand; inzwischen betrat die Wache des neuen Gouverneurs den Raum. Sie brauchte jedoch nicht mehr einzugreifen. Die fünf Helden bekamen es mit der Angst – verzichteten auf jeden weiteren Widerstand und verkrümelten sich.

Der Lärm dieser kurzen Auseinandersetzung war ringsum gehört worden. Neugierige drängten sich vor der Tür, und Dorick mußte mit seinen Kumpanen Spießruten laufen durch ein Spalier von Schadenfreude und Gelächter: von Männern und Frauen, die gestern noch ängstlich verschwunden waren, sobald die fünf irgendwo auftauchten. Das Blatt hatte sich gewendet.

Mit Hilfe seiner Leibwache führte der Kawdjer eine peinlich genaue Haussuchung durch. Wie er versprochen hatte, ließ er alles, was man als persönliches Eigentum ansprechen konnte, beiseite legen, um es den Besitzern später wieder auszuhändigen.

Was man jedoch neben diesen paar Habseligkeiten noch alles fand, war mehr als erstaunlich, aufschlußreich und von größtem allgemeinem Nutzen: Das hinterste Zimmer war in eine einzige Vorratskammer verwandelt worden. Hier lagen die Lebensmittel bis zur Decke gestapelt: Konserven, Trockengemüse, Corned beef, Tee, Kaffee und so weiter – ein klug zusammengestelltes Sortiment, das für Monate ausreichen mußte.

Wie hatten Lewis Dorick und seine Gesellen sich

das alles beschafft? Fest stand nur, daß sie bisher keinen Augenblick lang zu hungern brauchten, was sie allerdings nicht daran gehindert hatte, lauter zu jammern als alle übrigen, nicht zuletzt aus politischen Gründen: um die Regierung zu stürzen – was ihnen ja auch gelungen war.

Der Kaw-djer ließ diese Lebensmittel auf den Platz schaffen, wo sie zwischen Gewehrpyramiden gestapelt wurden. Dann begann der Trupp der zu diesem Zweck dienstverpflichteten Arbeiter, unter der Leitung des Schlossers Lawson die Baracke zu demontieren.

Unterdessen durchsuchte der Kaw-djer mit seinen Leuten sämtliche anderen Behausungen und brach die Arbeit erst ab, als es im ganzen Lager keinen Winkel mehr gab, der als Versteck dienen konnte.

Das Ergebnis, das gegen Abend vorlag, übertraf alle Erwartungen: Bei sämtlichen Auswanderern, die mehr oder weniger gute Beziehungen zur bisherigen Regierung oder zur Opposition unterhalten hatten, aber auch bei anderen, die sich in den Perioden relativen Überflusses eingeschränkt hatten, fand man ähnliche Hamsterlager wie bei Dorick.

Um nicht in Verdacht zu kommen, hatten sich diese Leute fleißig dem allgemeinen Heulen und Klagen angeschlossen, und der Kaw-djer erkannte mehr als einen wieder, der ihn angebettelt und skrupellos von den Vorräten aus Neudorf Lebensmittel angenommen hatte. Jetzt waren sie überführt und taten sehr verlegen, obwohl sich der Kaw-djer seine Gefühle nicht anmerken ließ.

Immerhin hatte ihm auch diese Entdeckung wieder neue Einblicke verschafft in die unerbittlichen Gesetze, von denen die Welt regiert wird. Diese Leute waren taub gewesen gegen Hunger und Not und hatten mitgeschrien vor Angst, ihren Überfluß teilen zu müssen. War das nicht ein weiterer Beweis dafür, daß auch dem menschlichen Individuum nichts heiliger ist als der wilde Instinkt, seine physische Existenz zu erhalten? Was zeichnete sie denn überhaupt aus gegenüber der sie umgebenden Natur? Hätten sie sich vielleicht anders verhalten, wenn sie statt vernunftbegabter, fühlender Geschöpfe simple Agglomerate irgendeiner physiologischen Substanz gewesen wären, die den Fatalitäten ihrer Urzelle folgend blind weiterwuchern müssen?

Der Kaw-djer brauchte jedoch diese Demonstration – die übrigens nicht die letzte bleiben sollte – nicht mehr. Er war überzeugt. Sein Traum hatte ihn betrogen und nichts zurückgelassen als eine entsetzliche Leere. Er wollte dieses Vakuum nicht mehr anfüllen mit neuen Irrtümern. Er fing an, seinen Fehler zu begreifen: Er hatte als Philosoph ein Kartenhaus aus Idealen errichtet statt als Wissenschaftler eine Festung aus Erfahrungstatsachen. Spekulationen statt Einsicht in die Tugenden und Laster der Menschheit, in ihre Größe und ihre Schwächen – und in den ungeheuren und wunderbaren Kosmos ihrer Mannigfaltigkeit!

Er hatte es sich zu leicht gemacht: Er hatte mit seiner kleinen Logik alles Übel in der Macht gesehen und diese pauschal verdammt, weil sie nicht unfehlbar sein konnte. Gab es denn sonst irgendwo Unfehlbarkeit als Ausdruck der Vollkommenheit? Und sollte das Privileg der Unvollkommenheit nur den Kleinen und Schwachen zustehen?

Warum hatte er nicht vernünftigerweise von der Unvollkommenheit aller auf die der Mächtigen geschlossen und damit die Notwendigkeit einer unzulänglichen Ordnung anerkannt?

Sein berühmtes Credo war zerbröckelt und zu Staub zerfallen. ›Kein Gott und kein Herr‹ hatte er proklamiert – und sich nun selbst zum Herrn gemacht!

Und wie stand es um den ersten Teil seiner Devise: ›Kein Gott‹? Wurde diese Behauptung durch sein Vorgehen nicht auch widerlegt oder zumindest erschüttert?

Gewiß, er brauchte diesem Teil seines Glaubens – oder vielmehr Unglaubens – nicht abzuschwören. Aber er mußte vorsichtiger werden! Wo der Wissenschaftler ein Problem nicht mehr lösen kann, weil er damit die Schwelle des Irrationalen überschreitet, tut er gut daran, zu schweigen und abzuwarten.

Und daß es im All nichts gibt als Materie und physikalische Gesetze, war unbeweisbar. Der

Kaw-djer gestand sich ein, daß er unerklärliche Geheimnisse nicht in den Kampf der Hypothesen geworfen, sondern seine persönliche Meinung darüber kategorisch proklamiert hatte, und daß diese Anmaßung größenwahnsinnig und dumm gewesen war.

Als die bemerkenswerteste Fundgrube hatte sich die Baracke erwiesen, die der Ire Patterson bewohnte, zusammen mit Long, dem Überlebenden seiner beiden Untermieter. Man war aus purer Routine in diese Hütte gegangen, die viel zu winzig schien, um irgendein Versteck zu enthalten.

Aber Patterson hatte diese Winzigkeit durch seinen Fleiß ausgeglichen, indem er unter dem groben Fußboden einen tiefen Keller ausscharrte.

Dort fand man so viele Lebensmittel, daß man alleine damit die ganze Siedlung gute acht Tage verpflegen konnte. Der unglaubliche Vorratshaufen hatte eine tragische Bedeutung insofern, als mitten darin der arme Blaker verhungert war. Den Kaw-djer packte das Entsetzen bei dem Gedanken, daß Patterson diesem Vorgang kaltblütig zugeschaut hatte.

Der Irländer war sich übrigens keinerlei Schuld bewußt – im Gegenteil: Er protestierte arrogant und energisch gegen den Raub, dessen Opfer er werden sollte. Der Kaw-djer versuchte ihm geduldig auseinanderzusetzen, daß jetzt jeder zur Rettung aller beitragen müsse – er predigte einem Stein. Und auch die Drohung mit Gewalt stieß

ins Leere. Patterson war kein Lewis Dorick, er ließ sich nicht einschüchtern. Was kümmerte ihn die Schutztruppe des neuen Gouverneurs? Er versicherte, er werde seine Habe gegen eine ganze Armee verteidigen, wenn es sein müsse. Was ihm gehörte, war sein Eigentum! Er hatte sich alles am Mund abgespart – und nicht für andere, sondern für sich selber! Und wenn sich eine Beschlagnahme wirklich nicht umgehen ließe, mußte man ihn zumindest angemessen mit Bargeld entschädigen!

Über solche Argumente und eine solche Forderung hätte der Kaw-djer früher nur gelacht. Heute ließen sie ihn aufhorchen. Am Ende hatte der Geizkragen sogar recht! Wenn man die völlig verwirrten Hostelier ins Geleise ihrer zivilen Gewohnheiten zurückschieben wollte, mußte man die Spielregeln wieder einführen, die sie verstanden und als gültig anerkannten. Und die erste und einzige Universalreligion dieser Welt ist das Recht auf Eigentum.

Der Kaw-djer hörte sich die Ausführungen Pattersons also aufmerksam an und versicherte ihm dann, es handle sich um eine Requirierung im allgemeinen Interesse, und selbstverständlich müsse die Allgemeinheit den Gegenwert bezahlen. Da ging das Protestgeschrei sofort in Jammern und Stöhnen über: Alles Eßbare auf der Insel sei geradezu unbezahlbar selten und entsprechend teuer, jedes Stück Brot nicht mit Diamanten aufzuwiegen –

Es waren endlose Verhandlungen nötig, um den Preis jeder Konservendose zu diskutieren und schließlich eine pauschale Entschädigung auszuhandeln. Aber dann half Patterson fleißig mit, sein mit sagenhaften Gewinnen abgestoßenes Warenlager zu räumen.

Gegen sechs Uhr abends waren alle Vorräte Liberias auf dem Platz gestapelt. Sie ergaben eine ganz beachtliche Pyramide. Der Kaw-djer schätzte alles ab, fügte in Gedanken die noch in Neudorf lagernden Reserven hinzu und kam zu dem Schluß, daß diese Lebensmittel bei strenger Rationalisierung für zwei Monate ausreichen müßten.

Man führte sofort die erste Verteilung durch. Die Auswanderer stellten sich in eine Schlange, und jeder erhielt die ihm und seiner Familie zustehende Ration. Mit großen Augen nahmen sie die Verpflegung entgegen, hatten sie doch tags zuvor noch geglaubt, verhungern zu müssen. Wieder einmal war ein Wunder geschehen – und wieder einmal hatte es der Kaw-djer vollbracht.

Nach dieser Verteilung kehrte er mit Harry Rhodes nach Neudorf zurück, und beide gingen zu Halg. Zu ihrer großen Freude konnten sie feststellen, daß die Besserung in seinem Befinden anhielt und mit welchem Geschick ihn Tullia und Graziella pflegten.

Damit hatte der Kaw-djer alles Vordringliche erledigt und konnte endlich an die langfristigen Pläne denken, die zu verwirklichen er in der vergangenen schlaflosen Nacht den Entschluß gefaßt hatte. Er wandte sich Harry Rhodes zu und sagte:

»Wir müssen jetzt miteinander reden – bitte kommen Sie!«

Der geradezu schmerzhaft strenge Ausdruck in seinem Gesicht verwunderte Harry Rhodes, und er gehorchte schweigend. Beide verschwanden im Zimmer des Kaw-djer – die Tür wurde verriegelt.

Eine Stunde später öffnete sie sich wieder, ohne daß irgendein Außenstehender erfahren hatte, was besprochen worden war. Der Kaw-djer schien unbeteiligt wie immer, vielleicht noch etwas verschlossener als sonst. Harry Rhodes dagegen war vor freudiger Initiative wie umgewandelt. Beinahe ehrerbietig verabschiedete er sich von seinem Freund, der ihn vors Haus begleitete, und drückte ihm noch einmal die Hand:

»Sie können mit mir rechnen!«

»Ich muß mich auch auf Sie verlassen«, antwortete der Kaw-djer und sah Harry Rhodes nach, bis dieser im Dunkel verschwunden war.

Dann nahm er sich Karroly vor, der sich seine Anweisungen mit dem gewohnten Respekt anhörte. Schließlich ging er nach Liberia zurück und legte sich – wie am Abend zuvor in eine Decke gewickelt – auf dem Platz zum Schlaf nieder.

Früh am nächsten Morgen ließ er alle Erwachsenen aufwecken und holen. Sobald sie versammelt und zum Schweigen gebracht waren, sprach er sie an:

»Hostelier«, sagte er, »heute bekommt ihr zum letztenmal eure Verpflegung zugeteilt. Ab morgen werden alle Lebensmittel verkauft – zu Preisen, die ich festlege. Der Ertrag fließt in die Staatskasse. Keinem von euch fehlt es an Geld, also wird auch niemand hungern. Jeder, der sich jetzt meldet, wird angestellt und erhält seinen Lohn. Von diesem Augenblick an gilt hier die Arbeit als Gesetz.«

Allen kann man es nie recht machen, und zweifellos war diese Ansprache für manchen gar nicht so sehr nach seinem Geschmack. Aber den meisten gab sie einen ungeheuren Auftrieb. Ihre Gesichter wurden klar, ihre Gestalten strafften sich; sie spürten, wie sie plötzlich belebt wurden von einer neuen Kraft. Endlich war Schluß mit dem faulen Herumliegen; endlich brauchte man sie wieder; endlich konnten sie wieder etwas tun, etwas leisten! Sie hatten wieder ihren Wert, sie arbeiteten, sie lebten wieder!

Ein vielstimmiges, gewaltiges »Hurra!« – und mehr als tausend Arme streckten sich dem Kaw-djer entgegen, zeigten ihm die Muskeln, waren bereit, anzufangen.

In diesem Augenblick hörte man, als sei es die Antwort auf die Begeisterung der Menge, in der Ferne einen schwachen Ruf.

Der Kaw-djer und alle andern drehten sich um: Draußen schwamm die *Wel-kiej* mit Karroly am Steuer; im Bug stand Harry Rhodes und winkte zum Abschied; mit voll aufgebauschten Segeln rauschte die Schaluppe hinaus, der steigenden Sonne entgegen.

ZWEITES KAPITEL

EINE STADT WIRD GEBAUT

Unverzüglich ging der Kaw-djer an die Verteilung der Arbeiten. Alle, die sich meldeten – und es darf gesagt werden: das waren die meisten –, wurden angestellt. In Bautrupps eingeteilt, die jeweils einem Vorarbeiter unterstanden, hoben sie zunächst eine Fahrstraße aus, die Liberia mit Neudorf verbinden sollte. Eine Gruppe von Zimmerleuten und Maurern wurde zum Abbau und Transport der zerlegbaren Häuser eingesetzt. Denn bisher waren alle Hütten in willkürlichem Durcheinander aufgestellt worden; jetzt sollten sie nach einem Stadtplan angeordnet werden, den der Kaw-djer ausgearbeitet hatte: Die meisten Häuser würden zu beiden Seiten der Straße stehen, einige hinter der ehemaligen Behausung Doricks, die dort aufgebaut wurde, wo vorgestern Beauvals ›Regierungspalast‹ abgebrannt war.

Eine Schwierigkeit ergab sich sofort: Man hatte nicht mehr genügend Werkzeuge für die verschiedenen Arbeiten. Denn die Siedler, die ihre Höfe aus diesem oder jenem Grund aufgeben mußten, waren natürlich ohne die Geräte wiedergekommen, die sie fortgeschafft hatten. Es blieb keine andere Möglichkeit als sie wegzuschicken, um ihre

Hacken und Spaten, Hämmer, Sägen und Zangen wieder zu holen.

So mußten viele Arbeiter noch einmal den Weg gehen, auf dem sie sich kurz vorher ausgehungert nach Liberia zurückgeschleppt hatten. Aber jetzt schien ihnen dieser Weg nur halb so lang: Es war Frühling, es gab zu essen, und man hatte die Gewißheit, daß zu Hause Arbeit und Verdienst warteten.

Nach ungefähr zehn Tagen waren alle wieder zurück, und nun ging es rasch vorwärts: Die Straße schob sich Meter um Meter voran, die Häuser gruppierten sich in symmetrischer Harmonie. Jedes stand frei, so daß man es später mit einem großen Garten umgeben konnte. Und breite Wege trennten die einzelnen Gebäude – das provisorische Lager begann das Gesicht einer Stadt anzunehmen. Gleichzeitig wurden aller Schutt und Schmutz entfernt, die die bisherige Nachlässigkeit der Bewohner angehäuft hatte.

Das vom Kaw-djer konfiszierte Haus Doricks war als erstes in Angriff genommen worden und schon bald halbwegs bewohnbar.

Es hatte nicht viel Zeit und Mühe gekostet, das leichte Bauwerk zu demontieren und an seinem vorgesehenen Platz neu aufzustellen. Es wäre sogar noch leichter gewesen, wenn man das Gebäude nicht beträchtlich vergrößert hätte. So war es zwar noch nicht ganz fertig, aber die Wände standen schon fest im Boden verkeilt, das Dach war aufgesetzt und die Innenräume konnten bezogen werden. Es fehlten nur noch die äußeren Stützmauern.

Am 7. November zog der Kaw-djer ein. Der Grundriß des Baus war denkbar einfach: Im Zentrum war der Vorratsraum, ringsum lagen die Zimmer. Sie alle waren miteinander verbunden, und jedes hatte eine Tür nach Norden, Osten oder Westen. Nur eines auf der Südseite hatte keinen Ausgang ins Freie – man konnte es nur von der Mitte aus erreichen.

Auf den Türen wurden bemalte Schilder angebracht, die verrieten, in welche der Dienststellen man eintrat: ›*Verwaltung*‹, ›*Gericht*‹, ›*Polizei*‹ stand auf den Eingängen im Norden, Westen und Osten. Die Tür vom Vorratsraum ins Südzimmer trug keine Aufschrift; aber bald glaubte jeder zu wissen, daß dieser Raum als *Gefängnis* vorgesehen war.

Der Kaw-djer verließ sich also nicht mehr ausschließlich auf die Vernunft seiner lieben Mitmenschen, sondern stützte seine Autorität fest auf den bewährten Dreifuß: soziale Gerechtigkeit, Macht und Strafe.

So mündete sein langer und sinnloser Widerstand endlich ein in die unvermeidlichen Gesetze, ohne deren Anwendung unsere menschliche Unzulänglichkeit seit eh und je allen Fortschritt und jede Zivilisation verhindert hätte.

Aber Dienststellen und Türschilder waren noch nicht mehr als das Skelett einer Administration. Man mußte diese Stellen auch besetzen – man brauchte Beamte. Der Kaw-djer ernannte sie unverzüglich.

Hartlepool unterstellte er die Polizei: vierzig

sorgfältig ausgewählte und durchweg verheiratete Männer. Das Richteramt behielt sich der Kaw-djer selbst vor; mit den laufenden Geschäften betraute er Ferdinand Beauval. Die Ernennung war Anlaß allgemeiner Verwunderung; allerdings hatte der Kaw-djer einige Tage vorher eine Entscheidung getroffen, die noch weit mehr Aufsehen erregte.

Die Auszahlung der Löhne und der Verkauf von Lebensmitteln machten viel Arbeit. Denn obwohl es in der Praxis meist auf einen direkten Tausch von Leistung gegen Waren – unter Einschaltung des Geldes zur Begleichung von Differenzbeträgen – hinauslief, so war doch eine sauber funktionierende Buchhaltung erforderlich. Und der Kaw-djer ernannte John Rame zum Prokuristen. Dieser junge Mensch, den seine Ausschweifungen vorzeitig um Vermögen und Gesundheit gebracht hatten, war intelligent, aber unter den gegebenen Verhältnissen einfach nicht lebensfähig. Was er sich bei seinem Entschluß, in Südafrika zu siedeln, gedacht haben mochte, blieb allen – wahrscheinlich sogar ihm selber – ein Rätsel. Nun hatte er die rauhe Wirklichkeit eines antarktischen Winters kennengelernt, und es grenzte an ein Wunder, daß dieses labile Kerlchen überhaupt noch existierte. Und jetzt sollte er auch noch – für ihn die einzige Erwerbsmöglichkeit – als Erdarbeiter im Straßenbau eingesetzt werden!

Schon am Abend des ersten Tages mußte er aufgeben, ausgepumpt, gebrochen von der Überanstrengung, die weißen Fingerchen geplatzt und aufgerissen. So fand ihn der Kaw-djer, übergab ihm die Buchführung, und John Rame war glücklich! Schon in den ersten Tagen ging er völlig auf in seinen Rubriken. Und dann sah und hörte man nie mehr etwas von ihm. Er war in sein Amt versunken wie in ein Grab. Und es gab nie eine Abrechnung oder Inventur, die nicht genau stimmte.

Die Qualitäten eines Volksführers erweisen sich nicht zuletzt in seiner Fähigkeit, alle – auch die schwachen – Pferde vor den Wagen des Staates zu spannen. Alleine kann er ihn nicht ziehen, und so zeigt sich sein Talent vielleicht noch überzeugender in der Auswahl der Mitarbeiter.

Die Ernennungen, die der Kaw-djer aussprach, mochten kurios erscheinen, aber es waren wohl doch die besten Leute, die er finden konnte. Er ging ja nur von der einen Überlegung aus, zugunsten der Allgemeinheit aus jedem das Mögliche herauszuholen. Und Beauval zum Beispiel war bei all seiner Unfähigkeit als Regierungschef ein guter Advokat und damit besser als irgendein anderer qualifiziert, Mißverständnisse und Schwierigkeiten auszuhandeln – selbstverständlich unter dem Vorsitz des Kaw-djer, der schließlich das Urteil sprach.

Anders lag der Fall bei John Rame. Wie aus diesem demoralisierten Waschlappen von einem Tag auf den andern ein zuverlässiger Beamter werden konnte, blieb sogar ihm selbst unverständlich.

Nachdem der Kaw-djer also die Verwaltung des hostelischen Staates durchorganisiert hatte, ging er mit der ihm eigenen ungewöhnlichen Energie an die praktische Arbeit.

Neudorf hatte er endgültig verlassen. Seine Instrumente, Bücher und Medikamente waren in die ›Regierung‹ geschafft worden – so nannte man inzwischen das Verwaltungsgebäude, und dort schlief er auch jeden Tag ein paar Stunden.

Die übrige Zeit schien er überall gleichzeitig zu sein. Er sprach die Arbeiter an, half Schwierigkeiten aus dem Weg zu räumen und sorgte für allgemeine Ruhe und Zufriedenheit. Keiner traute sich, in seiner Gegenwart Streit anzufangen oder ihm zu widersprechen. Wo immer er auftauchte, lief die Arbeit schneller – so, als ob sein bloßes Erscheinen sämtliche Muskeln angespannt hätte.

Natürlich wußte kaum einer von diesem elenden Volk, das er einer besseren Zukunft zuführen wollte, wie schwer ihm sein Entschluß geworden war. Und hätten sie es gewußt, wären sie zu dumm gewesen, um diesen Zwiespalt aus der Perspektive ihres kleinen materialistischen Denkens heraus zu begreifen.

Aber eigentlich hätten sie es ihm ansehen müssen. Er war nie ein mitteilsamer Mensch gewesen. Aber jetzt erinnerte er an eine Statue. Besonders sein Gesicht war unbeweglich wie Marmor. Nichts konnte ihn mehr zum Lachen bringen, er sagte nur noch das absolut unumgänglich Notwendige, und das in lakonischen Formulierungen.

Man fürchtete sein Aussehen ebenso wie seine herkulische Stärke und die Polizeitruppe, über die er verfügte. In gleichem Maß jedoch bewunderte man seine Intelligenz und Energie – und liebte ihn sogar. Denn jedem hatte er schon geholfen, und alle spürten, daß auch in diesem eisigen, undurchdringlichen Panzer ein Herz schlug.

Seine Tätigkeit erschöpfte sich keineswegs im Regieren; Tag für Tag pflegte er die Kranken und alle, die noch von der Revolution her verwundet waren. Aber er hatte weniger Patienten als vorher, denn unter dem dreifachen Einfluß der milden Jahreszeit, der neuen Hoffnungen und des Arbeitsfriedens besserte sich der Gesundheitszustand aller.

Von den Kranken und Verletzten stand ihm Halg begreiflicherweise am nächsten. Jeden Morgen und jeden Abend – so schlecht das Wetter auch sein mochte und so sehr ihn andere Verpflichtungen drängten – besuchte er ihn und damit auch Graziella und ihre Mutter, die beide nicht vom Bett des jungen Indios wichen. Und die Besserung hielt an; bald war man sicher, daß die inneren Wunden sich zu schließen begannen. Am 15. November – also fast einen Monat nach dem Überfall – durfte Halg zum erstenmal vorsichtig aufstehen.

An diesem Tag ging der Kaw-djer auch zur Familie Rhodes. Er trat ein und begrüßte sie:

»Guten Tag, Madame Rhodes – guten Tag, Kinder!«

»Guten Tag, Kaw-djer!« Alle freuten sich sehr über den seltenen Gast.

Und der Kaw-djer selbst verlor in dieser herzlichen Atmosphäre auch etwas von seiner Kälte. Er strich Edward und Clary über den Kopf, denn beide drängten sich an ihn, als sei ihr Vater zurückgekommen.

»Endlich sind Sie mal wieder bei uns«, sagte Madame Rhodes. »Manchmal glaube ich, Sie seien längst gestorben!«

»Ich habe viel Arbeit!«

»Das wissen wir doch, Kaw-djer«, nickte Madame Rhodes. »Und es ist ja auch alles nicht so schlimm. Wir sind halt ein bißchen allein! Aber ich denke doch, Sie haben Nachricht?«

»Ihr Mann ist abgereist – mehr kann ich Ihnen auch heute nicht sagen.«

»Auch nicht, wann er voraussichtlich wiederkommt?«

»Es wird eine Weile dauern. Sie bleiben noch eine Zeitlang Strohwitwe.«

Madame Rhodes seufzte ein bißchen.

»Aber machen Sie sich nichts draus«, fuhr der Kaw-djer fort, »mit ein bißchen Geduld bringen Sie das hinter sich. Übrigens habe ich Arbeit für Sie – das heißt Ablenkung: Sie werden umziehen, Madame!«

»Umziehen?«

»Ja – nach Liberia!«

»Liberia? Aber Monsieur – was sollen wir denn dort?«

»Einen Laden aufmachen – einen Kaufladen! Sie werden in der Hauptstadt das vornehmste Geschäft führen, erstens – ein sehr einfacher Grund: weil es kein anderes gibt, und zweitens, weil Sie die besten Voraussetzungen mitbringen.«

»Voraussetzungen? – Geschäft?« wiederholte Madame Rhodes erstaunt. »Was für ein Laden sollte denn das sein, Kaw-djer?«

»Das Kaufhaus Harry Rhodes! Oder haben Sie Ihr reiches Warensortiment vergessen? Jetzt ist die Chance da, es an den Mann zu bringen!«

»Aber das kann ich doch nicht alleine – ohne Harry!«

»Ihre Kinder werden helfen«, versicherte ihr der Kaw-djer. »Beide sind alt genug, um mitzuarbeiten wie alle anderen. Ich kann keine Faulenzer brauchen auf der Insel Hoste.«

Dabei hatte sich seine Stimme ein bißchen verändert. Hinter dem Freund, der einen guten Vorschlag machte, war der Gouverneur zu hören, der einen Befehl gab.

»Und sobald Halg wieder einigermaßen auf dem Damm ist«, fuhr er fort, »können auch Tullia und ihre Tochter mithelfen. Im übrigen hätten Sie gar nicht das Recht, all das Zeug, das jeder von uns brauchen kann, ungenützt hier herumliegen zu lassen.«

Madame Rhodes wehrte sich noch: »Aber dieses Warenlager stellt doch eigentlich unser ganzes Vermögen dar! Was wird mein Mann sagen, wenn ich das alles aufs Spiel setze – in einem Land, wo es noch keine Sicherheiten gibt – «

»Es gibt hier Sicherheiten«, unterbrach der Kaw-djer. »Wir leben hier sogar sicherer als in irgendeinem andern Staat!«

Madame Rhodes war immer noch hilflos: »Diese Waren soll ich also jetzt einfach – ?«

» – verkaufen«, nickte der Kaw-djer.

»Aber an wen denn?«

»An Ihre Kunden!«

»Haben die denn überhaupt Geld?«

»Warum nicht? Sie wissen doch genau, daß alle Geld hatten, als sie von San Franzisko wegfuhren. Und jetzt verdienen sie noch dazu.«

»Hier – auf der Insel?«

»Ja. Sie arbeiten für die Kolonie, und die Kolonie bezahlt sie dafür.«

»Dann hat die Kolonie selber auch Geld?«

»Sie beschafft es sich durch den Verkauf der Lebensmittel, die ihr – dem Staat – gehören. Das müßten Sie eigentlich wissen, denn Sie bezahlen ja auch für alles, was Sie sich zu essen kaufen.«

»Stimmt«, gab Madame Rhodes zu. »Aber wenn das Ganze nur ein fortwährender Tausch ist und die Siedler alles Geld, das sie verdienen, für ihren Lebensunterhalt ausgeben müssen – wie sollen sie dann meine Kunden werden?«

»Darüber machen Sie sich keine Sorgen, Madame. Die Preise sind von mir festgesetzt und so gehalten, daß sich jeder davon etwas zurücklegen kann, wenn er sparsam lebt.«

»Aber dabei muß doch in jedem Fall mit der Zeit ein Defizit entstehen – in Ihrem Staatshaushalt? Wer übernimmt das?«

»Ich!«

»Aus Ihrer eigenen Tasche? Da müßten Sie ja ein ungeheuer reicher Mann sein!«

»Es scheint so.«

Madame Rhodes starrte ihn sprachlos an; er schaute an ihr vorbei:

»Ich halte es jedenfalls für sehr notwendig, daß Sie Ihren Laden möglichst bald aufmachen«, schloß der Kaw-djer das Gespräch ab.

»Wie Sie meinen«, erwiderte Madame Rhodes, verwirrt und nicht gerade begeistert.

Fünf Tage später wurde das Geschäft mitten in Liberia eröffnet, und als am 20. November Karroly mit der *Wel-kiej* zurückkam, stand der ›Basar Rhodes‹ schon in voller Blüte.

Karroly war allein; er hatte Harry Rhodes in Punta-Arenas abgesetzt; mehr konnte er Madame Rhodes nicht sagen, so dringend sie auch auf einer Erklärung bestand. Selbst der Kaw-djer, den sie natürlich sofort aufsuchte, begnügte sich mit der Feststellung, es werde noch ziemlich lange dauern, sie brauche deswegen aber nicht unruhig zu werden.

Karroly kam aus dem Staunen nicht heraus, als er zum erstenmal durch Liberia ging. Er kannte es nicht wieder, so sehr hatte es sich in diesem einen Monat verändert. Nur noch die wenigsten Häuser standen an ihrem alten Platz. Die meisten waren jetzt um das Gebäude gruppiert, das man schlicht und einfach als ›die Regierung‹ bezeichnete. In ihrer unmittelbaren Nachbarschaft wohnten die vierzig Familien, deren Männer bewaffnet waren und die Polizeitruppe stellten. Die restlichen acht Gewehre waren bei dem Posten deponiert, der auf halbem Weg zwischen dem Haus Hartlepools und dem des Kaw-djer stand, und wurden ständig scharf bewacht. Die Pulvervorräte lagerten sicher bei der ›Regierung‹ im Mittelraum, der ja keinen direkten Zugang hatte.

Fast im Zentrum der Stadt lag auch das Kaufhaus Rhodes, und dieser Basar beeindruckte Karroly besonders. In seinen Augen gab es in ganz Punta-Arenas – und das war die einzige Stadt, die er je zu Gesicht bekommen hatte – keinen Laden, der sich mit dem von Madame Rhodes in irgendeiner Weise messen konnte.

Am Stadtrand – nach Osten und Westen zu – wurden die Arbeiten fortgesetzt. Der Boden mußte eingeebnet werden, damit man die restlichen Fertighäuser aufstellen konnte, und außerhalb der Stadtgrenzen wurden Dämme und Sickergräben gezogen. Einzelne bauten auch schon dort – teils in Holz, teils in Stein.

Alle Häuser unterlagen einer strengen Baugenehmigung, die persönlichen Wünschen wenig Spielraum ließ. Denn die Gebäude mußten in rechtem Winkel zueinander stehen, so daß Straßen angelegt werden konnten, die breit genug waren für vier Fahrzeuge. Vorerst waren es zwar noch staubige und schlammige Wege, aber die tausend Fußgänger trampelten sie täglich fester.

Die Hauptstraße nach Neudorf zog sich schon weit in die morastige Ebene hinein und sollte schräg an den Fluß stoßen. An der Böschung lag ein Berg von Steinen: Eine feste, befahrbare Brücke würde den leichten Steg ersetzen.

Neudorf schien inzwischen ausgestorben. Nur noch die vier letzten Matrosen der *Jonathan* waren zurückgeblieben und drei Siedler, die als Fischer ihr Brot verdienen wollten. Alle übrigen wohnten und arbeiteten jetzt in Liberia. So fuhren jeden Morgen von Neudorf drei Boote aus, um gegen Abend – fast immer reich beladen – am Fluß zu ankern und in Liberia ein gutes Geschäft zu machen.

Obwohl also beinahe niemand mehr in Neudorf wohnte, war dort kein einziges Haus abgerissen worden. Das hatte der Kaw-djer verboten, und so stand auch Karrolys Hütte noch am alten Platz. Der Indio war natürlich außer sich vor Freude, seinen Sohn fast völlig ausgeheilt wiederzusehen.

Dagegen bedrückte es ihn sehr, daß er ohne den Kaw-djer, der jetzt natürlich Tag und Nacht beschäftigt war, nach Neudorf zurückkehren mußte. Viele Jahre hatte er mit ihm gelebt, und damit würde es jetzt wohl für immer vorbei sein. Und wie sich sein Herr verändert hatte: Kaum eine kurze Begrüßung – nicht einmal ein Lächeln oder eine Frage, und schon war der Kaw-djer wieder an die Arbeit gegangen.

Auch an diesem Tag kontrollierte er zunächst einige Stunden lang die verschiedenen Baustellen. Die Mittagszeit brachte er mit dem Studium der Vorratswirtschaft und einiger Finanzierungspläne zu, dann kehrte er zu den Arbeiten an der Straße zurück.

Er kam in eine Vesperpause. Hacken und Schaufeln lagen am Boden, die meisten Arbeiter dösten an der Böschung und ließen sich die zottige Brust von der Sonne wärmen. Andere kauten gemächlich an ihrer Ration und riefen sich hin und wieder irgend etwas Belangloses zu. Wo der Kaw-djer vorbeiging, richteten sie sich auf, unterbrachen ihre Unterhaltung und nahmen die Mütze vom Kopf.

»Guten Tag, Kaw-djer!« Der Kaw-djer blieb nirgends stehen und grüßte mit einer Handbewegung.

Er hatte schon den halben Weg hinter sich, als er beim Fluß eine Gruppe von etwa hundert Männern und Frauen bemerkte. Er ging schneller; da hörte er auf einmal den Klang einer Violine.

Musik – von einer Geige? Und auf der Insel Hoste? Woher? Fritz Groß war doch tot?

Er trat auf die Gruppe zu, und man machte ihm Platz. Zwei Kinder standen in der Mitte. Der eine Junge strich die Saiten – nicht übertrieben virtuos, der andere bereitete unterdessen auf dem Boden sein Angebot aus: geflochtene Binsenkörbe und Feldblumensträußchen aus Kreuzkraut, Erika und Stechpalmenzweigen.

Dick und Sand! In dem Wirbel der jüngsten Ereignisse hatte der Kaw-djer überhaupt nicht mehr an sie gedacht. Und warum hätten sie ihm auch wichtiger sein sollen als die andern Kinder der Kolonie? Die beiden waren bei seinem Freund Hartlepool ja ebenso gut aufgehoben wie in irgendeiner Familie.

Aber nun sah er, daß der kleine Sand seine Zeit nicht verloren hatte. Noch keine drei Monate waren seit dem Tod von Fritz Groß verstrichen, und schon trat der Zwerg die Erbschaft des Riesen an. Er mußte schon ungewöhnlich musikalisch sein und sich unendliche Mühe gegeben haben, um ohne Lehrer – überhaupt ohne die geringste Anleitung – solche Resultate zu erzielen.

Wie gesagt, ein Virtuose war er nicht; und wahrscheinlich würde er nie einer werden, denn wer sollte ihm hier die elementarsten technischen Grundbegriffe beibringen? Aber er spielte sauber und erfand mühelos hübsche naive Melodien, die er allerdings durch halsbrecherische Modulationen ineinander überleitete.

Die Geige schwieg, denn Dick hatte seinen Laden aufgebaut und ergriff nun das Wort. Dabei richtete er sich zu voller Würde hoch und gab seiner Stimme ein feierliches Pathos:

»Hostelierinnen und Hostelier – Messieurs, mes Dames – Ladies and Gentlemen! Mein mit der musikalischen Abteilung der Firma Dick & Co. betrauter Teilhaber, der berühmte Maestro Sand, Hofviolinist Seiner Majestät des Königs von Kap Hoorn und zahlloser anderer Hörner, dankt Ihro Gnaden für die geschätzte Aufmerksamkeit, die Sie ihm entgegenzubringen die Ehre hatten.«

Dick unterbrach sich, bis er wieder genug Luft hatte, um zum Wesentlichen zu kommen:

»Dieses Konzert – meine Hochverehrten – war gratis und franko. Ganz anders verhält es sich mit dem, was wir nun anbieten. Denn das ist – ich wage es in aller Bescheidenheit zu behaupten – eine noch weit schönere und vor allem solidere Ware. Das Haus Dick & Co. bringt heute Bukette und Körbe zum Verkauf. Letztere eignen sich besonders für Einkäufe auf dem Wochenmarkt – sobald es in Liberia einen geben wird. Decken Sie sich also rechtzeitig ein! Einen Cent für das Bukett – einen Cent für den Korb! – Los, Hostelier – greift in die Taschen, meine Hochverehrten – bitte sehr – bitte gleich!«

Dabei machte er die Runde und hielt den Kunden seine Waren unter die Nase, und Sands Geige heizte mit schwindelerregenden Tremolos die Kauflust an.

Die Zuschauer lachten, und aus ihren Bemerkungen war zu schließen, daß sie eine solche Szene nicht zum erstenmal erlebten. Offenbar hatten Dick und Sand sich angewöhnt, die Baustellen während der Vesperpause abzuklappern und mit diesem originellen Trick ihre Waren loszuwerden. Ein Wunder, daß der Kaw-djer sie noch nie dabei erwischt hatte.

Dicks Ware war im Handumdrehen ausverkauft.

»Der letzte Korb – der schönste!« trompetete er. »Zwei Cent für den letzten, schönsten Korb! Die letzte Gelegenheit für das schönste Geschenk! Zwei Cent, Messieurs, mes Dames!«

Eine Frau gab ihm das Geld und erhielt den Korb.

»Die Firma dankt Ihnen, meine Hochverehrten! Acht Cent – ein Vermögen!« rief Dick und fing an, zu Sands wildem Jubilate eine ebenso entfesselte Parodie zu tanzen.

Er kam nicht weit damit – der Kaw-djer hatte ihn an den Ohren gepackt:

»Hör mal, was soll denn dieser Unsinn?«

Der Junge blinzelte verstohlen an dem strengen Gouverneur hoch, um dessen Stimmung zu erraten. Schließlich riskierte er es, ganz ernsthaft zu antworten:

»Wir arbeiten, Herr Gouverneur!«

»So, arbeiten nennst du das«, erwiderte der Kaw-djer und ließ seinen kleinen Gefangenen los.

So konnte dieser sich aufrichten und seinem Regierungschef voll ins Gesicht schauen:

»Wir haben eine Firma gegründet«, sagte er und klopfte sich lässig an die Brust. »Sand spielt Geige – ich stelle Blumen und Körbe her und verkaufe sie. Wir übernehmen auch Besorgungen, bieten Muscheln an; gelegentlich trete ich auch als Tänzer auf – bitte Herr Gouverneur, sind das nicht alles richtige Berufe?«

Der Kaw-djer mußte lächeln.

»Doch – doch! Aber wozu braucht ihr denn Geld?«

»Für Mister Rame, Ihren Prokuristen!«

»Was?« rief der Kaw-djer. »John Rame nimmt euch Geld ab?«

»Er nimmt es uns nicht ab, Gouverneur, wir geben es ihm! Für unsere Rationen!«

Jetzt war der Kaw-djer wirklich verdutzt. Er wiederholte:

»Für dic Rationcn? – Dann zahlt ihr cuer Essen selber? – Aber ihr wohnt doch hoffentlich noch bei Mister Hartlepool?«

»Ja schon, aber – trotzdem!«

Dick blies die Backen auf, richtete sich hoch, streckte mit dezent aristokratischer Geste die Hand aus – genau wie es der Kaw-djer in entscheidenden Situationen zu tun pflegte, und auch die Stimme bemühte sich um die ruhige Würde, mit der sein Chef wichtige Bekanntmachungen auszusprechen pflegte:

»Von diesem Augenblick an gilt hier die Arbeit als Gesetz!«

Der Kaw-djer biß sich auf die Lippen. Was sollte er tun? Dem kleinen Lümmel eine runterhauen – oder lachen?

Der Kaw-djer lachte. Dick hatte wahrscheinlich gar nicht die Absicht gehabt, ihn zu parodieren; warum sollte er also den beiden Kindern Vorhaltungen machen, nur weil sie sich unbedingt aus eigener Kraft durchschlagen wollten? Die meisten Erwachsenen zeigten viel weniger Selbständigkeit und Initiative!

Er wollte wissen, ob ihnen die Arbeit wenigstens genug zum Leben einbrächte.

»Aber klar!« war die selbstbewußte Antwort. »Zwölf Cent am Tag – manchmal fünfzehn – das ist unser Durchschnitt. Und davon kann ein Mann spielend leben!«

Ein Mann! Die Zuhörer ringsum lachten ihn schallend aus. Aber Dick hatte für sie nur einen sehr gelangweilten Blick.

»Was versteht ihr schon – dummes Volk«, brummte er.

Der Kaw-djer führte ihn zum Thema zurück:

»Fünfzehn Cent – das ist gar nicht so schlecht. Aber als Maurer oder Erdarbeiter könntet ihr noch weit besser verdienen.«

»Geht aber nicht!« erwiderte Dick lebhaft.

»Warum nicht?« wollte der Kaw-djer wissen.

»Sand ist zu klein. Und hat auch nicht viel Kraft.

Schauen Sie mal seine Ärmchen an!« In seiner Stimme lag viel echte Zärtlichkeit, aber auch eine gehörige Portion Arroganz.

»Und was ist mit dir?«

»Mit mir: Na – bitte!« Er spannte die Muskeln, und der Ton, in dem er sprach, ließ keinen Zweifel zu, daß es für ihn eine Spielerei gewesen wäre, Liberia allein aufzubauen.

Der Kaw-djer bestand hartnäckig auf seiner Frage: »Also – wie wär's?«

Und Dick stellte sich verlegen von einem Bein aufs andere:

»Mit mir – das ist so eine Sache – erstens mag ich das nicht, und –« dann kam, wie aus der Pistole, endlich der wahre Grund: »Wissen Sie, Gouverneur, ich brauche eben die Freiheit!«

Dem Kaw-djer gefiel der kleine Mann, der mit vom Wind zerzausten Haaren dastand und aus glänzenden Augen herausfordernd zu ihm hochschaute. Wie in einem Spiegel erkannte er sich selber – sein großzügiges und hemmungsloses Temperament. Auch er hatte die Freiheit über alles geliebt und sie unbedingt gebraucht; auch er hatte keine Fesseln tragen können; ihm war der Zwang am Ende so verhaßt gewesen, daß er glaubte, alle Menschen müßten diesen Widerwillen mit ihm teilen. Erst die jüngsten Erfahrungen hatten ihm seinen Irrtum vor Augen geführt, hatten ihm den Beweis geliefert, daß die meisten anderen Menschen dieses unersättliche Bedürfnis nach Freiheit gar nicht kennen – im Gegenteil: daß sie jede Form der Sklaverei gern in Kauf nehmen, wenn sie ihnen nur die Bequemlichkeit sichert, und daß es diesen großen Kindern am wohlsten ist, wenn sie wie die Kleinsten eine Amme haben, die sie herumträgt und füttert.

Er sagte zu Dick:

»Die Freiheit, mein Lieber, ist leider kein Geschenk. Man muß sie sich erarbeiten, und jede Arbeit muß man erlernen. Die Arbeit an der Freiheit fängt damit an, daß man gehorchen lernt. Geht jetzt zu Hartlepool und bittet ihn in meinem Auftrag, er soll euch eine Beschäftigung zuweisen. Natürlich will ich dafür sorgen, daß Sand weitermusizieren kann. – Ab mit euch!«

Dieses kleine Intermezzo lenkte die Aufmerksamkeit des Kaw-djer auf ein neues Problem, das baldmöglichst gelöst werden mußte: Es wimmelte in der Kolonie von Kindern, die ohne Überwachung durch ihre Eltern Tag und Nacht wie herrenlose Hunde umherstrichen. Wie sollte ein gesundes Volk entstehen, wenn man nicht die heranwachsende Generation rechtzeitig darauf vorbereitete, die Arbeit ihrer Väter zu übernehmen? Es mußte unbedingt eine Schule gebaut werden.

Aber man konnte ja nicht alles gleichzeitig in Angriff nehmen! So vordringlich diese Erziehungsfrage auch sein mochte, der Kaw-djer mußte die Lösung verschieben bis zur Rückkehr von einer Inspektionsreise durch die Insel.

Seit dem Tag seiner Machtübernahme war diese Exkursion der erste Punkt in seinem Programm; bisher hatten unvorhergesehene Zwischenfälle und Schwierigkeiten das Projekt nur immer wieder verhindert. Jetzt endlich konnte er unbesorgt gehen: Er hatte seine Staatsmaschinerie so gründlich unter Dampf gebracht, daß sie in jedem Fall für die Zeit seiner Abwesenheit alleine laufen würde.

Zwei Tage nach der Rückkehr Karrolys wollte er aufbrechen, aber da mußte er seinen Plan noch einmal aufschieben.

An diesem Morgen hörte er vom Fluß herauf das vielstimmige Gezeter einer weiblichen Auseinandersetzung, und als er die Quelle dieses Radaus suchte, fand er etwa hundert Frauen. Sie standen lebhaft diskutierend vor einer Schranke aus kräftigen Bohlen, die ihnen den Weg zum Ufer versperrte. Zuerst begriff der Kaw-djer nicht, was hier eigentlich los war: Die Einfriedung begrenzte das Grundstück von Patterson, aber es schien ihm, als hätte er den Zaun in letzter Zeit ein bißchen vorverlegt.

Man klärte ihn über die Sachlage auf:

Patterson baute seit dem vorigen Frühjahr Gemüse an, und allmählich stellten sich beachtliche Erfolge ein. Er hatte Tag und Nacht geschuftet, und schon die erste Ernte war so üppig, daß die meisten Einwohner von Liberia seit dem Sturz Beauvals von ihm regelmäßig ihr Frischgemüse bezogen.

Seinen Erfolg verdankte er weitgehend der guten Wahl des Platzes, an dem er seinen Garten angelegt hatte: unmittelbar neben dem Flußufer, wo es jederzeit genug Wasser gab. Und eben um diese günstige Lage seiner Anbaufläche ging der augenblickliche Streit.

Pattersons Kulturen erstreckten sich über zwei- bis dreihundert Quadratmeter und lagen genau an der Schleife, wo der Fluß Liberia berührte und auch am leichtesten zugänglich war. Weiter unten zog sich am rechten Ufer der unpassierbare Sumpf bis zur Mündung hin; flußaufwärts war die Böschung meilenweit so steil, daß man nicht hinunterklettern konnte.

Die Frauen von Liberia mußten also über Pattersons Grundstück, um das Wasser zu holen, das sie für ihren Haushalt brauchten. Um ihnen das zu ermöglichen, hatte der Besitzer bisher in seiner Umfriedung eine Lücke gelassen.

Heute nacht jedoch war er auf die Idee gekommen, das Betreten seines Grund und Bodens verletze das Hausrecht, zudem verursache es Flurschaden. Und deshalb hatte er noch vor Tagesanbruch – gemeinsam mit Long – den bisherigen Durchschlupf verbarrikadiert. Die Frauen, die in der Frühe Wasser holen wollten, waren zuerst verwundert, dann enttäuscht, schließlich packte sie die Wut.

Sowie der Kaw-djer dazukam, trat Ruhe ein; man war sicher, er würde die Sache in Ordnung bringen. Er hörte sich alle Argumente und Gegenargumente der streitenden Parteien an und fällte dann das Urteil, welches zur allgemeinen Überraschung Patterson bis zu einem gewissen Grad recht gab.

Der Kaw-djer entschied: Die Schranke müsse zwar entfernt und von dieser Stelle aus eine zwanzig Meter breite Straße durch Pattersons Anwesen hindurchgeführt werden, doch bliebe es dem Besitzer vorbehalten, für die Parzelle bebauten Bodens, die er damit der Öffentlichkeit zur Verfügung stelle, eine angemessene Entschädigung zu beanspruchen. Was die Höhe dieser Entschädigung anginge, würde sie vom Richter festgesetzt und vom Kaw-djer bestätigt werden.

Patterson wurde also aufgefordert, sich an Beauval zu wenden. Natürlich tat er das unverzüglich, und noch am selben Tag kam es zur Verhandlung. Es war die erste Streitsache, die der ehemalige Gouverneur zu verhandeln hatte, und er verurteilte den hostelischen Staat, dem Kläger eine Entschädigung von fünfzig Dollar zu zahlen. Der Irländer nahm den Betrag sofort in Empfang und zeigte sich sehr befriedigt.

Der Fall gab überall Anlaß zu lebhaften Diskussionen, und im allgemeinen war man mit der Regelung einverstanden. Sie gab den Leuten ein gewisses Gefühl der Sicherheit – für ihre Person und ihren Besitz. Das Vertrauen der Öffentlichkeit dem Staat gegenüber stieg gewaltig, und eben das hatte der Kaw-djer mit diesem Urteil beabsichtigt.

Nachdem also diese Sache erledigt war, konnte er sich endlich auf den Weg machen. Drei Wochen lang durchstreifte er die Insel kreuz und quer –

bis zur Nordwestküste und bis an die äußersten Enden der östlichen Halbinseln Dumas und Pasteur. Er besuchte dabei sämtliche Niederlassungen, eine nach der andern; auch diejenigen, die im letzten Winter aufgegeben wurden, und die andern, die hinterher jener grotesken ›Strafexpedition‹ zum Opfer gefallen waren.

Er konnte feststellen, daß sich noch zweiundvierzig Familien mit insgesamt hunderteinundsechzig Siedlern im Landesinnern befanden. Diese zweiundvierzig Familien hatten also offensichtlich Erfolg gehabt mit ihren Unternehmungen. Natürlich gab es starke Unterschiede: Manche schlugen sich schlecht und recht durch; andere, die über mehr kräftige Männerarme verfügten, hatten schon ganz beachtliche Flächen angesät.

Die Höfe von weiteren achtundzwanzig Familien mit hundertsiebzehn Siedlern, die vor den Plünderern hatten flüchten müssen, waren inzwischen zwar verfallen; aber auch sie schienen in gutem Zustand aufgegeben worden zu sein.

Hundertsiebenundneunzig Besiedlungsversuche waren dagegen völlig gescheitert. Von den Eigentümern dieser Höfe waren etwa vierzig umgekommen, die übrigen – mindestens siebenhundertachtzig – hatten sich im Lauf des Winters zur Küste – nach Liberia – durchgeschlagen.

Endlich konnte sich der Kaw-djer ein genaues Bild machen über das, was geschehen war, und über die künftigen Möglichkeiten, denn die

Siedler gaben ihm auf alle Fragen bereitwilligst Auskunft.

Sie waren sehr interessiert an den politischen Neuigkeiten, die er aus Liberia mitbrachte, und stimmten begeistert seinen Plänen zu. Sie spürten, daß erst von jetzt an ihre Arbeit einen Sinn und eine Zukunft hatte.

Was der Kaw-djer beobachtete und hörte, notierte er gewissenhaft und skizzierte auch in groben Zügen den Lageplan eines jeden Hofes.

Und nach seiner Rückkehr arbeitete er all die Unterlagen aus. So entstand in wenigen Tagen eine Karte der Insel, welche geographisch vielleicht nicht ganz stimmte, die es dafür aber mit den Umgrenzungen der einzelnen landwirtschaftlichen Betriebe sehr genau nahm. Denn nur auf dieser Grundlage konnte er die Besiedlung weiter – und von nun an mit System – fortsetzen.

Zunächst verteilte er die Hälfte der Insel unter hundertfünfundsechzig Familien, die er nur nach eigenem Gutdünken auswählte und denen er reguläre Konzessionen erteilte.

Damit schuf er verbrieftes Eigentum, und das war auf Hoste etwas ganz Neues – es bedeutete geradezu eine Revolution! Bisher hatte man ein vom Zufall gewähltes Regime und besaß das, was man sich mit Gewalt erobert hatte; jetzt auf einmal erhielt man von einer legalen Regierung rechtlich geschütztes Eigentum.

Die einfachen Dokumente, die den Besitz garantierten, schienen den Bauern fast ebenso viel wert wie die Felder, die auf dem Stück Papier eingezeichnet waren. Plötzlich hatte sich alles geändert: Sie brauchten nicht mehr unsicher in den nächsten Tag hineinzuleben – die Erde, die Pflüge, die Tiere waren ein Stück ihrer selbst geworden, sie konnten an ihre Kinder denken, für sie arbeiten. Sie schlugen Wurzel in ihrem Land; sie waren keine Siedler mehr, sie waren seßhafte, einheimische Hostelier.

Begonnen hatte der Kaw-djer damit, daß er den Besitz der zweiundvierzig Familien, die den letzten Winter auf ihren Höfen überstanden, bestätigte und die achtundzwanzig Familien, die von den Plünderern vertrieben wurden, wieder in ihre Rechte einsetzte. Dann wählte er fünfundneunzig weitere Familien aus, die ihm geeignet schienen, und wies ihnen ihr Gelände zu. Um alle übrigen kümmerte er sich nicht.

Ein Akt der Willkür – und nicht der einzige. Es störte ihn nicht im geringsten, dem einen ein weites Gebiet mit gutem Boden und dem andern ein kleines Stückchen Land mit steiniger Erde zuzuweisen. Er steckte sogar die Höfe der Bauern, die schon gesiedelt und sich damit bewährt hatten, neu ab und gab dem einen, was er dem andern wegnahm.

Er kannte überhaupt keine Rücksicht. Entscheidend war für ihn bei jedem Beschluß einzig die Fähigkeit, das heißt die unter den gegebenen Umständen zu erwartende Arbeitsleistung im Interesse und zugunsten des hostelischen Staates.

Wer sich bisher als intelligent, fleißig und couragiert erwiesen hatte, erhielt alle Chancen. Wer sich durch renitente Faulheit ausgezeichnet hatte, wurde unwiderruflich dazu verdammt, bis zum seligen Ende Proletarier und Hilfsarbeiter zu bleiben.

Daß es auf der Insel immer eine gewisse Anzahl Lohnempfänger geben mußte, war ohnehin unvermeidlich. Verschiedene Betriebe, zum Beispiel der der Rivière und ihrer Nachbarn, hatten sich inzwischen so vergrößert, daß sie schon mehrere hundert Handlanger beschäftigen konnten. An Verdienstmöglichkeiten fehlte es also keinem, und jeder hatte sogar die Wahl, auf dem Acker, in einem Sägewerk oder im Straßenbau zu arbeiten.

So entvölkerte sich Liberia nun zum zweitenmal. Kaum hatte ein Bauer seine Konzessionspapiere in der Tasche, brach er mit seiner Familie auf – wie im vorletzten Jahr, ebenso gut ausgerüstet, aber unter weit besseren Bedingungen für die Zukunft: Der Kaw-djer konnte Nachschub an Lebensmitteln und Gerätschaften in Aussicht stellen, und mancher nahm sich sogar schon einen oder zwei Knechte mit.

Am 10. Januar war die Einwohnerzahl von Liberia wieder auf etwa vierhundert zusammengeschmolzen, etwas über die Hälfte davon arbeitsfähige Männer. Die anderen – nicht ganz sechshundert – lebten jetzt im Innern der Insel verstreut. Der Kaw-djer hatte bei seiner Inspektionsreise feststellen müssen, daß es auf Hoste im ganzen keine tausend Menschen mehr gab. Über zweihundert waren allein im letzten Winter gestorben. Noch einige Epidemien von ähnlichem Ausmaß, und die Insel wäre wieder nackt und öde wie vor dem Schiffbruch.

Die Bauarbeiten gingen nun gemächlicher voran, weil weniger Leute zur Verfügung standen – aber das schien den Kaw-djer nicht zu beunruhigen. Er konnte zuversichtlich abwarten, und bald erfuhr man warum: Am 17. Januar warf ein Schiff in der Bucht von Neudorf Anker. Es war ein großer Dampfer von mindestens zweitausend Tonnen.

Gleich am folgenden Morgen wurde die Ladung gelöscht, und den Liberianern gingen die Augen über!

Zuerst kamen die Tiere: Rinder, Pferde, Schafe – sogar zwei Schäferhunde; dann landwirtschaftliche Geräte: Dreschmaschinen, Heuwender, Pflüge, Eggen; Saatgut aller Art; Wagen und Karren; Lebensmittel in riesigen Mengen; Metalle – Stahl, Eisen, Blei, Zink, Zinn, Kupfer; Werkzeuge – Hämmer, Sägen, Meißel, Feilen – hundert andere Dinge; sogar Werkzeugmaschinen: Bohrmaschinen, Eisenhämmer, Fräsmaschinen, Drehbänke für Holz und Metall – das Ausladen wollte kein Ende nehmen!

Und es waren nicht nur Tiere und Material, was

der Dampfer mitbrachte: Zweihundert Männer gingen an Land – die eine Hälfte waren Erdarbeiter, die andere Maurer und Zimmerleute. Auch sie hatten sich entschlossen, Hostelier zu werden.

Kein Wunder, daß mit der zusätzlichen Hilfe dieser vierhundert kräftigen Arme die Stadt jetzt wie ein Pilz aus dem Boden schießen konnte.

In wenigen Tagen war die Straße nach Neudorf fertig. Während die Maurer noch an der Brücke bauten, wurde schon eine zweite Straße in Angriff genommen, die quer durch die Insel führen, sich im Landesinnern nach allen Seiten verzweigen und so am Ende sämtliche Siedlungen miteinander verbinden sollte. Durch dieses Netz von Verkehrsadern mußte aus dem bisher leblosen Körper von Hoste bald ein pulsierender Organismus werden.

Und bald folgte die zweite Überraschung: Am 23. Januar lief wieder ein Dampfer ein. Er brachte von Buenos Aires unter anderem eine besondere Ladung für den Basar Rhodes mit, der damit zu einem Kaufhaus avancierte, in dem es schlechthin alles gab – bis hin zu Mode, Schmuck und Kosmetik –, was für die Hostelierinnen natürlich ungeheuer lebenswichtig war.

Um es nicht zu vergessen: Auch dieser Dampfer setzte zweihundert Arbeiter an Land, und ein drittes Schiff, das am 15. Februar eintraf, brachte noch einmal zweihundert.

Man verfügte also jetzt über mehr als achthundert arbeitsfähige Männer, und diese Zahl hielt der Kaw-djer für ausreichend, um sein großes Projekt zu verwirklichen. Als Voraussetzung dazu mußte zunächst westlich der Flußmündung ein Damm aufgeführt werden, so daß die Bucht von Neudorf später zu einem Überseehafen ausgebaut werden konnte.

Aber so weit war man noch nicht. Im Augenblick wurde von vielen hundert Händen, die alle einem einzigen Willen gehorchten, Liberia gebaut.

Aus dem Nichts wuchs eine lebendige, gesunde Stadt hervor.

DRITTES KAPITEL

DAS ATTENTAT

»So geht das nicht weiter!« meinte Lewis Dorick, und seine Kumpane stimmten ihm mit geballten Fäusten zu.

Es war Feierabend, und sie schlurften nun – vier Mann hoch: Dorick, die beiden Brüder Moore und Sirdey – südlich von Liberia unten an den Felsen entlang, die sich von der mittleren Bergkette der Halbinsel Hardy loslösen und an der Ostspitze wie ein Gerippe im Meer verlaufen.

»Nein, es geht wirklich nicht so weiter!« wiederholte Lewis Dorick, und seine Verbitterung wuchs. »Wir sind keine Männer, wenn wir uns von diesem größenwahnsinnigen Barbaren noch mehr Unverschämtheiten gefallen lassen!«

»Wie die Hunde behandelt er uns«, pflichtete ihm Sirdey bei. »Ein Dreck sind wir für ihn: ›Tut das – und hinterher das – und dann noch was!‹ – Und dabei guckt er einen nicht mal an! Verdammte Rothaut! Die andern wollen ihn auch nicht mehr!«

»Wie kommt er überhaupt dazu, hier herumzukommandieren?« fragte Dorick. »Wer hat ihn denn zum Gouverneur gemacht?«

»Ich nicht!« sagte Sirdey.

»Ich auch nicht!« brummte Fred Moore.

»Meinst du vielleicht – ich, verdammt noch mal?« fluchte sein Bruder William.

»Wir nicht, und auch sonst keiner«, erklärte Dorick. »Der ist nämlich gar nicht so dußlig! Der hat nicht gewartet, bis man ihn holt! Der ist einfach gekommen! Und hat sich natürlich gleich selber zum Gouverneur ernannt!«

»Das ist – illegal!« schrie Fred Moore, stolz, daß ihm ein so kompliziertes Wort einfiel.

»Legal – illegal: interessiert ihn doch gar nicht!« versetzte Dorick. »Wenn einem der Hammel den Rücken hinhält, dann fragt man ihn nicht lange, dann schert man ihn halt! Dann führt man eben wieder alles ein, die ganzen alten Schweinereien: Privateigentum – Reichtum – Armut –«

»Und wir sind die Armen dabei!«

»Die Dummen – willst du sagen!«

»Vor drei Tagen –« Sirdey regte sich immer mehr auf – »hat er mir zehn Cent abgezogen von meinem Taglohn!«

»Dieses Schwein! Hat er wenigstens gesagt, warum?«

»Behauptet, ich arbeite nicht genug. Tue ich vielleicht weniger als er? Vom Morgen bis in die Nacht läuft er spazieren, Hände im Sack, und gibt an! Zehn Cent abziehen von einem halben Dollar! Wenn der sich einbildet, ich helfe ihm seinen Hafen ausbuddeln –!«

»Willst du also lieber krepieren – vor Hunger – hm?« Diesmal war Doricks Stimme ganz sachlich.

»Der Teufel soll ihn holen!« schrie Sirdey.

»Mich hat er vor vierzehn Tagen fertiggemacht«, klagte William Moore, »weil ich nicht nett war zu diesem Würstchen – seinem Verwalter – John Rame oder wie er heißt. Ihr wart nicht dabei! Wie der Kaiser von China! Und seinen Fraß muß man selber bezahlen und auch noch danke schön sagen!«

Fred Moore hatte ebenfalls Grund, sich zu beschweren: »Ich war letzte Woche dran – und warum? Ich habe einen verprügelt. Herrgott, wenn man sich nicht mal mehr ab und zu in aller Freundschaft in die Schnauze schlagen darf! Und seine Polizei ist noch schlimmer als er! Es war drauf und dran – und sie hätte mich eingelocht!«

»Für ihn sind wir eben – Sklaven!«

»Hunde!«

»Ein Dreck!«

»Weniger als ein Dreck!«

Und so ging es stundenlang weiter, und sie wiederholten es vielleicht schon zum hundertstenmal. Es war seit Tagen ihr einziger Gesprächsstoff.

Denn der Kaw-djer hatte sein Gesetz der Arbeit konsequent durchgeführt und sich damit begreiflicherweise all die finsteren Elemente zu persönlichen Feinden gemacht, die gern weiterhin auf Kosten ihrer Mitbürger die alten Parasiten geblieben wären.

Diese notorischen Faulenzer versammelten sich alle um Dorick. Seine Bande – und er selber – hatten mit ihren alten Methoden schon wieder viele vergebliche Versuche gemacht. Es war ihnen nirgends gelungen. Ihre sämtlichen ehemaligen Opfer wiesen sie von der Tür – aus fügsamen und furchtsamen Emigranten waren ihrer Rechte ebenso wie ihrer Pflichten bewußte Bürger geworden. Und die Gewißheit, unter gesetzlichem Schutz zu stehen, hatte diesen Lämmern plötzlich Krallen wachsen lassen. So waren alle Einschüchterungs- und Erpressungsversuche jämmerlich fehlgeschlagen, und die proletarischen Ausbeuter mußten sich wohl oder übel zu redlicher Arbeit bequemen.

Kein Wunder, daß sie sich in einem Dauerzustand wütendster Aufregung befanden und diese durch wüste Schimpfereien abzureagieren versuchten.

Daneben ergingen sie sich natürlich in bösen Drohungen und schmiedeten fortwährend die unsinnigsten Pläne.

Aber heute war der Tag, an dem es nicht bei leeren Worten bleiben sollte. An diesem Abend kristallisierten sich endlich die – ach so oft – wiedergekäuten Klagen zur Tat, und die lange aufgestaute Wut führte zu einer schwerwiegenden Entscheidung.

Dorick hatte seine Kumpane ruhig angehört und sie nicht unterbrochen. Sie wandten sich ihm schließlich zu und wollten – wie sie das von Zeit zu Zeit gewohnt waren – seine Zustimmung hören. Das wußte Dorick, und deshalb ließ er sie noch ein paar Sekunden warten, um dann mit trockenem Sarkasmus anzufangen:

»Ihr schwätzt viel – und erreichen werdet ihr nichts. Aber was soll's? Ihr seid als Sklaven geboren, und als Sklaven werdet ihr sterben. Hättet ihr ein kleines bißchen mehr Courage – ihr könntet frei sein. Ihr seid tausend, und ein einzelner schwingt die Peitsche über euch.«

»Was sollen wir denn tun – hm?« Sirdey ärgerte sich: »Solange er der Stärkere ist –«

»Er ist der Stärkere«, unterbrach Dorick, »solange er es mit feigem Gesindel zu tun hat!«

Fred Moore blieb skeptisch.

»Kann sein.« Er schüttelte den Kopf. »Aber da sind doch noch eine ganze Menge – die halten zu ihm! Und was sollen wir vier alleine –«

»Quatsch!« fiel ihm Dorick ins Wort. »Die halten nicht zum Kaw-djer – die halten zum Gouverneur! Jagt ihn erst mal zum Teufel – dann werfen sie ihm faule Eier nach! Säße ich auf seinem Posten, lägen sie vor mir genauso auf dem Bauch wie jetzt vor ihm!«

»Wahrscheinlich, mein Lieber!« William Moore machte sich lustig über Dorick. »Der einzige Haken an der Sache ist nur, daß eben er den Posten hat und nicht du!«

»Das weiß ich auch ohne dich!« erwiderte Dorick und wurde blaß vor Wut. »Aber genau da steckt das Problem! Ich sage nur eins: Über die Pinscher, die ihm nachlaufen, brauchen wir uns nicht aufzuregen; die laufen jedem andern auch nach, wenn er dran ist! Es geht hier einzig und allein um ihn selber! Er muß weg – also gut: Schaffen wir ihn weg!«

»Ihn wegschaffen«, sagte Sirdey nach einer Pause, »wie du dir das so vorstellst? Mit mir kannst du bei so was jedenfalls nicht rechnen!«

Lewis Dorick hob die Schultern.

»Dich brauchen wir ja auch nicht!« meinte er und ging schneller.

»Und mich auch nicht!« rief ihm William Moore hinterher.

Aber sein Bruder holte Dorick rasch wieder ein: Er hatte seinen alten Streit mit dem Kaw-djer nicht vergessen. »Ich mache mit«, erklärte er, »wenn das natürlich auch nicht so einfach ist –«

»Das ist sogar sehr einfach«, sagte Dorick.

»Wie denn?«

»Nichts leichter, als einen einzelnen Mann –«

Sirdey mischte sich ein:

»Was ihr da zusammenspinnt! Und nehmen wir mal an, es klappt – was dann?«

»Was dann?«

»Ja! Dann ist ein Mann weniger da – sonst nichts! Und die andern tausend? Bist du sicher, daß sie uns parieren?«

»Sie werden – verlaß dich drauf!«

»Hm«, machte Sirdey. »Ich weiß nicht recht.«

»Warum sollen sie nicht? Heute hat man alle gegen sich, und morgen schreien sie hurra – so ist das doch! Und alle brauchen wir ja auch gar nicht! Wenn wir nur erst mal ein paar hinter uns haben – die andern kommen schon!«

»Und die paar?«

»Die haben wir doch!«

»Hm?« Sirdcy war wirklich schwerfällig, und das brachte Dorick einen Augenblick lang völlig aus dem Konzept:

»Da, schau uns doch an!« schrie er und deutete wild um sich.

»Vier Mann – du bist wohl kindisch?«

»Und Kennedy, ist der nicht auch dabei?«

»Also schön«, gab Sirdey zu, »das macht dann fünf.«

»Und Jackson?« Dorick begann aufzuzählen, »Smirnoff, Reede, Blumenfeldt, Loreley?«

»– macht zehn.«

»Und noch ein paar: Wir sollten erst mal eine Liste haben!«

»Stellen wir sie doch gleich auf«, schlug Sirdey vor.

»Wie ihr wollt!« willigte Dorick ein und zog Bleistift und Notizblock aus seiner Tasche.

Alle vier setzten sich auf den Boden, vergruben zuerst einmal das Gesicht in den Händen und dachten angestrengt nach. Dann füllten sie ihre Liste mit Namen, über die sie glaubten verfügen zu können, sobald erst einmal der Mann verschwunden war, den Dorick als den ›Kopf der Schlange‹ bezeichnete und für die einzige Gefahr und die Ursache des ganzen Übels hielt. Jeder besann sich auf immer mehr Leute, die in Frage kamen, aber zuletzt notierte man nur die absolut sicheren Kandidaten.

Von ihrem Hügel aus hatten sie ringsum eine ausgezeichnete Fernsicht. Vor ihnen kam der Fluß von Westen, wand sich weiter unten in einer engen Schleife wieder nach Nordwesten zurück und mündete bei Neudorf ins Meer. Am Knie des Flusses erhob sich Liberia wie auf einer Reliefkarte; dahinter lag die Sumpfebene und trennte die Stadt von der Küste.

Es war der 25. Februar 1881 – vor etwas über achtzehn Monaten hatte der Kaw-djer die Macht ergriffen. Was in dieser kurzen Zeitspanne geschaffen worden war, grenzte an ein Wunder.

Da die zugewanderten Arbeiter, die sich nicht an die klimatischen und sozialen Verhältnisse der Insel gewöhnen konnten, laufend durch neue Kontingente ersetzt wurden, hatte die Einwohnerzahl von Liberia noch zugenommen und inzwischen die Zahl tausend überschritten. Entsprechend gab es jetzt noch viel mehr Häuser – die meisten aus Holz –, und jeder fand sofort eine Wohnung. Da die Stadt im Westen am Fluß eine natürliche Barriere vorfand, hatte sie sich weit nach Osten und Süden hin ausgedehnt.

Und tatsächlich war es längst eine Stadt und kein Lager mehr. Es fehlte buchstäblich nichts, was man zum Leben und für seine Bequemlichkeit brauchte. Es gab natürlich einige Bäcker, Metzger und Kolonialwarenläden. Einen Teil ihrer Lebensmittel lieferte bereits das hostelische Hinterland. Für das kommende Jahr rechnete man – was Gemüse und Fleisch anging – mit völliger Selbstversorgung und erwartete die ersten Weizenlieferungen aus eigenen Ernten. Dann war es nur noch ein kleiner Schritt, um vom Import zum Export überzugehen.

Eines der wichtigsten Probleme war inzwischen auch gelöst: Es lungerten keine Kinder mehr auf den Straßen herum. Man hatte eine Schule eröffnet, in der abwechselnd von Monsieur und von Madame Rhodes Unterricht erteilt wurde.

Harry Rhodes war über ein Jahr weggewesen und im vergangenen Oktober zurückgekehrt. Gleich nach seiner Ankunft hatte er eine lange Besprechung mit dem Kaw-djer. Natürlich war er es gewesen, der die verschiedenen Warensendungen veranlaßt hatte. Über die näheren Umstände –

zum Beispiel die Finanzierung dieser ganzen Schiffsladungen und die ungewöhnliche Dauer seiner Reise – schwieg er sich aus. Als ob er Hoste nie verlassen hätte, stand er vom nächsten Morgen an in seinem neuen Kaufhaus.

Übrigens konnten er und seine Frau es sich ohne weiteres leisten, die Hälfte ihrer Zeit in der Schule zu verbringen, denn mit Edward, Clary, Tullia und Graziella hatten sie in ihrem Geschäft genügend zuverlässiges Personal.

Aus Valparaiso waren der Arzt Doktor Samuel Arvidson und ein Apotheker gekommen und Bürger von Liberia geworden. Sie verdienten ebenso gut wie ein neu eröffnetes Schuhgeschäft und ein Konfektionshaus. Überhaupt wiederholten die Leute, die schon einmal versucht hatten, sich selbständig zu machen, ihr damaliges Experiment – und diesmal fast durchweg mit Erfolg. Liberia hatte schon mehrere Großbetriebe, die eine beachtliche Anzahl Arbeiter beschäftigten: Maurer, Zimmerleute, Schreiner, Drechsler, Schlosser; sogar eine kleine Maschinenfabrik gab es schon.

Im Süden vor der Stadt – ganz nahe der Stelle, wo Dorick und seine Kumpane den Komplott schmiedeten – war eine Ziegelei entstanden, die Backsteine und Ziegel von erstklassiger Qualität brannte. Weiter östlich, in den Ausläufern der Berge, hatte man reiche Sulfat- und Kalziumkarbonatvorkommen entdeckt. So fehlte es weder an Gips noch an Kalk, und ein besonders couragierter Unternehmer hatte sogar angefangen, Zement herzustellen, von dem man für den Ausbau des Hafens ungeheure Mengen brauchte.

Dorick war mit seinen drei Querulanten auf der breiten Straße, die sich am Hang hinzog, bis zu der Kreuzung gekommen, wo ein kurzer, steiler Fußweg abzweigte und hinein in die Berge führte. Dieser Weg folgte den Windungen des Flusses und verschwand nach etwa einem Kilometer zwischen zwei Hügeln im Westen. Auch die vier Ganoven wußten genau, daß die kleine Straße dort nicht zu Ende war und daß man unentwegt an ihr arbeitete. Vor zwei Monaten hatte sie den Hof der Rivière erreicht, nun wurde sie – mit Abzweigungen nach beiden Seiten – unaufhaltsam nach Norden weitergeführt.

Eine andere Straße war schon fertig. Sie überquerte den Fluß auf einer massiven Steinbrücke und verband die Hauptstadt mit ihrem Vorort.

Dieses Neudorf hatte sich nur wenig verändert. Nur der Damm wuchs immer weiter ins Meer hinein. Jetzt schon schirmte er die Bucht gegen die Ostwinde ab und machte sie so zu einem großen und ruhigen Hafen. Heute hatte man damit begonnen, Pfähle reihenweise einzurammen; es sollte ein Kai aufgeschüttet und betoniert werden, an dem die Schiffe dann in tiefem Wasser anlegen konnten.

Wir wissen, daß die Dampfer die Fertigstellung des Dammes und des Kais nicht abgewartet hatten, um die Insel Hoste anzulaufen. Letztes Jahr waren es sogar sieben gewesen. Auch von ihnen hatte die Verwaltung der Kolonie nur zwei gechartert, die andern fünf bezahlte der Kaw-djer.

In diesem Augenblick lag ein großer Segler vor Neudorf, der Bretter aus Rivières Sägewerk geladen hatte, während ein andrer Segler mit gleicher Fracht vor wenigen Stunden in See gestochen war und gerade hinter der Landzunge im Osten verschwand.

Vor Lewis Dorick und seinen Kumpanen lag also das deutliche Bild des wachsenden Wohlstands der Kolonie. Aber das wollte keiner von ihnen wahrhaben. Im übrigen war ihnen dieser Anblick längst vertraut, und allmähliche Veränderungen, die man Tag für Tag vor Augen hat, bemerkt man ja mit der Zeit gar nicht mehr. Aber selbst wenn sie sich in die Situation kurz nach dem Schiffbruch zurückversetzt hätten, scheint es sehr fraglich, ob ihnen die Veränderungen und Fortschritte aufgefallen wären. Wahrscheinlich hätten sie alles ganz natürlich gefunden und als eine zwangsläufige Entwicklung angesehen.

Zudem waren sie jetzt mit Wichtigerem beschäftigt: Sie zählten sorgfältig die Bewohner von Liberia auf und suchten geeignete Namen.

»Mir fällt keiner mehr ein«, sagte schließlich Sirdey. »Wie viele haben wir jetzt?«

Dorick zählte seine Liste zusammen:

»Hundertsiebzehn«, sagte er.

»– von tausend!« brummte Sirdey.

»Na und?« widersprach Dorick. »Hundertsiebzehn – ist das nichts? Bildet euch bloß nicht ein, der Kaw-djer hätte mehr, ich meine: Leute, mit denen man was anfangen kann, wenn es ernst wird! Die andern – das sind die Hammel, die mitlaufen!«

Sirdey schwieg, schien aber immer noch nicht überzeugt.

»Also hören wir endlich auf mit dem Palaver«, meinte Dorick gereizt, »und stimmen ab. Wir sind vier Mann!«

Als erster äußerte sich Fred Moore. Er drohte mit der Faust zur Stadt hinunter: »Ich habe es satt! Ganz egal, was dabei rauskommt, ich bin dafür, wir schlagen los!«

»Ich auch«, sagte sein Bruder.

»Das macht drei Stimmen. Was ist mit dir, Sirdey?«

»An und für sich bin ich nicht gerade dagegen«, meinte der ehemalige Schiffskoch, »allerdings –«

»Kein Wenn und Aber«, schnitt ihm Dorick das Wort ab. »Stimme bleibt Stimme!«

»Zumindest müssen wir uns einig sein, was wir überhaupt wollen!« Sirdey ließ sich nicht einschüchtern: »Den Kaw-djer loswerden, das ist leicht hingesagt. Fragt sich – wie?«

»Verdammt, wenn man Waffen hätte, ein Gewehr oder wenigstens einen Revolver!« rief Fred Moore.

»Haben wir eben nicht!« antwortete Sirdey phlegmatisch.

»Mit dem Messer?« schlug William Moore vor.

»So wirst du am schnellsten und sichersten geschnappt, mein Lieber!« lachte Sirdey: »Du weißt doch genau, daß sie auf den Kaw-djer aufpassen wie auf zehn Porzellanpuppen, obwohl der Kerl das gar nicht nötig hat. Der schlägt uns alle viere zusammen!«

Fred Moore biß sich auf die Zähne und fuchtelte wild mit den Armen. Er wußte, daß Sirdey recht hatte. Er erinnerte sich noch sehr gut an die Fäuste des Kaw-djer, die ihn wie einen Ball frei in die Luft gehoben hatten.

»Ich wüßte was Besseres«, sagte Dorick plötzlich in das Schweigen hinein, das Sirdeys Worten gefolgt war.

Die andern drehten sich um und schauten ihn fragend an.

»Das Pulver!«

»Pulver?« wiederholten sie und wußten nicht, was er meinte.

Einer von ihnen fragte:

»Was machen wir damit?«

»Eine Bombe. Der Kaw-djer war lange genug ein begeisterter Anarchist; nun soll er endlich mal spüren, wie das ist, wenn man in die Luft gejagt wird!«

Doricks Mitverschwörer waren noch nicht sehr angetan von dieser Idee.

»Und wer soll sie fabrizieren, die Bombe?« knurrte Fred Moore, »ich habe keine große Lust!«

»Aber ich«, sagte Dorick. »Und vielleicht brauchen wir sie gar nicht erst herzustellen. Ich habe da eine Idee, und wenn das klappt, geht der Kawdjer nicht mal alleine hoch. Hartlepool und die ganze Wache ist dann auch hin. Und am nächsten Tag haben wir gleich ein paar weniger.«

Die drei Männer sahen ihren Anführer voller Bewunderung an. Sogar Sirdey.

»Also gut!« murmelte er und hatte nichts mehr dagegen einzuwenden. Aber plötzlich besann er sich: »Ihr Idioten! Redet von Pulver und habt keins!«

»Im Magazin gibt es – massenhaft!« erwiderte Dorick. »Wir brauchen es nur zu holen!«

»Du redest immer schlauer, als du bist«, erwiderte Sirdey und übernahm damit wieder die Rolle der Opposition: »Und das alles hört sich sehr schön an. Aber wer soll das Pulver herausholen?«

»Ich nicht«, antwortete Dorick.

»Glaub' ich dir gern!« lachte ihn Sirdey aus.

»Es ist so«, setzte ihm Dorick auseinander, »ich bin nicht kräftig genug. Und du kommst auch nicht in Frage – du bist zu feige. Und ihr – Fred und William – seid auch nicht die Richtigen; ihr seid zu ungeschickt und zu brutal, haut gleich zu, wenn irgendwas dazwischenkommt.«

»Wer soll dann –?«

»Kennedy!«

Das schien einleuchtend. Ja, Kennedy, der Matrose, war geschickt, schlau, wendig – man konnte ihn zu allem brauchen. Wenn überhaupt einer, dann mußte er es eigentlich schaffen. Doricks Vorschlag war ausgezeichnet.

Er unterbrach ihre Zustimmung.

»Es wird spät«, sagte er »ich denke, wir treffen uns morgen um die gleiche Zeit am gleichen Platz. Ich will dafür sorgen, daß Kennedy auch kommt. Dann besprechen wir alles und machen einen genauen Plan.«

Als sie zu den ersten Häusern kamen, hielten sie es für besser, sich zu trennen. Und die gleiche Vorsichtsmaßnahme trafen sie tags darauf: Jeder verließ die Stadt alleine, und erst als sie außer Sichtweite waren, steuerten sie dem vereinbarten Treffpunkt zu.

Diesmal waren es fünf; Dorick hatte Kennedy tatsächlich überreden können, mitzukommen.

»Unser bester Mann!« sagte Dorick und klopfte dem Matrosen wohlwollend auf die Schulter.

Man gab sich die Hand; dann diskutierte man gründlich alle Möglichkeiten, den am Vorabend ausgeheckten Plan zu verwirklichen. Es wurde eine lange Unterredung. Erst spät am Abend stiegen die fünf Männer wieder zur Stadt hinunter. Sie waren sich völlig einig geworden. Noch in dieser Nacht sollte es geschehen.

Obwohl es sehr finster war, trennten sie sich

wieder wie am Abend zuvor. Einer nach dem andern verließ die Straße, schlug den Weg quer durch die Felder ein, umging die Häuser, kam zum Fluß, machte kehrt, folgte Pattersons Einfriedung und erreichte so ungesehen die Stadt und das Regierungsgebäude, wo der Kaw-djer, Hartlepool und die beiden Schiffsjungen schliefen. Im Schatten eines der Nachbarhäuser trafen sich die fünf Verschwörer und standen eine Zeitlang reglos da. Sie spitzten die Ohren, und ihre Augen suchten das Dunkel ab.

Vor ihnen lag der Eingang zum Gericht. Von der anderen Seite des Gebäudes her drangen schwache, undefinierbare Geräusche. Dort war die Wachstube der Polizei. Sonst konnte man niemanden hören und sehen. Die Straße lag stumm, schwarz und verlassen da.

Der Gerichtssaal wurde nicht bewacht – wozu auch? Ein Tisch stand drin, ein Hocker und am Boden festgeschraubte Bänke.

Als sie ganz sicher waren, daß niemand sie bemerkt hatte, verließen Dorick und Kennedy ihre Deckung und huschten gebückt über den freien Platz. In wenigen Sekunden standen sie vor der Tür zum Gericht, und Kennedy brach sie auf, während Dorick nach allen Seiten Umschau hielt. Nun kamen auch die Brüder Moore aus ihrem Versteck – Sirdey blieb alleine zurück. Der eine lief nach links, der andere nach rechts bis zu den beiden Ecken des Regierungsgebäudes. Von hier aus konnten sie die drei Fronten des Hauses ebenso überblicken wie den Platz davor und die beiden Seitenstraßen. Kennedy war also gesichert – bei der geringsten Gefahr würde er gewarnt.

Aber es rührte sich nichts. Der Matrose konnte in aller Ruhe arbeiten. Es war zudem gar nicht schwierig, denn das Schloß erwies sich als nicht sehr stabil. Es wich sehr bald dem Druck des eingeklemmten Schraubenziehers, die Tür sprang auf und gab den Weg frei ins absolute Dunkel dieses Raumes.

Kennedy schlich hinein, Dorick blieb draußen auf seinem Posten.

Im Gerichtssaal war nicht einmal die Hand vor den Augen zu sehen. Kennedy holte die Streichhölzer und zündete eine Kerze an. Er wußte, was er zu tun hatte, er war von Dorick genau instruiert worden.

Hinter den drei Innenwänden, die den Raum abgrenzten, lagen rechts das Gefängnis, links die eigentliche ›Regierung‹, in welcher der Kaw-djer wohnte, und geradeaus das Magazin.

Kennedy ging schräg durch das Zimmer bis zu der Ecke, an welcher die Wand vom Magazin mit der des Gefängnisses zusammenstieß. Das Gefängnis war im Augenblick leer, also konnte ihn niemand hören. Er leuchtete mit der Kerze die Wand ab, um festzustellen, ob sie zu durchbrechen war.

Er lachte zufrieden: In diese Wand ein Loch zu schlagen, konnte nicht schwierig sein. Sie war kurz nach dem Staatsstreich des Kaw-djer ausgeführt worden, und damals mußte alles sehr rasch fertig werden. Es waren lauter senkrechte Bohlen vom Fußboden zur Decke; die Zwischenräume hatte man mit grobem Kies und schlechtem Mörtel ausgefüllt.

Kennedy verlor keine Zeit: Unter seinem Messer bröckelte der Verputz weg, und er konnte mühelos die Steine lösen. Damit sie nicht zu Boden polterten, schälte er sie – einen nach dem andern – mit der Hand sorgfältig heraus und legte sie leise nebeneinander.

Auf die Weise hatte er in einer knappen Stunde ein Loch herausgebrochen, das für ihn hoch und breit genug war, um sich durchzuzwängen. Leider stand genau in der Mitte ein Querbalken vor, der das Loch in zwei Hälften teilte. Ihn mit dem Messer – Span um Span – zu zerkleinern, dauerte eine geschlagene Stunde.

Von Zeit zu Zeit unterbrach er die Arbeit und legte das Ohr an die Wand. Aber draußen blieb alles still. Kein Ruf seiner Freunde meldete eine drohende Gefahr.

Endlich war das Loch frei – er konnte durch. Aber auf der anderen Seite – im Magazinraum – erwarteten ihn die eigentlichen Schwierigkeiten: Es war fast unmöglich, sich zwischen all den Kisten, Flaschen, Körben und Warenballen völlig geräuschlos zu bewegen. Und es war die allergrößte Vorsicht geboten.

Wo standen die Pulverfäßchen? Er konnte sie nirgends entdecken. Aber irgendwo mußten sie ja sein!

Er begann zu suchen. Er krabbelte ganz langsam über die Kisten und überwachte dabei jede seiner Bewegungen. Besonders gefährlich wurde es, wenn er irgend etwas verstellen mußte, um weiterzukommen.

Fast zwei Stunden kroch er umher. Seine Freunde draußen würden sicher nicht verstehen, was er so lange hier trieb, und er selber fing auch schon an, jede Hoffnung aufzugeben. Er wurde immer aufgeregter. Die Nacht ging zu Ende – vielleicht wurde es draußen schon hell! Sollte er nicht lieber aufgeben und sich davonmachen? Aber die aufgebrochene Tür und das Loch in der Wand würden den Einbruch verraten, und dann war eine Chance vertan, die sich nie wiederholen würde.

Schon wollte er verzweifelt den Rückzug antreten, da sah er, was er suchte: Direkt vor seinen Augen standen sie: fünf Pulverfäßchen, nebeneinander – an der Tür, die zur Wachstube der Polizei hinausführte.

Kennedy hielt den Atem an. Er hörte die Posten miteinander reden – er konnte ihre Worte verstehen. Jetzt kam alles darauf an, noch leiser zu sein als bisher.

Er hob eines der Fäßchen hoch, mußte es aber gleich wieder hinstellen. Es war zu schwer, als

daß ein einzelner es geräuschlos hätte transportieren, vor allem durch das Loch hindurchheben können. So kletterte er über die Kisten und dann durch die durchbrochene Wand zurück in das Gerichtszimmer und rief leise nach Dorick, dessen schwarzer Umriß auch sofort vor der Tür auftauchte.

»Was machst du denn so lange? Ist was passiert?« zischte er.

»Nein, aber es war alles furchtbar kompliziert«, rief Kennedy leise. »Bis ich die Fäßchen endlich hatte –«

»Dann hast du sie also?«

»Ja, aber sie sind zu schwer! Man muß zu zweit sein! Los – komm und hilf!«

Dorick folgte Kennedy und zwängte sich hinter ihm in den Lagerraum. Beide packten eines der Fäßchen und quälten sich damit zurück ins Gerichtszimmer. Nachdem sie es abgestellt hatten, kroch Dorick noch einmal durch das Loch in der Wand.

»Was willst du denn?« flüsterte Kennedy erstaunt.

»Noch eins!« antwortete Dorick von innen: »Los, komm – es wird schon Tag!«

»Noch eins?« wiederholte Kennedy verdutzt: »Mit einem einzigen solchen Fäßchen können wir halb Liberia in die Luft jagen!«

»Wir holen ein zweites!« entschied Dorick lakonisch.

»Aber warum denn?«

»Weil ich das will! Wenn der Kaw-djer nicht mehr da ist, gibt es Krawall, und da brauchen wir noch mehr Pulver!«

»Wo willst du denn überhaupt hin damit?«

»Hab' ich mir schon alles überlegt!«

Kennedy fühlte sich gar nicht wohl dabei, aber er gehorchte seinem Chef. Und kurz darauf stand das zweite Fäßchen neben dem ersten.

Sie schoben es gegen die linke Wand, und Kennedy bohrte es unten an, bis ein wenig Pulver herausrieselte.

Inzwischen hatte Dorick einen aus losen Baumwollfasern geflochtenen und angefeuchteten dünnen Zopf aus der Tasche gezogen. Er rollte ihn im Pulver, schnitt ein kleines Stück davon ab und zündete es zur Probe an. Das Feuer knisterte, fraß sich von einem Ende zum andern und erlosch.

»Ausgezeichnet«, sagte Dorick, »fünf Zentimeter in der Minute. Für die ganze Zündschnur also zwanzig Minuten. Das ist mehr, als wir brauchen.«

Er ging zum Fäßchen hin – –

In diesem Augenblick hörten sie Lärm. Dorick blieb wie angewurzelt stehen. Kennedy zog das Genick ein. Sie schauten sich an und waren kreidebleich.

Aber das dauerte nicht lange. Dorick hatte das Geräusch erkannt und lachte: »Ein Platzregen!«

Er ging zur Tür und schaute nach. Tatsächlich – es goß in Strömen. Was sie zu Tode erschreckt hatte, war das Prasseln der dicken Tropfen auf dem Dach.

Wenn man es recht überlegte, war dieses Gewitter sogar ein glücklicher Zufall: Der Regen würde alle Spuren verwischen; kein Mensch hatte irgendeinen Beweis, wenn tatsächlich ein Verdacht auf Dorick und seine Bande fallen sollte. Und das Rauschen übertönte auch das Knistern der Zündschnur.

Aber jetzt war wirklich keine Zeit mehr zu verlieren – im Osten wurde der Himmel schon hell. Noch ein paar Minuten, und es würde dämmern. Und Dorick kannte die Gewohnheiten des Kawdjer gut genug, um zu wissen, daß dieser als einer der ersten in Liberia aufstand.

»Mach schnell!« sagte er.

Sie zogen die Zündschnur lang und steckten das eine Ende in das Fäßchen hinein. Dann zündete Dorick ein Streichholz an und hielt es ans andere Ende. Sobald sie sahen, daß die Schnur zu glimmen anfing, machten sie sich davon: Kennedy mit dem zweiten Fäßchen voraus, Dorick hinter ihm her, nachdem er die Tür von außen angelehnt hatte.

Die Brüder Moore und Sirdey waren noch auf ihren Posten.

Dorick machte sie durch einen leisen Pfiff aufmerksam und gab ihnen durch ein Zeichen zu verstehen, daß das Attentat geglückt war.

Dann liefen sie nach verschiedenen Seiten – Dorick und Kennedy mit ihrem Pulverfäßchen – davon.

Und der Regen prasselte noch stärker als vorher auf Liberia nieder.

VIERTES KAPITEL

IN DEN HÖHLEN

Als der Kaw-djer das Regierungsgebäude verließ, hatte sich das Gewitter verzogen. Es regnete nicht mehr. Die Sonne war aus dem Meer getaucht, hatte die Wolken vertrieben und vergoldete Liberia mit ihren ersten langen Strahlen.

Der Kaw-djer schaute sich um – er sah niemanden. Wie jeden Tag, war er der erste.

Er atmete die Morgenluft in tiefen Zügen und ging ein paar Schritte auf den Platz hinaus, den das Gewitter in eine einzige Schlammpfütze verwandelt hatte.

Da sah er die halboffene Tür zum Gerichtszimmer. Er hielt es für eine Nachlässigkeit, ging hin und wollte sie schließen. Und erst dabei stellte er fest, daß sie aufgebrochen worden war.

Das überraschte ihn. Wer sollte hier eingebrochen haben? Gab es in Liberia noch Leute, die so arm waren, daß sie es nötig hatten, einen Tisch oder einen Hocker zu stehlen?

Der Kaw-djer stieß die Tür auf, und natürlich fiel sein erster Blick auf das Pulverfäßchen. Erst allmählich begriff er, was vorgefallen war, beziehungsweise was da geplant wurde. Zerstreutes Pulver – eine zu dreiviertel abgebrannte Zündschnur am Boden – nein, da war jeder Irrtum ausgeschlossen: Man hatte ihn mitsamt dem Haus in die Luft jagen wollen!

Das war eine mehr als unangenehme Entdekkung! Es gab also Hostelier, die ihn so abgrundtief haßten! Er überlegte, wer wohl die Verschwörer sein mochten. Ohne jemanden ungerechtfertigt zu beschuldigen, kannte er seine Schäfchen doch genug, um seinen Verdacht mit gutem Gewissen auf einen ziemlich engen Personenkreis beschränken zu können. Vielleicht Ferdinand Beauval – ungeachtet der neuen Funktionen, die ihm übertragen worden waren? Wahrscheinlicher jedoch Lewis Dorick – und in jedem Fall irgend jemand, der mit einem dieser beiden in Verbindung stand.

Der Kaw-djer sah nun auch das Loch in der Wand, und jetzt erst wurden ihm die Zusammenhänge klar: Das Fäßchen war im Magazin gestohlen und hierhergebracht worden. Der Attentäter hatte die Zündschnur in Brand gesetzt, mit dem das Pulver zur Explosion gebracht werden sollte. Dann hatte er sich aus dem Staub gemacht und irgendwo auf den großen Knall gewartet. Aber die Zündschnur war nur dreiviertel abgebrannt – das letzte Stück lag in einer Wasserlache.

Wo kam das Wasser her? Der Kaw-djer brauchte nur den Kopf zu heben: Es war durch einen Riß in der Deckenverschalung eingesickert – das Dach mußte ein Loch haben. Zwischen zwei Brettern war noch der nasse Fleck zu sehen, wo das Wasser heruntergetropft war und die Lache gebildet hatte, in der die brennende Lunte ausgegangen war.

Dem Kaw-djer lief es kalt über den Rücken, nicht so sehr bei dem Gedanken an sich selber als bei der Überlegung, daß Hartlepool, die beiden Kinder und die gesamte Wachmannschaft die Nacht hier zugebracht hatten. Daß sie noch lebten, verdankten sie einem glücklichen Zufall. Ohne das Gewitter, das in den frühen Morgenstunden losgebrochen war, würden hier jetzt nur noch schwelende Trümmer herumliegen.

Nach längerem Nachdenken entschloß sich der Kaw-djer, den gescheiterten Attentatsversuch geheimzuhalten. Er hatte es nicht nötig, seine Popularität auf solche Weise zu steigern; im übrigen war es besser, die Bevölkerung nicht zu beunruhigen.

Er zog die Tür hinter sich zu, weckte Hartlepool, führte ihn ins Gerichtszimmer und zeigte ihm die Bescherung. Hartlepool war ganz niedergeschmettert. Auch er konnte natürlich keine Schuldigen beim Namen nennen, aber sein Verdacht fiel auf die gleichen, die nach Ansicht des Kaw-djer hinter dem Mordversuch stecken mußten.

Da der Kaw-djer entschieden hatte, niemand solle etwas erfahren, gingen beide Männer daran, das Loch in der Wand ohne fremde Hilfe wieder zuzumauern. Hartlepool holte zunächst das erforderliche Material, der Kaw-djer trug das Pul-

verfäßchen wieder an seinen Platz im Magazin zurück.

Dabei stellte er fest, daß noch ein zweites Fäßchen fehlte, denn es waren jetzt nur noch vier statt fünf. Was hatte man mit diesem anderen gestohlenen Pulver vor? Sicher kein Silvesterfeuerwerk! Aber ohne Gewehre war es nicht verwendbar und deshalb ungefährlich! Und daß die Verbrecher damit den Versuch wiederholen würden, den vergangene Nacht ein glücklicher Zufall vereitelt hatte, war kaum anzunehmen.

Hartlepool brachte auch einen neuen Querbalken mit, und die beiden ungelernten Maurer gingen an die Arbeit – setzten den Balken ein und füllten die Zwischenräume wieder mit Steinen, Kies und Mörtel, bis von dem Attentatsversuch keine Spur mehr zu sehen war. Dann erst nahm der Kaw-djer Hartlepool mit in sein Zimmer und sagte ihm, daß die Verschwörer noch ein zweites Fäßchen Pulver mitgenommen hatten.

Man durfte diesen Diebstahl nicht auf die leichte Schulter nehmen. Denn wer auch immer das Pulver mitgenommen hatte, wollte irgend etwas gegen den Kaw-djer und damit gegen den Staat unternehmen. Und das mußte unter allen Umständen vermieden werden.

Trotzdem blieb man nach eingehender Prüfung der Sachlage bei dem Beschluß, den Vorfall zu unterschlagen und nichts zu tun, was in der Öffentlichkeit zu einem Verdacht führen könnte. Doch sollte die Anzahl der Polizisten von vierzig auf sechzig erhöht und diese Truppe notfalls noch weiter verstärkt werden. Für den Augenblick konnte man nur acht Posten zusätzlich einteilen, denn mehr Gewehre hatte man nicht in Reserve.

Doch wollte man sofort zweihundert neue kommen lassen, um in Zukunft gegen alle Eventualitäten gut gerüstet zu sein. Denn es gab in Liberia jetzt schon wichtige Interessen zu schützen, und sie wurden von Tag zu Tag umfangreicher. Man mußte in der Lage sein, sie im Notfall auch zu verteidigen.

Die Posten sollten von nun an im Freien aufgestellt werden und nicht mehr im Wachlokal bleiben. Zwei Mann hatten um das Regierungsgebäude zu patrouillieren und es so vor jeder Überraschung zu sichern.

Der Kaw-djer glaubte, damit sei im Augenblick alles Erforderliche veranlaßt; aber Hartlepool nahm sich doch vor, in Zukunft auf seinen Vorgesetzten persönlich besser aufzupassen als bisher.

Die Verschwörer herauszufinden wäre nicht möglich gewesen, ohne die ganze Stadt in Aufruhr zu bringen. Es waren keine Spuren zurückgeblieben, und nur die Entdeckung des gestohlenen Pulverfäßchens hätte die Täter überführt. Aber um dieses Fäßchen zu finden, hätte man zahlreiche Haussuchungen durchführen müssen, und gerade die dadurch zwangsläufig entstehenden Spekulationen wollte der Kaw-djer unbedingt vermeiden.

So war die Angelegenheit vorerst erledigt, und das alltägliche Leben lief ruhig weiter. Tage und Wochen vergingen, und die Erinnerung an den Zwischenfall verblaßte, und er verlor immer mehr seine ursprüngliche Bedeutung – zumal die Möglichkeit einer Wiederholung des Attentatversuchs durch die neuen Maßnahmen ausgeschlossen schien.

So dachte der Kaw-djer, und bald erinnerte er sich kaum noch an jene Geschichte. Er hatte andere Sorgen. Seine schöpferischen Aufgaben begeisterten ihn. Unablässig arbeitete sein fiebriger Kopf neue Projekte aus, und bevor eines davon völlig durchgeführt war, hatte er bereits den Plan zum nächsten.

Er hatte nicht einmal die Fertigstellung des Kais abgewartet, da ging er schon an die Realisierung einer neuen, größeren Idee: Wenige Kilometer flußaufwärts konnte ein Wasserfall zu einem Kraftwerk ausgebaut werden und Liberia mit Licht und Strom versorgen. Die Hauptstadt elektrisch beleuchtet – wer hätte das vor zwei Jahren für möglich gehalten!

Und etwas gab es, was dem Kaw-djer noch mehr am Herzen lag. Ein Traum – noch grandioser als alles, was er bisher geleistet hatte. Liberia mit Elektrizität versorgen – das war eine gute Sache, aber es bot keine nennenswerten Schwierigkeiten und nützte nur tausend Leuten.

Anders verhielt es sich mit dem Plan, der ihn seit einiger Zeit leidenschaftlich bewegte. Hier ging es um ein ganz großes Projekt – und es betraf die ganze Menschheit.

Der Einfall war ihm schon beim Schiffbruch der *Jonathan* gekommen. Wir erinnern uns, daß der

Kaw-djer auf der Spitze von Kap Hoorn ein Feuer angezündet hatte, als der erste Kanonenschuß durch den nächtlichen Orkan dröhnte. Doch das war ein behelfsmäßiges Notsignal gewesen; vorher und seither warnte nichts und niemand die Schiffe, die sich in Seenot befanden.

Tatsächlich war der Todeskampf der *Jonathan* nur eine der zahllosen Szenen gewesen in der Tragödie, die sich in diesen Gewässern ohne Unterlaß abspielt. Alljährlich steuern Hunderte von Schiffen um die Südspitze Amerikas. Keinem davon leuchtet – wie damals der *Jonathan* – ein Feuer, nach dem es den Kurs bestimmen kann, und deshalb bedecken nur zu oft Trümmer die Riffe des Archipels. Alles wäre ganz anders, wenn ein Leuchtturm jede Nacht sein Licht ringsum ins Dunkel ausstrahlen würde. Rechtzeitig gewarnt, könnten die Schiffe den richtigen Kurs halten, und es käme nur noch selten zu einer Katastrophe.

Seitdem der Kaw-djer Kap Hoorn betreten hatte, war kein Tag vergangen, an dem er nicht an diese Aufgabe denken mußte. Allerdings verkannte er keineswegs die Schwierigkeiten, und lange hielt er seinen Einfall selber für eine hirnverbrannte Idee. Doch nun hatte sich die Lage geändert. Als Gouverneur eines jungen, aufstrebenden Staates verfügte er über eine fast unbeschränkte Zahl einsatzfähiger Arbeitskräfte: Das Hirngespinst nahm die Konturen realer Möglichkeit an.

Auch die Finanzierungsfrage – seinerzeit eine große Unbekannte in der Rechnung – war gelöst.

Inzwischen dürfen wir unterstellen, daß der Kaw-djer über beachtliche Mittel verfügte – hatte er dem hostelischen Staat doch als Privatmann großzügigste Entwicklungshilfe zukommen lassen. Dazu war nur sein grundsätzlicher Entschluß notwendig geworden, das Vermögen, dessen er sich vorher nur ungern erinnert hatte, anzubrauchen. Nachdem dies nun geschehen war, hatte er keinen Grund mehr, auf dem eingeschlagenen Weg stehenzubleiben.

Übrigens erlaubte die wirtschaftliche Wachstumsrate dem hostelischen Staat, in nächster Zeit mit der Schuldentilgung dem Gläubiger gegenüber zu beginnen. Und der Kaw-djer wollte dieses rückfließende Kapital nicht wie ein Kleinbürger zur Bank tragen. Geld war ihm nach wie vor zuwider und persönlicher Reichtum gleichgültig. Er wollte mit seinem Geld arbeiten und glaubte keinen besseren Gebrauch davon machen zu können, als auf dem Gipfel des katastrophenumtobten Vorgebirges, an dessen Klippen immer neue Schiffe zerschellten, einen Leuchtturm zu bauen.

Eine besondere Schwierigkeit bestand noch: Die Insel Hoste war frei, Kap Hoorn jedoch nach wie vor chilenisch. Aber vielleicht ließe sich das ändern. Warum sollte Chile nicht seine Souveränitätsrechte auf diesen unbebauten Felsen an einen Besitzer übertragen, der sich eine so kostspielige und der Allgemeinheit zugute kommende Verpflichtung auferlegte? Zumindest konnte man verhandeln. Und so gab der Kaw-djer dem nächsten auslaufenden Schiff eine offizielle – vom Gouverneur des hostelischen Staates an die Republik Chile gerichtete – Note mit.

Der Kaw-djer hatte wirklich keine Zeit, über das gestohlene Pulver nachzudenken, das wie ein Damoklesschwert über ihm hing. Immer noch lebten die Verschwörer frei und unerkannt unter der Bevölkerung, und das Fäßchen hatte in ihren Händen nichts von seiner Gefährlichkeit eingebüßt.

Es wäre besser gewesen, der Kaw-djer hätte damals seinen Widerwillen gegen Polizeiaktionen, der immer noch als Bodensatz anarchistischer Vorstellungen in ihm lag, unterdrückt und die Bevölkerung für einige Stunden aus ihrem Schlummer gerissen. Eine sofortige gründliche Razzia hätte nämlich das Fäßchen – und die Verschlüsse – sehr schnell zutage gefördert: Dorick und Kennedy schafften ihre Beute gleich am Morgen nach dem Attentat in eine der Höhlen der Landzunge im Osten. Und diese Höhlen kannte der Kaw-djer, denn in einer von ihnen hatte seinerzeit Hartlepool die Gewehre versteckt.

Wir erinnern uns, daß es drei solcher Höhlen gab: zwei tiefer gelegene, von denen die eine ihren Ausgang nach Süden hatte und verbunden war mit der zweiten, die sich ins Innere des Massivs hineinzog und von der ein schmaler Spalt etwa fünfzig Meter nach oben in die dritte Höhle mündete, die auf den Nordhang hinausführte und damit über Liberia lag. Der Spalt zwischen den beiden Höhlensystemen war an einer Stelle sehr eng, so daß man ein paar Meter weit kriechen – und sehr aufpassen – mußte: Denn am Ende dieses Schlauchs stand ein Felsblock so auf der Kippe, daß bei der geringsten Berührung das nur von ihm gestützte Gewölbe einbrechen konnte.

In dieser oberen Grotte lagen damals die Gewehre. Dorick und Kennedy hatten ihr Pulverfaß in die vordere der beiden unteren Höhlen gebracht.

In der hinteren, die eine Laune der Natur mitten ins Herz des Berges gegraben hatte, sahen sie sich nur flüchtig um, ohne den engen Spalt zu bemerken, der sich erst weiter oben etwas verbreiterte. Sie waren erschöpft und versteckten das Fäßchen in der äußersten Grotte, wo durch den großen Eingangsbogen reichlich Frischluft und Helligkeit drang, unter einem Haufen Zweige.

Ihre Bestürzung war groß, als sie bei ihrer Rückkehr von dieser denkwürdigen Expedition des 27. Februar feststellen mußten, daß der Gouverneur noch am Leben war.

Auf dem Hin- und Rückweg hatten sie von Sekunde zu Sekunde auf die Explosion gewartet. Sie blieb aus – wir wissen, warum, und die beiden

Verschwörer schlichen sich nach Hause, ohne daß irgend etwas passiert war.

Sie konnten es einfach nicht begreifen.

Ihre Neugierde war groß – und nicht einmal zu befriedigen: Jetzt – nach dem fehlgeschlagenen Attentat – mußten sie ja mit allem rechnen, und das einzige, was sie vorerst tun konnten, war: unter keinen Umständen aufzufallen. Sie gingen gewissenhaft ihrer Arbeit nach und waren ängstlich bemüht, nirgends die Aufmerksamkeit auf sich zu lenken.

Erst am Nachmittag schlenderte Lewis Dorick unauffällig am Regierungsgebäude vorbei. Nur von weitem wagte er einen verstohlenen Blick zu der aufgebrochenen Tür hinüber, an welcher der Schlosser Lawson herumhantierte, offensichtlich ohne seiner Arbeit irgendeine besondere Bedeutung beizumessen. Man hatte ihn beauftragt, ein neues Schloß anzubringen; er tat es – das war alles.

Die Unbekümmertheit Lawsons beruhigte Dorick keineswegs: Man reparierte die Tür, also wußte man von dem Einbruch und mußte auch das Pulverfäßchen, die Zündschnur und das Loch in der Wand gefunden haben.

Wer hatte die Entdeckung gemacht? Keine Ahnung! Aber es bestand doch kein Zweifel, daß dieser geplante Anschlag in jedem Fall sofort dem Gouverneur gemeldet worden war. Und daraus mußte man folgerichtig schließen, daß jetzt Maßnahmen ergriffen, zumindest Untersuchungen angestellt würden. Dorick klapperte mit den Zähnen, wenn er daran dachte.

Aber bald half ihm eine objektive Überprüfung der Lage, seine Kaltblütigkeit wiederzugewinnen. Wer konnte ihm das Attentat nachweisen? Man mochte ihm diesen Streich hundertmal zutrauen – festnehmen und einsperren oder gar verurteilen konnte ihn auf den bloßen Verdacht hin nicht einmal der Kaw-djer, und gerade der würde es ohne handfeste Beweise am allerwenigsten tun. Und Beweise gab es keine, solange er und seine vier Komplizen dicht hielten, und dazu hatte jeder einzelne von ihnen guten Grund.

Am Abend hatte er sich schon wieder völlig unter Kontrolle – da fuhr es ihm wie ein Blitz durch Mark und Bein: Der Kaw-djer, der wie gewöhnlich die Hafenarbeiten inspizierte, stand vor ihm.

Der Gouverneur war die Ruhe selbst. Wer ihn anschaute, konnte nicht ahnen, daß etwas Außerordentliches vorgefallen war. Und eben das versetzte Dorick einen schweren Schock. Er konnte sich die Gelassenheit des Kaw-djer nicht anders erklären, als daß dieser den Verbrecher längst entlarvt und fest in der Hand hatte.

Er schlotterte und schwitzte im Bemühen, so zu tun, als sei er völlig in seine Arbeit vertieft, und starrte mit glasigen Augen vor sich auf die Erde, um den Blicken des Kaw-djer auszuweichen. Hätte dieser ihn jetzt angeredet – der Halunke wäre beim ersten Wort wimmernd zusammengebrochen.

Doch es passierte nichts, und er faßte wieder Mut. Und dann stieg sein Selbstvertrauen mit jedem Tag. Ohne es begreifen zu können, stellte er fest, daß sich in der Stadt nichts verändert hatte. Und der Attentatsversuch mußte bekannt sein, denn die Wachvorschriften für die Nacht waren strenger geworden.

Trotzdem wirkte die Angst noch lange nach. Vierzehn Tage lang gingen sich die fünf Ganoven aus dem Weg und benahmen sich wie die Musterknaben, und das manchmal in so aufdringlicher Weise, daß ein aufmerksamer Beobachter allein daraus hätte seine Schlüsse ziehen können. Aber dann wurden sie ganz allmählich wieder frecher. Zuerst warfen sie sich im Vorbeigehen ein paar Worte zu, dann trafen sie sich einzeln, wenig später als Gruppe, und schließlich nahmen sie ihre abendlichen Spaziergänge und geheimen Zusammenkünfte wieder auf.

Bald fühlten sie sich sicher genug, um nachzuschauen, ob ihr Fäßchen noch in der Höhle war. Sie fanden es so vor, wie sie es verlassen hatten, und das beruhigte sie vollends.

Nach und nach wählten sie die Höhle immer öfter zum Ziel ihrer Spaziergänge. Und einen Monat nach dem mißglückten Attentat war die Grotte zum Hauptquartier geworden, in dem sie jeden Abend zusammenkamen.

Ihre Gespräche drehten sich immer im Kreis, denn das Thema war noch das gleiche wie vor dem Attentat. Es hatte sich ebenso wenig verändert wie die Ursache ihrer Unzufriedenheit: Sie waren eben weiterhin wie jeder andere diesem verfluchten Gesetz der Arbeit unterworfen, und das verbitterte sie und wurde zum Anlaß immer groteskerer Wutausbrüche.

So hetzten und fluchten sie einträchtig, ausdauernd und in allen denkbaren Variationen, vergaßen dabei mit der Zeit ihren damaligen Mißerfolg und gingen allmählich dazu über, sich zu fragen, wie sie die Scharte wieder auswetzen könnten. Und da ihre ohnmächtige Wut dabei immer mehr anstieg, kam unvermeidlich der Tag, an dem sie reif waren für einen neuen Gewaltakt.

Es war der 30. März; die fünf Gauner hatten Liberia wie gewöhnlich einzeln verlassen und sich außerhalb der Stadt getroffen. Sie warteten auf den letzten und gingen dann zu ihrem Fuchsbau.

Keiner sagte ein Wort, denn solange Dorick den Mund nicht aufmachte, schwiegen auch die anderen. Und ebenso verkrampft wie die zusammengepreßten Lippen waren die ganzen Gesichter. Die Erbitterung war wieder einmal besonders groß – ein Gewitter, das sich nicht entladen konnte.

Dorick betrat als erster die Höhle – und prallte zurück: Nahe beim Eingang brannte ein Feuer! Irgend jemand war also hier gewesen – und vor

noch nicht allzu langer Zeit, das bewiesen die frisch aufgelegten Holzscheite.

Dorick fiel das Pulverfaß ein. Hätte der Unbekannte seine Feuerstelle ein paar Meter weiter hinten angelegt, er wäre unweigerlich in die Luft geflogen. Ohne es zu wissen, hatte er unwahrscheinliches Glück gehabt!

Alle fünf liefen zu dem Fäßchen hin – nein, es war nicht entdeckt worden. Es lag immer noch unter den Zweigen, von denen nur die obersten fehlten, zweifellos hatte man damit das Feuer angefacht.

Inzwischen war Kennedy mit einem brennenden Ast in die zweite Grotte gegangen, um nachzuschauen. Er kam beruhigt zurück und konnte seinen Kumpanen melden, daß der unvorsichtige Mensch offensichtlich gegangen war.

Er wollte das Feuer austreten, das bei der geringen Entfernung zu dem Pulver gefährlich werden konnte. Aber Dorick hielt ihn zurück, schob die verstreuten glimmenden Zweige mit dem Fuß wieder zusammen und warf neue darauf, so daß das Feuer wieder zu brennen anfing.

Die andern schauten ihm erstaunt zu; da richtete er sich auf und sprach:

»Genossen! Ich bin am Ende meiner Kraft! Ich kann einfach nicht mehr! Ich muß etwas unternehmen! Schon vorhin war ich entschlossen – aber das, was wir hier sehen, ist der Beweis, daß ich recht habe! Daß wir keinen Tag mehr verlieren dürfen! Wenn sie heute unser Pulver nicht gefunden haben, dann finden sie es morgen!«

Doricks Stimme war fiebrig, die Worte waren abgehackt, die Bewegungen, mit denen er sie zu unterstreichen versuchte, hektisch. Offensichtlich hatte er mit seiner Behauptung, am Ende zu sein, nicht übertrieben. Alle – außer Sirdey, der ganz ruhig blieb – stimmten ihm sofort zu.

»Wann geht's los?« fragte Fred Moore.

»Heute abend noch!« antwortete Dorick.

Und er fing an, mit unsicheren Schritten hin- und herzumarschieren und zusammenhanglos vor sich hinzureden:

»Ich habe an alles gedacht – wir sind völlig unbewaffnet – ohne Waffen geht's nicht – deshalb müssen wir uns besorgen – eine Bombe – mit dem Pulver – verschiedene Schichten – dazwischen legen wir Lappen – tauchen sie in Teer und dazu brauchen wir Feuer – der Teer muß schmelzen – es gibt Höllenmaschinen mit Zeitzünder – aber das können wir nicht machen – ich bin kein Chemiker – aber das Ding, das ich baue, wird auch funktionieren – irgendwie – die Zündschnur stopfen wir rein – dreißig Sekunden – habe ich ausprobiert – so viel Zeit braucht man zum Anzünden und Werfen – genau dreißig Sekunden –«

Doricks Freunde schauten ihn bestürzt an. War ihr Chef verrückt geworden? Mit stechenden Blikken fixierte er sie, seine Hände bastelten zuckend an einer noch nicht vorhandenen Bombe.

Nein, verrückt war er nicht, nur völlig verstört. Sein ganzes Leben voller Verbitterung und Neid raste in diesen Sekunden an ihm vorüber und ließ nur noch so viel Verstand übrig, wie ein Mensch in diesem Zustand eben besitzen kann.

»Und wer soll sie werfen, die Bombe?« fragte Sirdey kalt.

»Ich«, antwortete Dorick.

»Wann?«

»Heute nacht! – Gegen zwei klopfe ich an die Tür – an die Tür zur Regierung. – Der Kaw-djer wird aufmachen. – Sobald ich ihn höre, zünde ich die Lunte an – ich habe alles bei mir, was ich brauche – wenn die Tür aufgeht, fliegt ihm die Bombe an den Kopf!«

»Und du?«

»Ich habe Zeit – ich komm' schon noch weg! Und wenn nicht, geh' ich eben mit hoch – das ist mir jetzt egal! Auf jeden Fall – heute nacht muß es passieren!«

Alle schwiegen und schauten einander an. Sie waren entsetzt von Doricks Plan.

»Wenn das so ist«, bemerkte Sirdey schließlich in aller Ruhe, »brauchst du uns ja nicht.«

»Keinen von euch brauche ich!« schrie Dorick sie an. »Alle könnt ihr euch drücken, wenn ihr zu feige seid!«

Das hörten sie nun wieder gar nicht gern.

»Ich bleibe«, sagte Kennedy.

»Ich auch«, erklärte William Moore.

»Ich auch!« Fred schloß sich seinem Bruder an.

Nur Sirdey schwieg sich aus.

Die Stimmen der Verschwörer waren nach und nach lauter geworden. Ohne es selber zu bemerken, randalierten sie wild durcheinander und dachten trotz des Feuers, das sie vorgefunden hatten, nicht daran, daß irgend jemand in der Nähe sein könnte, der das alles mitanhörte.

Und tatsächlich gab es einen – allerdings nur einen einzigen, der die Ohren spitzte. Er war zu klein, um den fünf stämmigen Männern gefährlich werden zu können, und hieß Dick.

Ein Zufall hatte ihn zum unfreiwilligen und unbeobachteten Zeugen der neuen Verschwörung gemacht.

Die Schule war an diesem 30. März geschlossen, und Dick und Sand waren früh am Morgen zu ihren Höhlen gegangen, in denen sie schon öfter gespielt hatten. Kinder sind ja unberechenbar in ihren Launen: Spiele, die sie wochenlang mit großer Leidenschaft betrieben haben, geben sie plötzlich auf, weil sie ihnen keinen Spaß mehr machen, um sie dann irgendwann ebenso unvermittelt wieder aufzunehmen, weil das, was sie inzwischen getrieben haben, auch langweilig geworden ist. So hatten Dick und Sand eine Zeitlang in ihren Höhlen gehaust und sie dann wochenlang vergessen. Heute kamen sie wieder zurück.

Schon auf dem Weg von der Stadt zum Eingang der Grotte klärten sie die wichtige Frage, welches Spiel heute auf dem Programm stehen sollte. Genauer gesagt – Dick machte die Vorschläge, die Sand widerspruchslos zu akzeptieren hatte.

»Mein lieber Alter«, erklärte Dick, nachdem

die letzten Häuser hinter ihnen lagen. »Ich habe eine grandiose Idee!«

Sand war ganz Ohr.

»Wir werden ›Restaurant‹ spielen!«

Sand nickte heftig, ohne vorerst zu wissen, was gemeint war.

»Schau dir das mal an!« sagte Dick und zeigte etwas vor.

»Streichhölzer!« rief Sand und war begeistert über das fabelhafte Spielzeug.

»Und das da!« fuhr Dick fort und klaubte ebenso mühsam ein halbes Dutzend Kartoffeln aus der Tasche, wie er sie vorher hineingestopft hatte.

Sand klatschte in die Hände.

»Also paß auf!« verkündete Dick wichtig: »Du bist der Besitzer des Restaurants und ich der Gast!«

»Warum?« erkundigte sich Sand unschuldig.

»Darum!« sagte Dick definitiv.

Gegen dieses überzeugende Argument hatte Sand nichts mehr einzuwenden. Und deshalb spielte sich dann in der Höhle alles so ab, wie der kleine Tyrann mit Namen Dick es sich ausgedacht hatte. In einer Ecke lag ein Haufen Zweige, die weiß Gott wer hierhergeworfen haben mochte. Ein paar davon wurden zerbrochen, von draußen Äste geholt, darüber geschichtet, und bald prasselte ein mächtiges Feuer, in dem die Kartoffeln zu schmoren anfingen.

Es dauerte schrecklich lange, bis sie endlich dreiviertel verkohlt, aber gar waren, und jetzt endlich konnte das eigentliche Spiel beginnen.

Sand war Wirt, Küchenchef und Oberkellner in einer Person und hatte natürlich alle sechs Hände voll zu tun, denn er bediente den vornehmsten und anspruchsvollsten Gast, den San Franzisko je erlebt hatte.

Man mußte es gesehen haben, mit welcher Grandezza Mister Dick die Grotte betrat, nachdem er sie um der naturalistischen Echtheit willen vorher kurz verlassen hatte; wie vornehm er sich die unsichtbaren Handschuhe auszog, ebenso Stock und Schirm übergab, dann am imaginären Tisch Platz nahm und sich die nicht vorhandene Serviette in den Halsausschnitt stopfte, und mit welch lässiger Autorität der Gourmand die Speisen auswählte. Er bestellte Eier, Schinken, Brathuhn, Corned Beef, Reis, mehrere Sorten Pudding und so weiter. Er konnte seine Ansprüche so hoch schrauben, wie er wollte: Der Speisezettel dieses Restaurants war unerschöpflich. Es gab schlechthin alles in diesem phantastischen Lokal. »Bitte sehr, mein Herr!« war die stereotype Antwort des Obers auf jede Anfrage, und dann kam der nächste Gang: Eier, Schinken, Speck, und nur ein sehr oberflächlicher oder phantasieloser Beobachter hätte diese Delikatessen mit kohlschwarzen Kartoffeln verwechselt.

Leider wird jede Speisekammer irgendwann

einmal leer und jeder Magen irgendwann einmal voll. Durch ein erstaunliches Zusammenwirken trafen diese beiden Ereignisse genau gleichzeitig ein: Dick hatte genug, als die letzte Kartoffel verschluckt war.

Sand wurde sehr traurig, als ihm dieser Umstand zu Bewußtsein kam.

»Jetzt hast du sie alle aufgegessen!« sagte er und war ganz deprimiert.

Dick geruhte eine Erklärung abzugeben:

»Schließlich bin ich der Gast«, betonte er streng und fiel ein bißchen aus der Rolle: »Und ein Wirt frißt nicht sein eigenes Zeug!«

Aber diesmal ließ sich Sand nicht gleich überzeugen.

»Und ich habe gar nichts gehabt!« wagte er zu widersprechen.

Dick – obwohl kaum größer als sein Freund – schaute sehr überlegen auf ihn herunter.

»Nein – aber du hast ja auch keine Ahnung von einem Dinner mit zwanzig Gängen! Und überhaupt – spiel doch mit dir allein!«

»Nein!« flehte Sand und erschrak zu Tode über diese Drohung.

Das genügte – Dick vergaß seinen Erpressungsversuch sofort wieder.

»Also meinetwegen«, meinte er, »dann mach' ich jetzt den Wirt und du den Gast!«

Nach diesem neuen Programm lief das Spiel nun weiter: Sand verließ die Grotte, kam wieder herein und setzte sich auf den Boden vor den unsichtbaren Tisch. Dick näherte sich respektvoll seinem Gast und überreichte ihm mit einer tiefen Verbeugung zwei kleine Kieselsteine. Aber Sand war nicht schnell genug, um sofort zu begreifen, und schaute die Kiesel verdutzt an.

»Dussel!« erklärte Dick. »Das ist die Rechnung!«

»Aber ich habe doch noch gar nichts gegessen!« wandte Sand enttäuscht ein.

»Weil nichts mehr da ist! Aber vorhin war was da, und das muß jetzt bezahlt werden – oder bezahlt man vielleicht nicht in einem Restaurant, hm? Du sagst also jetzt: ›Ober – die Rechnung bitte!‹ Dann komm' ich: ›Bitte sehr – bitte gleich, Monsieur!‹ Dann bist du wieder dran: ›Hier – ein Cent für das Essen, ein Cent für Sie!‹ – und ich sage: ›Danke, Monsieur!‹ – und du gibst mir die zwei Cent!«

Und so rollte die Szene dann ab. Sand verstellte seine Stimme: »Ober, die Rechnung bitte!«, und Dick antwortete so aalglatt: »Hier Monsieur, zu Diensten – bitte sehr, bitte gleich«, daß man ihn unbedingt für einen routinierten Kellner halten mußte, so täuschend echt war seine Parodie. Begeistert gab ihm Sand die zwei Cent.

Nur eine Überlegung verdarb ihm ein bißchen den Spaß. »Jetzt hast du die Kartoffeln gegessen, und ich muß zahlen«, sagte er ganz melancholisch.

Dick tat so, als hätte er es nicht gehört; aber er

wußte natürlich gut, daß der Kleine völlig im Recht war, und seine Ohren liefen rot an. Er beruhigte schnell sein Gewissen:

»Weißt du was? Nachher kaufen wir bei Rhodes eine Zuckerstange – die darfst du anlecken!«

Und dann zog er als guter Diplomat vollends den Kopf aus der Schlinge und lenkte ab:

»Aber erst spielen wir jetzt noch was ganz anderes!«

»Was denn?«

»Safari!« entschied Dick und gab sich gleich die dankbarere Rolle. »Du bist der Großwildjäger – ich bin der Löwe. Du gehst hinaus, und dann kommst du in die Höhle und willst dich ausruhen. Da falle ich über dich her und fresse dich auf. Im letzten Augenblick schreist du noch ›Hilfe – Hilfe!‹ – ich gehe hinaus und komme zurückgerannt als ein anderer Jäger und schieße den Löwen tot!«

»Aber wenn du doch selber der Löwe bist?« wandte Sand nicht ganz unlogisch ein.

»Wenn ich schieße, bin ich der Jäger!«

»Und wer frißt mich dann, wenn du der Jäger bist?«

»Ich, solang ich der Löwe bin!«

Sand dachte scharf nach und schaute Dick dabei unglücklich an. Dieser sah, daß der kleine Verstand seines Schützlings wieder mal überfordert war, und beruhigte ihn:

»Das ist zu kompliziert für dich, aber du

brauchst es ja auch nicht zu verstehen! Geh jetzt mal raus und komm zurück – keine Angst, der Löwe frißt dich dann schon! Er lauert übrigens hinter einem Felsen, das haben Löwen so an sich! – Los, aber laß dir Zeit, mindestens eine halbe Stunde. Und der Löwe, das bin ich – daß du mir das ja nicht verwechselst! Geh jetzt endlich, am besten durch die Galerie in die obere Höhle, und dann kommst du von außen zurück. Und du merkst überhaupt nichts, hast keine Ahnung! Erst wenn der Löwe brüllt –«

Und Dick stieß ein so fürchterliches Gebrüll aus, daß Sand die Flucht ergriff und die Galerie hinaufstieg. Eine halbe Stunde später würde er ahnungslos die Höhle betreten, um sich von Dick gehorsam erst als Großwildjäger verschlingen und dann als Löwe erschießen zu lassen.

Dick kauerte sich zwischen die Felsen. Eine halbe Stunde mußte er jetzt warten – aber was sind lächerliche dreißig Minuten für einen alten Löwen? Der muß stundenlang auf der Lauer liegen können – wer das nicht kann, ist kein alter Löwe!

Von Zeit zu Zeit ließ er ein sehr leises, aber äußerst blutrünstiges Knurren hören, als winzigen akustischen Vorgeschmack des ungeheuren Gebrülls, das der Löwe loslassen würde, bevor er den armen Großwildjäger zerfetzte.

Seine Vorfreude wurde leider unterbrochen: Ein paar Männer kamen den Hang heraufgeklettert. Dick blieb in seinem Versteck, denn er war ein Löwe, und Löwen bleiben in ihrem Versteck. Trotzdem konnte er auch in seinem augenblicklichen Status als König der Wüste nicht umhin, festzustellen, daß es Lewis Dorick, die Brüder Moore, Kennedy und Sirdey waren, die vor der Grotte auftauchten.

Er zog eine Grimasse: Das schöne Spiel war futsch, außerdem konnte er die fünf nicht leiden – Fred Moore war sogar sein persönlicher Todfeind.

Die Männer kamen in die Grotte herein, Dick ärgerte sich sehr. Er hörte ihre erstaunten Rufe, als sie das Feuer sahen.

Er murmelte zwischen den Zähnen: »Was wollt ihr denn? Ist das vielleicht *eure* Höhle?«

Aber dann hörte er zwei Worte, die ihn aufhorchen ließen. Das erste – ›Pulver‹ – war ganz klar zu verstehen, das zweite – ›Bombe‹ – wurde vom Echo des Höhlengewölbes verzerrt, ebenso wie die Namen ›Gouverneur‹ und ›Hartlepool‹.

Vielleicht war er zu weit weg und hatte sich alles nur eingebildet? Vorsichtig schlich er näher an die Gruppe heran, so daß ihm nichts mehr von dem, was gesprochen wurde, entgehen konnte.

Eben redete wieder einer – Dick erkannte die Stimme von Sirdey.

»Und nachher?« fragte der ehemalige Schiffskoch, der wieder einmal die Rolle des Skeptikers spielte.

»Nachher?« wiederholte Dorick ärgerlich.

»Ja!« Sirdey blieb hartnäckig. »Deine Bombe ist nicht das Pulverfaß. Alle kriegst du damit nicht los! Den Kaw-djer kannst du damit meinetwegen in die Luft jagen, aber dann sind immer noch Hartlepool da und die Posten!«

»Ist doch egal!« schrie Dorick hysterisch. »Die sind dann auch erledigt! Wenn erst mal der Kopf abgeschnitten ist, geht das ganze Vieh kaputt!«

Hochjagen – den Kaw-djer! Ihm den Kopf abschneiden! – Dick war kein Löwe mehr – er stand wieder in der Wirklichkeit und hörte zitternd weiter zu.

FÜNFTES KAPITEL

EIN HELD

Dem Gouverneur den Kopf abschneiden! Dick hatte sein Spiel vergessen, er dachte nur noch an sofortige Flucht. Er mußte nach Liberia – alles erzählen –!

Dummerweise wollte er gleich losrennen und vergaß jede Vorsicht. Da löste sich ein Stein und rollte davon. Und schon war jemand am Eingang und schaute sich mißtrauisch nach allen Seiten um. Dick erschrak: Wer anders konnte es sein als ausgerechnet Fred Moore?

Und der hatte den Jungen auch schon gesehen.

»Ah – du bist das, du kleine Giftkrabbe du!« sagte er. »Was machst du da?«

Dick war vor Schreck erstarrt und gab keine Antwort.

»Jetzt hast du dein großes Maul im Sack!« schrie Fred Moore. »Sonst ist es doch immer so gut geschmiert! Aber warte, ich werd' dir schon helfen – ich bring dir die Zähne schon wieder auseinander!«

Die Angst gab Dick seine Beweglichkeit wieder. Er rannte los und den Abhang hinunter. Aber mit ein paar Sätzen hatte ihn sein Gegner eingeholt. Er packte ihn am Gürtel und hob ihn wie ein Päckchen hoch.

»Hat man so was schon gesehen?« lachte Fred Moore und trug den freischwebend zappelnden Jungen neben sich her. »Ich werde dir das Spionieren schon austreiben, du verdammter Zwerg!«

In wenigen Sekunden war er wieder in der Höhle und warf sein lebendes Bündel Lewis Dorick vor die Füße.

»Da hast du was!« sagte er. »War draußen – hat alles mitgehört!«

Dorick riß Dick an den Haaren vom Boden hoch.

»Was hast du hier zu suchen?« fragte er ihn böse.

Dick zitterte immer noch. Aber hinter der Angst meldete sich schon wieder sein ungebrochenes Selbstbewußtsein. Er stellte sich auf seine kurzen Beine wie ein Kampfhahn:

»Das geht Sie nichts an«, krähte er. »Man darf doch hoffentlich noch in einer Höhle spielen? Oder gehört sie Ihnen?«

»Ein bißchen höflicher, du pimmerige Rotznase!« sagte Fred Moore und haute Dick eine hinter die Ohren.

Aber damit kam er nicht weit. Er hätte Hackfleisch aus ihm machen können, Dick wäre eisern geblieben. Aufrecht und größer, als er war, stand er vor ihm, ballte die Fäuste und schaute seinem riesigen Gegenüber voller Verachtung ins Gesicht.

»Sohn des großen Feiglings«, sagte er und stieß den schrillen Schrei der Apachen aus.

Doch die Beleidigung schien Fred Moore wenig zu beeindrucken.

»Was hast du gehört?« fragte er. »Das sagst du uns jetzt sofort, oder –«

Damit haute er ihm wieder ein paar runter, aber Dick dachte nicht daran, zu antworten.

Dorick mischte sich ein.

»Laß ihn los, du bringst doch nichts aus ihm raus! Und es kann uns ja auch egal sein! Ob er was weiß oder nicht – wir sorgen schon dafür, daß er nicht schwätzt!«

»Du willst ihn doch nicht kaltmachen?« fragte Sirdey, der für blutige Lösungen offensichtlich wenig übrig hatte.

»Wer redet hier von kaltmachen?« antwortete Dorick und hob die Schultern. »Wir binden ihn ein bißchen fest, bis alles vorbei ist! Hat einer von euch ein Stück Schnur?«

»Hier«, sagte Fred Moore und zog einen kleinen Strick aus der Hosentasche.

»Und das da«, fügte sein Bruder William hinzu und bot seinen Ledergürtel an.

Die Ganoven hatten Übung – Dick wurde mit wenigen Griffen gefesselt. Die Knöchel übereinander und die Hände hinterm Rücken zusammengebunden, konnte er sich nicht mehr rühren. Fred Moore trug ihn in die zweite Grotte und warf ihn wie einen Baumwollballen irgendwo hin.

Bevor er ging, gab er ihm den guten Rat: »Bleib ganz ruhig, sonst machen wir dich fertig!«

Dann ging er zu seinen Kumpanen zurück, und sie setzten ihre Besprechung fort. Allerdings wurde es allmählich Zeit, daß man aufhörte zu reden und anfing zu handeln. Und tatsächlich hatte Dorick, während die anderen noch das Für und Wider des Plans durchdiskutierten, schon den Teer aufs Feuer gestellt und so mit der Herstellung seiner Bombe begonnen.

Pulver in Verbindung mit flüssig heißem Teer erfordert natürlich die allergrößte Vorsicht, und deshalb waren alle fünf Verschwörer bald so ausschließlich auf ihre lebensgefährliche Arbeit konzentriert, daß sie nicht bemerkten, wie schon eine ganze Zeitlang draußen ein kleiner Großwildjäger stand, der eigentlich gekommen war, um die Beute eines wilden Löwen zu werden.

Sand hatte alles mitangesehen: wie sein Freund geschlagen, gefesselt und nach hinten in die zweite Höhle weggetragen worden war.

Die Verzweiflung hatte seine Füße am Boden festgenagelt: Was war Dick passiert? Warum hatte man ihn geschlagen? Warum wurde er fortgetragen? Was würden sie mit ihm anstellen? Ihn umbringen? Oder war er verletzt und wartete auf seine Hilfe?

Diese letzte Möglichkeit löste die Verkrampfung, die Sand minutenlang bewegungsunfähig gemacht hatte.

Er mußte den großen, tapferen Bruder retten! Er huschte vom Eingang weg, rannte um den Berg, kletterte wie eine Gemse zur Öffnung der oberen Höhle hinauf, stieg die Galerie hinunter und war in weniger als einer Viertelstunde an der Stelle, wo sich diese Galerie zu der Grotte erweiterte, in welcher der Gefangene lag.

Durch den Gang, der diese innere mit der äußeren Grotte verband, fiel etwas Licht ein. Und von dorther drangen auch hohl und undeutlich die Stimmen von Dorick und seinen vier Komplizen. Sand wußte, daß er von jetzt an sehr leise sein mußte. Er wagte kaum mehr zu atmen und schlich auf Katzenpfoten zu seinem Freund hin.

Schiffsjungen müssen das Matrosenhandwerk erlernen und haben deshalb immer ein Messer im

Sack. Sand klappte seines schnell auf und durchschnitt die Fesseln. Kaum konnte sich Dick wieder bewegen, da lief er auch schon, ohne ein Wort zu sagen, in die Galerie hinein. Denn er wußte: Was sich in der vorderen Höhle zur Zeit abspielte, war kein Spaß. Die wenigen aufgeschnappten Worte hatten ihm den Ernst der Lage klargemacht, und er war sich bewußt, daß er rasch handeln – das heißt dem Gouverneur Meldung machen – mußte. Deshalb bedankte er sich nicht einmal bei seinem kleinen Freund und Retter, sondern kletterte, so schnell er konnte, die Galerie hinauf, und Sand rannte keuchend hinterher.

Sicher wäre den beiden die Flucht gelungen; aber ein unglücklicher Zufall wollte es, daß Fred Moore ausgerechnet in diesem Augenblick in die innere Höhle kam, um nach dem Jungen zu schauen. Im Halbdunkel sah er, daß sich etwas fortbewegte. Er lief ihm aufs Geratewohl nach und entdeckte so die Galerie, die er bisher übersehen hatte. Er begriff sofort, daß hier etwas nicht in Ordnung war, daß man ihn hereingelegt hatte. Mit einem wilden Fluch begann er nun als dritter, in die steile Galerie einzusteigen.

Der Vorsprung der beiden Jungen mochte etwa fünfzehn Meter betragen – aber dafür hatte Fred Moore die längeren Beine. Und da der Gang zumindest in seinem vorderen Teil ziemlich breit war, konnte er diesen Vorteil zunächst ausnützen. Die beinahe völlige Dunkelheit, die ihn umgab, war für ihn zwar weit hinderlicher als für Dick und Sand, weil sie den Verlauf der Galerie gut kannten. Aber Fred Moores Wut hatte den Grad erreicht, wo die Stimme der Vernunft nicht mehr zu hören ist. Blind tappte er im Dunkel immer weiter, die Hände tastend ausgestreckt und in ständiger Gefahr, sich an irgendeinem Felszacken den Schädel einzurennen.

Er hatte keine Ahnung, daß es zwei waren, die vor ihm herliefen. Und bald sah auch er überhaupt nichts mehr, und die Jungen sprachen natürlich kein Wort. Nur das Poltern der herabrollenden Steine bewies ihm, daß er noch auf dem richtigen Weg war. Und da dieser Steinschlag immer näher auf ihn zukam, durfte er annehmen, daß er laufend Boden gutmachte.

Dick und Sand taten, was sie konnten. Sie wußten, daß sie verfolgt wurden, und merkten auch, daß der Gegner sie allmählich einholte. Aber sie gaben nicht auf, sondern verdoppelten ihre Anstrengungen in der Hoffnung, den Engpaß der Galerie zu erreichen – die Stelle, an der das Gewölbe von einem einzigen Felsblock getragen wurde, den der leichteste Anstoß umkippen konnte. Hinter diesem Felsen wurde der Tunnel niedrig und schmal, und das war günstig: Sie waren klein und schmächtig und konnten aufrecht weiterlaufen, während der Riese Fred Moore nur gebückt vorwärts kommen würde.

Endlich hatten sie ihr Ziel erreicht: Dick kroch

als erster unter dem Felsen hindurch, Sand kam – ebenfalls auf Händen und Füßen – hinterher. Aber da wurde sein Knöchel plötzlich gepackt und der Fuß brutal zurückgezogen.

»Jetzt hab' ich dich – du kleine Giftnudel!« keuchte hinter ihm eine Stimme.

Fred Moore kannte sich nicht mehr vor Wut. Da er nicht wußte, daß sich die Galerie hier plötzlich senkte und eng wurde, hatte er sich tatsächlich beinahe den Schädel eingeschlagen. Er war mit der Stirn so hart gegen das Gewölbe geprallt, daß er zurücktaumelte und umfiel. Und diesem Sturz verdankte er den Erfolg seiner Jagd. Denn als er instinktiv die Hand ausstreckte, um irgendwo Halt zu finden, erwischte er zufällig Sands Fußgelenk.

Der Kleine sah sich und alles verloren: Der Riese würde ihn vollends zurückziehen und dann weiterlaufen – Dick nachlaufen. Und ihn einholen. Was wird er mit ihm machen? Wahrscheinlich umbringen! Ganz bestimmt sogar! Und das durfte nicht sein! Unter gar keinen Umständen!

Ob Sand wirklich solche Überlegungen anstellte und solche Schlußfolgerungen zog? Und deshalb in seiner Verzweiflung das letzte Mittel anwandte, um seinen Freund zu retten? Schwer zu sagen, denn für logisches Denken blieb ihm ja keine Zeit. Das ganze Drama spielte sich in einer knappen Sekunde ab.

Manchmal scheint es, als lebe in uns ein zweites Ich, das in bestimmten Situationen für uns handelt.

Die Psychologen nennen es ›Unterbewußtsein‹. Es ist ein Phänomen, das bei hoffnungslos schwierigen Problemen plötzliche Lösungen findet, auf die der Verstand nie gekommen wäre. Es reißt zu Reflexen hin und veranlaßt schließlich zu Handlungen, deren Wurzeln zwar in unserm Willen liegen, die aber nicht von einer klaren Entscheidung bestimmt werden.

Sand hatte nur einen Gedanken: Dick retten – und den Verfolger aufhalten. Den Rest besorgte sein ›Unterbewußtsein‹: Die Arme streckten sich ganz von selber aus und zerrten an dem lose aufliegenden Felsblock, der das Gewölbe trug, während Fred Moore nichtsahnend den Jungen nach hinten zog. Der Felsen rutschte, gab nach – und das Gewölbe brach mit dumpfem Getöse zusammen.

Dick hörte dieses Krachen, blieb stehen und horchte zurück: Tiefe Stille, so tief wie das Dunkel. Unbestimmte Angst und Verwirrung überkamen ihn. Er rief nach seinem Freund – erst leise, dann lauter – zuletzt schrie er den Namen. Keine Antwort! Er rannte zurück, bis ihm ein Haufen Felsbrocken den Weg versperrte. Da wußte er: Die Galerie war zusammengebrochen – unter den Trümmern begraben lag Sand.

Einen Augenblick hockte er reglos und benommen da, dann lief er zurück, die Galerie hinauf, durch die obere Höhle, hinaus ins Freie – und stolperte und purzelte den Abhang hinunter.

Der Kaw-djer las gerade noch vor dem Schlafengehen in einem Buch, als die Tür zu seinem Zimmer aufgerissen wurde und ihm eine Art Kugel, die Schreie und unartikulierte Worte ausstieß, vor die Füße rollte. Er schaute verblüfft hoch und erkannte Dick.

»Sand – Gouverneur – Sand –!« Der Junge machte nur noch hilflose Bewegungen mit den Armen – er bekam keine Luft mehr.

Der Kaw-djer war verärgert: »Was soll das? Was ist los?«

Dick hörte nicht. Er war völlig verstört, Tränen liefen ihm übers Gesicht, und aus seiner keuchenden Brust kamen nur abgehackte zusammenhanglose Worte:

»Sand – Gouverneur – Sand –« wiederholte er zunächst immer wieder und faßte den Kaw-djer an der Hand, um ihn mit sich fortzuziehen: »Die Höhle – Dorick – Moore – Sirdey – die Bombe – Kopf abschneiden – und Sand – tot – Sand – Gouverneur – Sand!«

Dem Kaw-djer wurde klar: In den Höhlen mußte ein Unglück geschehen sein, dem Sand zum Opfer gefallen war und mit dem Dorick, Moore und Sirdey irgendwie zu tun hatten. Von Dick eine vernünftige Auskunft zu erhalten, war in dessen augenblicklichem Zustand jedoch unmöglich. Er hatte offensichtlich sein entsetzliches Erlebnis noch nicht überwunden und wiederholte nur immer wieder die gleichen Worte, als sei er plötzlich verrückt geworden.

Der Kaw-djer stand auf, ging zu Hartlepool hinüber und rief ihm zu: »Es ist was passiert – oben, in den Höhlen! Nehmen Sie fünf Mann mit Fackeln und kommen nach! Beeilt euch!«

Ohne die Antwort abzuwarten, folgte er der kleinen Hand, die ihn immer heftiger vorwärtszog – in Richtung der Landzunge. Zwei Minuten später brachen Hartlepool und fünf bewaffnete Männer ebenfalls auf.

Unglücklicherweise waren der Kaw-djer und Dick schon im Dunkel verschwunden, und Hartlepool wußte nur, daß er ›zu den Höhlen‹ gehen sollte. Deshalb kletterte er mit seinen Leuten hinauf zu der oberen Höhle, die er am besten kannte, weil er dort seinerzeit die Gewehre versteckt hatte, während Dick den Kaw-djer zu der äußeren unteren Grotte führte, in der sich die Bombenschmiede befand.

Dorick hatte Fred Moore fluchen hören, als dieser die Flucht seines Gefangenen entdeckte, war mit Kennedy und William Moore in die zweite Höhle gelaufen, um nachzusehen, was los sei. Da man dort aber in der Dunkelheit nichts erkennen konnte und Fred Moore es ja nur mit einem kleinen Jungen zu tun hatte, war man gleich wieder an die Arbeit zurückgekehrt.

Man hatte die Bombe vollends fertiggestellt, noch eine Weile auf Fred Moore gewartet und war dann schließlich doch unruhig geworden. Warum kam er nicht zurück?

Sie drangen noch einmal in die innere Höhle vor, diesmal mit einer brennenden Fackel: Voran William Moore, dann Lewis Dorick, als letzter Kennedy.

Sirdey war zwar auch mitgegangen, aber schon nach wenigen Schritten umgekehrt. Das Verschwinden Fred Moores war ihm verdächtig, und in zweifelhafte Geschäfte ließ er sich nicht gerne ein. Er war kein Held und legte nicht den geringsten Wert darauf, einer zu sein. Kleine Betrügereien und Gaunereien machte er gern mit, aber wo seine kostbare Person in Gefahr geraten konnte, trat er lieber rechtzeitig den Rückzug an. Und hier sah er die Möglichkeit von Komplikationen, und überhaupt schien ihm dieses ganze neue Attentat auf sehr wackligen Beinen zu stehen. Jedenfalls beschloß er, draußen vor dem Eingang zwischen zwei Felsen versteckt den weiteren Verlauf dieser Unternehmung erst einmal abzuwarten.

Dorick und die beiden anderen hatten unterdessen die Galerie entdeckt, in die Dick und Sand – und hinter ihnen ihr Verfolger – eingestiegen waren. Da die Grotte keinen anderen Ausgang hatte, war kein Irrtum möglich: durch diesen Tunnel mußte Fred Moore verschwunden sein. Sie stiegen also ebenfalls in den Gang ein, doch nach etwa hundert Metern kamen sie nicht mehr weiter: Eine bis zur Decke des an dieser Stelle besonders engen Tunnels aufgetürmte Fels- und Geröllmasse versperrte ihnen den Weg. Diese Galerie war also eine Sackgasse, und sie hatten das Ende davon erreicht.

Sie standen sehr verwundert vor diesem unerwarteten Hindernis und schauten sich fragend an: Wo zum Teufel steckte Fred Moore? Keiner konnte dieses Rätsel beantworten. Und so stiegen sie wieder zurück – den Gang hinunter, ohne zu ahnen, daß ihr Kamerad unter dem Trümmerhaufen, der ihnen den Weg versperrt hatte, begraben lag.

Sie waren ziemlich beunruhigt; schweigend durchquerten sie die innere Höhle und kamen wieder zu ihrem Hauptquartier. Und dort erwartete sie eine noch unangenehmere Überraschung: Im gleichen Augenblick, als sie von innen die Höhle betraten, tauchten am Eingang zwei Gestalten auf: ein Mann und ein kleiner Junge.

Im Schein der Fackel und des immer noch hell lodernden Feuers erkannten sie die beiden.

»Dick?« riefen sie alle drei, verblüfft, daß der Junge, den sie eine halbe Stunde vorher gefesselt in die hintere Höhle geschleppt hatten, plötzlich von der Gegenseite her zurückkehrte.

»Der Kaw-djer« – das war ihr nächster Ausruf, und jetzt erst fingen sie an, die Zusammenhänge zu begreifen und damit die Gefahr zu erkennen, in der sie sich befanden.

Einen Augenblick zögerten sie, dann packte sie die Wut der Verzweiflung, und wie zwei Panther sprangen William Moore und Kennedy den Kawdjer an.

Dieser stand unbeweglich am Eingang. Die mächtige Gestalt von den Flammen hell beleuchtet, erwartete er seine Gegner, die mit blankem Messer auf ihn stürzten.

Er ließ ihnen wenig Zeit: Mit eisernen Händen

packte er sie um die Kehlen und stieß ihre Köpfe so hart gegeneinander, daß beide Männer bewegungslos am Boden lagen.

William Moores Kopf erwies sich als der solidere. Denn während Kennedy bewußtlos liegenblieb, rappelte sich Moore allmählich wieder hoch.

Der Kaw-djer kümmerte sich nicht mehr um ihn, sondern wandte sich Dorick zu.

Dieser hatte keine Zeit gefunden, in den Kampf einzugreifen – alles war viel zu schnell gegangen. Instinktiv hatte er seine Bombe an sich gerissen, und mit ihr zwischen den Händen stand er, gelähmt vor Entsetzen, im Hintergrund. Und als der Kaw-djer jetzt auf ihn zuging, wußte er, daß jeder weitere Widerstand sinnlos – daß alles verloren war.

Da packte ihn die Panik der Verzweiflung. Das Blut stieg ihm zu Kopf, er wurde wahnsinnig: Einmal im Leben würde er der große Sieger sein! Und wenn er dabei zugrunde ging – der Kaw-djer war dann auch vernichtet!

Mit einem Satz war er beim Feuer, hielt die Lunte an den brennenden Zweig und holte mit dem Arm weit nach hinten aus, um die Bombe zu werfen.

Es kam nicht dazu. Ob seine Ungeschicklichkeit schuld war oder die Lunte schneller abglühte, als er berechnet hatte: Die Bombe krepierte noch in seiner Hand. Eine ohrenbetäubende Detonation – der Boden zitterte – durch die Öffnung der Grotte schlug eine mächtige Feuergarbe.

Auf die Explosion antworteten laute Rufe von draußen: Hartlepool und seine Leute, die sich vorher zur falschen Grotte verlaufen hatten, waren inzwischen auf dem richtigen Weg und kamen erschrocken angerannt, gerade noch rechtzeitig, um zu sehen, was geschah.

Die Stichflamme hatte sich in zwei Feuerzungen geteilt, und diese loderten zu beiden Seiten des Kaw-djer hinaus. Der kleine Dick hielt entsetzt die Knie des Kaw-djer umklammert, der Gouverneur selbst stand in marmorner Unbeweglichkeit hoch aufgerichtet mitten in der Feuergarbe.

Hartlepool und seine Leute wollten ihm zu Hilfe kommen – aber er brauchte sie nicht. Wie durch ein Wunder war er unverletzt geblieben. Die Explosionswelle hatte sich in zwei Ströme geteilt, und diese streiften ihn nur, ohne ihn umzudrücken oder zu versengen. Aufrecht, mit vor der Brust verschränkten Armen, hatte er den Augenblick der höchsten Gefahr überlebt, und so stand er auch jetzt noch, als diese Gefahr längst vorüber war. Schließlich streckte er die Hand aus und hielt seine Freunde zurück, die ihm zu Hilfe kommen wollten.

»Hartlepool – lassen Sie den Eingang bewachen!« sagte er mit der lässigen Ruhe, die man von ihm gewöhnt war.

Mehr als verwundert über diese unglaubliche Kaltblütigkeit gehorchten Hartlepools Leute und bildeten eine Kette vor dem Eingang zur Höhle.

Allmählich verzog sich der Qualm, aber innen war es nun stockdunkel, denn die Explosion hatte das Feuer gelöscht.

»Licht!« befahl der Kaw-djer.

Man zündete eine Fackel an und drang in die Höhle ein.

Bevor es hell wurde, löste sich ein Schatten von den Felsen am Eingang. Es war Sirdey, der nun Bescheid wußte. Ob Dorrick noch lebte oder nicht – in jedem Fall war es ratsam, auf dem schnellsten Wege zu verschwinden. Er schlich langsam weg, bis er die Entfernung für ausreichend hielt, dann rannte er blind in die Nacht hinein.

Inzwischen untersuchten der Kaw-djer und Hartlepool den Tatort. Das Bild, das sich ihnen bot, war grauenhaft. Auf dem blutbespritzten Boden zerstreut lagen die scheußlichen Reste Doricks. Den Körper noch zu identifizieren wäre schwierig gewesen, denn Kopf und rechter Arm waren von der Explosion weggerissen worden. Ein paar Schritte von ihm entfernt lag William Moore mit zerfetztem Leib. Ein Stück weiter hinten schien Kennedy unverletzt und friedlich zu schlafen. Der Kaw-djer ging zu ihm hin.

»Er lebt«, stellte er fest.

Der ehemalige Matrose hatte das wahrscheinlich dem Umstand zu verdanken, daß er noch – halb erwürgt und bewußtlos – flach auf dem Boden gelegen war.

»Sirdey fehlt noch«, bemerkte der Kaw-djer

und schaute um sich, »er soll auch dabeigewesen sein.«

Sie suchten die ganze Höhle gründlich ab – es war vergebens: Der Koch der *Jonathan* blieb verschwunden. Dagegen entdeckte Hartlepool – unter einem Reisighaufen versteckt – das Fäßchen, von dessen Pulver Dorick eine Handvoll entnommen und damit seine Bombe gebastelt hatte.

»Da ist das andere Fäßchen – und angebrochen. Damit wissen wir ja alles!« rief er zufrieden aus.

In diesem Augenblick griff eine kleine Hand nach der großen des Kaw-djer, und eine schwache Stimme bettelte leise:

»Sand! – Gouverneur – bitte – Sand!«

Dick hatte recht, noch war nicht alles erledigt. Sie mußten noch Sand suchen, von dem sein Freund behauptete, er sei auch in diese Angelegenheit verwickelt gewesen.

»Führ uns hin!« sagte der Kaw-djer.

Dick ging voran – zunächst in die zweite Grotte. Alle folgten ihm; nur ein Mann blieb zur Bewachung Kennedys zurück. Sie kletterten hintereinander die Galerie hinauf bis zu der Stelle, wo das Gewölbe heruntergebrochen war.

»Dort!« flüsterte Dick und deutete auf die Steintrümmer.

Er weinte nicht mehr – seine trockenen Augen brannten fiebrig, und die Lippen hatten mit jedem Wort Mühe, das sie aussprechen wollten. Er schien selber so ungeheure Schmerzen zu leiden, daß die starken Männer hinter ihm sich nur in hilflosem Mitleid anschauen konnten.

»Wo dort?« fragte der Kaw-djer leise. »Du siehst doch, daß wir nicht weiter kommen!«

»Sand!« wiederholte Dick eigensinnig, und seine Blicke bohrten sich förmlich in die Felstrümmer hinein.

»Wie meinst du das?« wollte der Kaw-djer wissen. »Oder soll das heißen, dein Freund liegt unter diesem Steinhaufen?«

»Ja!« klagte Dick. »Hier wollten wir durch! Ich war gefangen, von Dorick – Sand hat mich befreit – dann sind wir los – Sand hinter mir – und hinter uns Fred Moore – und Sand hat – den unteren Stein umgekippt – da ist alles runtergekommen – auf ihn – und mich hat er gerettet – ja – Gouverneur – bitte!!«

Endlich begriff der Kaw-djer, was geschehen war. Er legte dem Jungen die Hand auf den Kopf:

»Bleib ruhig!« redete er ihm zu, »bleib jetzt ganz ruhig! Geh in die untere Höhle zurück und hab gar keine Angst! Wir holen ihn schon raus!« Und zu Hartlepool und den Männern: »Los – fangt an!«

In fieberhafter Eile machten sie sich an die Arbeit. Ein Felsbrocken nach dem andern wurde gelöst und nach hinten weitergereicht. Zum Glück waren die einzelnen Trümmer nicht zu groß; man konnte sie heben oder zumindest wälzen.

Dick war folgsam in die untere Eingangshöhle

zurückgegangen, wo Kennedy unter den Augen seines Bewachers wieder langsam zu Bewußtsein kam.

Der Junge setzte sich – immer noch völlig benommen – an den Eingang und starrte unbeweglich vor sich hin. Er hoffte, daß der Kaw-djer sein Versprechen erfüllen konnte.

Inzwischen arbeitete man in der Galerie unterm Schein der Fackeln angestrengt weiter. Dick hatte recht gehabt: Es lagen Menschen unter dem Trümmerberg. Kaum waren die ersten Brocken weggeräumt, kam auch schon ein Fuß zum Vorschein. Es war kein Kinderfuß – also nicht der von Sand. Es war der Fuß eines sehr großen Mannes.

Man arbeitete noch behutsamer als bisher. Nach dem Fuß wurden die Beine freigelegt, dann das Becken, schließlich der ganze Körper eines Mannes, der auf dem Bauch lag. Man wollte ihn zurückziehen, doch das ging nicht: Der noch ins Geröll vorgestreckte Arm war offenbar irgendwo eingeklemmt. Man mußte ihn völlig freischarren. Da sah man, daß die verkrampfte Hand den Knöchel eines kleinen Fußes umklammert hatte.

Die Hand wurde aufgebrochen und der Mann auf den Rücken gedreht. Es war Fred Moore – mit zu Brei zermalmtem Kopf und eingedrückter Brust. Tot.

Man verdoppelte die Anstrengungen. Der Kinderfuß, in den sich Fred Moores Hand verkrallt hatte, konnte nur zu Sand gehören.

Es ging alles in der gleichen Reihenfolge vor sich wie bei Fred Moore: zuerst die Füße, dann die Beine, dann der Körper. Aber man kam rascher voran, weil das Opfer klein war.

Ob der Kaw-djer halten konnte, was er Dick versprochen hatte? Ob es gelingen würde, das Kind herauszuholen – lebendig? Demnach, was bisher zu sehen war, schien es hoffnungslos. Die Beine waren vielfach gebrochen, zerquetscht – nicht mehr als plattgedrückte, blutige Kleiderfetzen, und man wagte nicht daran zu denken, wie der Körper und der Kopf aussehen mochten.

Wie gern hätten sie sich jetzt noch mehr beeilt, aber sie durften nicht. Sie mußten überlegen. Denn auf den eingeklemmten Kniekehlen des armen Kindes lag ein Felsblock, der weit größer war als alle andern, und auf ihm lastete noch ein Teil des Gewölbes. Wenn es nicht gelang, ihn mit größter Vorsicht wegzurücken, konnte es zu einem weiteren Einsturz kommen.

Durch diese unerwartete Schwierigkeit zog sich die Bergungsarbeit noch einmal beträchtlich in die Länge; endlich gelang es aber doch, den schweren Brocken Zentimeter um Zentimeter anzuheben.

Die Männer stießen einen Ruf des Erstaunens aus. Hinter dem Steinblock gähnte ein großer Hohlraum, und in ihm lag Sand wie in einem offenen Grab: wie Fred Moore auf dem Bauch, aber die Felsen über ihm berührten ihn nicht. Körper und Kopf schienen völlig unversehrt, und wären seine Beine nicht in einem so schrecklichen Zustand gewesen, hätte er das entsetzliche Abenteuer heil überstanden.

Mit unendlicher Vorsicht wurde er unter dem Felsen vorgezogen und ins Licht einer Fackel gebettet. Seine Augen waren geschlossen, die Lippen blutleer und zusammengepreßt, sein Gesicht fahl wie Asche. Der Kaw-djer beugte sich über das Kind und legte ihm das Ohr auf die Brust.

Er brauchte lange, bis er sich wieder aufrichtete. Jeder wußte, wenn überhaupt noch Atem vorhanden war, so konnte er kaum wahrnehmbar sein.

Endlich sagte er:

»Er lebt noch!«

Zwei Männer hoben das leichte Bündel vom Boden, und schweigend stiegen alle die Galerie hinunter. Ein gespenstiger Zug in diesem Tunnel, wo die Finsternis im Flackern der rußenden Fackeln zum Greifen schien. Der Kopf des verunglückten Jungen baumelte haltlos, aus den zerquetschten Beinen tropfte es rot und schwarz.

Als sie zum Ausgang der unteren Grotte kamen, sprang Dick hoch wie aus einem Traum und starrte seinen Freund an. Er sah die Beine – und das tote Gesicht.

Er bekam schrecklich große Augen, würgte an einem Schrei und fiel besinnungslos zu Boden.

SECHSTES KAPITEL

ACHTZEHN MONATE

In der folgenden Nacht konnte der Kaw-djer nicht schlafen. Was er am Vorabend erlebt hatte, ließ ihm keine Ruhe. Einmal mehr hatte er erfahren, daß der Mensch zu allem fähig ist – zum Besten wie zum Schlimmsten: zum Akt hemmungsloser Vernichtung des andern ebenso wie zu dem hemmungsloser Selbstvernichtung dem andern zuliebe.

Bevor er sich mit der Schuldfrage beschäftigte, hatte er die beiden Opfer vorläufig versorgt. Sie waren unverzüglich auf zwei Behelfsbahren ins Regierungsgebäude geschafft worden.

Als Sand entkleidet auf seiner Pritsche lag, sah man erst, wie besorgniserregend sein Zustand war. Die Beine – Brei und Splitter – waren praktisch nicht mehr vorhanden. Es war ein so erbarmenswerter Anblick, daß sogar dem abgehärteten Hartlepool dicke Tränen über die von Wind und Wetter gegerbten Backen liefen.

Der Kaw-djer flickte das zerfetzte Fleisch einigermaßen zusammen und verband dann alles mit geradezu mütterlicher Sorgfalt. Es schien sicher, daß Sand von seinen zerquetschten Beinen nie mehr würde Gebrauch machen können – das heißt sein ganzes Leben als Krüppel im Rollstuhl verbringen müßte. Daran ließ sich wohl nichts ändern; es würde schon schwierig genug werden, eine Amputation zu vermeiden, die man dem zarten und geschwächten Organismus nicht ohne tödliches Risiko zumuten konnte.

Als die Verbände angelegt waren, flößte der Kaw-djer dem Verletzten ein paar Tropfen eines kreislaufanregenden Mittels zwischen die grauen Lippen, und bald begann Sand leise zu klagen und wirre Worte zu formulieren.

Dick, mit dem sich der Kaw-djer anschließend beschäftigte, war ebenfalls in akuter Lebensgefahr. Er hatte sehr hohes Fieber, seine Augen waren geschlossen, das Gesicht ziegelrot und von konvulsivischen Zuckungen entstellt. Der Atem rasselte und pfiff ruckweise. Der Kaw-djer kannte diese Symptome und wurde sehr ernst. Er wußte, daß Dick im Augenblick dem Tod wahrscheinlich näher war als sein verstümmelter Freund und Retter.

Nachdem die beiden Kinder versorgt waren, ging der Kaw-djer noch spät in der Nacht zu Harry Rhodes hinüber, berichtete ihm, was vorgefallen war, und schilderte ihm den Zustand von Dick und Sand. Harry Rhodes war entsetzt über alles, was er hören mußte, und sicherte sofort jede Hilfe zu. Es wurde vereinbart, daß Madame Rhodes und Clary, Tullia und Graziella abwechselnd die Krankenpflege übernehmen sollten – die Mädchen tagsüber, die Mütter während der Nacht. Madame Rhodes übernahm die erste Nachtwache. Sie kleidete sich sofort an und ging mit dem Kaw-djer zu den beiden Patienten.

Damit war das Vordringlichste erledigt, und der Kaw-djer wollte schlafen. Aber er konnte nicht. Es waren einfach zu viele aufregende Eindrücke gewesen, und nun ergab sich auch noch ein besonders schwieriges Problem.

Von den fünf Verschwörern waren drei tot, zwei aber hatten überlebt. Was sollte mit ihnen geschehen?

Einer von ihnen – Sirdey – war entkommen. Aber wahrscheinlich irrte er auf der Insel umher, und zweifellos würde man auch ihn bald einfangen. Den andern – Kennedy – hatte man schon ins Gefängnis gesperrt, wo er auf seine Bestrafung wartete.

Da es im Zusammenhang mit diesem grauenhaften zweiten Attentat drei Tote und einen Entflohenen gegeben hatte und zwei Kinder in Lebensgefahr schwebten, konnte diesmal nichts vertuscht werden. Bald würde ganz Liberia davon sprechen – also mußte etwas geschehen. Aber was?

Gewiß, die Handlungsweise dieser Ganoven hatte nichts gemein mit den Grundsätzen des Kaw-djer. Und doch waren die Wurzeln die gleichen. Grob gesagt lief es darauf hinaus, daß diese Leute – genau wie er – jeden Zwang ablehnten und sich nicht damit abfinden konnten. Die unterschiedlichen Konsequenzen hatten sich zwangsläufig ergeben: Sie wollten ihrem Temperament entsprechend die Tyrannei beseitigen; er hatte sich seinerzeit darauf beschränkt, ihr zu entfliehen. Ihr Freiheitsdrang war also prinzipiell derselbe, hatte sich nur verschieden geäußert. Im Grund waren diese Männer Rebellen – genauso wie er selber einer gewesen war. Wenn er sich also in ihnen wiedererkannte, durfte er sie dann überhaupt zur Rechenschaft ziehen, nur weil er der Stärkere war?

Der Kaw-djer stand auf und ging sofort ins Gefängnis, wo Kennedy auf seiner Pritsche herrlich geschlafen hatte. Als der Kaw-djer eintrat, erhob er sich untertänigst und beeilte sich, demütig die Mütze vom Kopf zu nehmen. Dazu mußte er beide Hände hochheben, denn diese waren mit einer soliden Kette kurz aneinandergefesselt.

So stand er also mit reuevoll niedergeschlagenen Augen vor seinem Richter. Der Kaw-djer mußte an ein Tier in der Falle denken: Ringsum Luft – Raum – Freiheit! Und dieser Mensch sollte kein Recht mehr haben auf diese natürlichsten aller Güter, weil er sie anderen Menschen hatte rauben wollen? War das nicht Rache – niedrigste Vergeltung? Der Anblick des Gefesselten wurde ihm unerträglich.

»Hartlepool!« rief er und steckte den Kopf zur Tür hinaus. Hartlepool kam.

»Nehmen Sie ihm die Kette ab!« Der Kaw-djer deutete auf die Handschellen.

»Aber, Monsieur« – wollte Hartlepool protestieren.

»Ich bitte darum«, unterbrach ihn der Kaw-djer in einem Ton, der keine Widerrede zuließ.

Als Kennedy frei war, fragte ihn der Kaw-djer:

»Ihr habt mich töten wollen. Warum?«

Kennedy wagte immer noch nicht, vom Boden hochzuschauen. Er hob die Schultern, trat von einem Fuß auf den anderen und drehte verlegen seine Mütze zwischen den Fingern. Eine Antwort wußte er nicht.

Der Kaw-djer maß ihn noch einmal mit einem langen Blick, dann machte er die Tür, vor der die Posten standen, weit auf und trat zur Seite:

»Geh!«

Kennedy schaute ihn ungläubig an.

»Geh!« sagte der Kaw-djer noch einmal mit gleichgültiger Stimme.

Ein drittes Mal ließ sich der Matrose nicht bitten. Katzbuckelnd stolperte er rückwärts hinaus.

Auch der Kaw-djer ging – zu seinen beiden Kranken. Die Posten und Hartlepool ließ er sprachlos zurück.

Sands Befinden war unverändert; dagegen hatte sich der Zustand des kleinen Dick noch verschlechtert. Er warf sich im Delirium auf seinem Bett hin und her und plapperte dabei unsinniges Zeug. Es war nicht mehr zu bezweifeln, der Junge hatte eine schwere Blutstauung im Gehirn, die wahrscheinlich in eine tödliche Hirnhautentzündung übergehen würde, zumal diese Krankheit durch Auflegen von Eiskompressen behandelt werden mußte. Aber wo gab es hier Eis? Noch war man auf der Insel Hoste technisch nicht so weit entwickelt, daß man Wasser unter den Gefrierpunkt bringen konnte. Eis hatte man nur im Winter.

Und es war ein besonders glücklicher Zufall, daß dieser Winter des Jahres 1884 ungewöhnlich früh und mit außerordentlicher Strenge einsetzte. Er meldete sich schon in den ersten Apriltagen mit heftigen Stürmen an, und diese fegten fast einen Monat lang ohne Unterbrechung über die Insel. Dann sank die Temperatur rapide ab, und schließlich kam der Schnee, in Massen, wie sie der Kawdjer in Magellanien noch nie erlebt hatte.

Man bekämpfte ihn mit aller Kraft und allen Mitteln, aber im Juni fielen die Flocken so dicht und ausdauernd, daß man kapitulierte. Trotz pausenloser Räumarbeiten erreichte die Schneedecke in der Stadt Mitte Juli eine Mächtigkeit von über drei Metern – Liberia lag unter einem eisigen Leichentuch begraben.

Die Türen waren blockiert; man stieg durch die Fenster des Oberstocks. Die eingeschossigen Häuser hatten als Ausgang ein ins Dach geschlagenes Loch.

Das öffentliche Leben kam völlig zum Stillstand, die gesellschaftlichen Beziehungen waren auf unerläßliche gegenseitige Versorgung und Hilfeleistungen beschränkt.

Diese strenge Klausur hatte natürlich wieder üble Folgen für den allgemeinen Gesundheitszustand der Bevölkerung. Wie im vorletzten Winter traten Epidemien auf, und der Kaw-djer mußte dem einzigen Arzt, der alleine nicht mehr durchkam, einen Teil seiner Patienten abnehmen.

Eines beruhigte ihn: Um Dick und Sand brauchte er sich keine Sorgen mehr zu machen. Sand ging es inzwischen schon weit besser als Dick. Zehn Tage nach seiner fürchterlichen Verstümmelung, die er sich durch sein freiwilliges Opfer zugezogen hatte, war er außer Lebensgefahr, und zweifellos ließ sich eine Amputation vermeiden.

In den folgenden Tagen schritt die Schließung, Heilung und Vernarbung der Wunden mit der Geschwindigkeit fort, die man nur bei jungen, noch im Wachstum begriffenen Geweben beobachten kann. Und nach weniger als insgesamt zwei Monaten konnte Sand bereits wieder aufstehen.

Aufstehen – dieser Ausdruck ist natürlich leider unrichtig. Sand konnte sich vom Bett auf den Stuhl tragen lassen – und das würde sein ganzes Leben lang so bleiben. Er würde nie mehr auf seinen verkrüppelten Beinen stehen, also auch nie mehr ohne fremde Hilfe auskommen können.

Der Junge schien sich übrigens sein Unglück nicht übermäßig zu Herzen zu nehmen. Als er zum erstenmal wieder bei klarem Bewußtsein war, interessierte ihn sein eigener Zustand überhaupt nicht, dagegen fragte er sofort nach Dick und ob ihm etwas passiert sei. Er war sehr zufrieden, als man ihm versicherte, Dick sei ohne Verletzungen davongekommen. Aber natürlich machte es ihn dann allmählich mißtrauisch, daß er sich mit dieser Auskunft begnügen sollte, und je besser es ihm erging, desto dringender und hartnäckiger verlangte er, seinen Freund nun auch endlich zu sehen.

Eine ganze Zeitlang konnte man ihm diesen Wunsch nicht erfüllen, denn Dick lag immer noch in tiefer Bewußtlosigkeit. Trotz der Eisbeutel, die ständig erneuert wurden, war sein Gesicht buchstäblich in eine Wolke von Dampf gebettet. Doch endlich klang diese Phase ab, und damit war die akute Krise überwunden. Nur hatte das Fieber den Körper so geschwächt, daß das Leben des kleinen Dick erneut an einem seidenen Faden zu hängen schien.

Aber nun machte seine Genesung rasche Fortschritte, besonders nachdem man ihm mitteilen konnte, daß auch Sand gerettet war. Bei dieser Neuigkeit glänzte sein Gesicht, und zum erstenmal seit jener Katastrophe schlief er friedlich ein.

Am nächsten Tag war es soweit: Er durfte seinen Freund besuchen und sich überzeugen, daß man ihn nicht angeschwindelt hatte. Und von diesem Augenblick an gab es für den kleinen Krüppel keine Probleme mehr: Sein eigenes Unglück kümmerte ihn nicht; mit seinem Freund Dick war alles in Ordnung, er selber hatte seine Geige. Als er zum erstenmal das Bett verlassen konnte, ließ er sich das geliebte Instrument gleich bringen und war überglücklich.

Ein paar Tage später mußte man den Bitten der beiden Kinder nachgeben und sie im gleichen Zimmer unterbringen. Und von nun an verflogen ihnen die Stunden wie im Traum. Meist lagen sie auf ihren nebeneinandergeschobenen Pritschen, und Dick las und Sand musizierte. Von Zeit zu Zeit schauten sie einander an und lachten: Sie hatten das Paradies.

Der einzige traurige Tag – für Dick – war jener gewesen, als sein Freund zum erstenmal auf der Bettkante saß und seine verkrüppelten Beine herunterbaumeln ließ. Dieser scheußliche Anblick hinterließ einen so tiefen und nachhaltigen Eindruck, daß Dick von diesem Tag an ein anderer wurde: nachgiebiger, überlegter, bescheidener, friedlicher; als ob er neu geboren worden wäre.

Dies – man möchte es ein kleines Wunder nennen – spielte sich Anfang Juni ab, in den Tagen, als der Schnee die Liberianer in ihren Häusern einzuschließen begann. Einen Monat später kam strenger Frost dazu, und mit Tauwetter war nicht vor Oktober zu rechnen.

Der Kaw-djer bemühte sich, gegen die deprimierenden Auswirkungen dieser Dauerquarantäne irgend etwas zu unternehmen. Er ließ Spiele veranstalten und Wettkämpfe arrangieren. Durch einen vom Flußufer abzweigenden Abzugskanal hatte sich das unter der Eisdecke angestaute Wasser über die Sumpfebene ergossen und bildete nun eine ideale Eisbahn. Jeder, der diesen gerade damals in

Amerika modern gewordenen Sport beherrschte, konnte also unter wunderbaren Bedingungen Schlittschuh laufen. Wer das nicht wollte, hatte Gelegenheit, sich an Skirennen oder Schlittenfahrten über die Hänge südlich der Stadt zu beteiligen.

Der Kaw-djer hatte damit sein Ziel erreicht: Die Hostelier härteten sich ab und gewöhnten sich an den strengen Winter. Dabei hatten sie ihren Spaß, und die Krankheitsfälle gingen zurück.

Am 5. Oktober setzte Tauwetter ein. Am Strand schmolz der Schnee zuerst, wenig später aber auch in der Stadt. Die Straßen wurden zu Wildbächen, und draußen sprengte der Fluß donnernd seine Eisdecke.

Dann erst trat die allgemeine Schneeschmelze ein. Von den untersten Hängen schossen schmutzige Wassermassen und wälzten sich durch Liberia; wenige Tage später war das Tauwetter die Berge im Innern der Insel hochgeklettert, und der Fluß begann rasch anzuschwellen. Binnen vierundzwanzig Stunden trat er über die Ufer. Bald würde er sich in die Stadt ergießen – und das mußte unbedingt vermieden werden, wollte man nicht preisgeben, was man sich einen Sommer lang erarbeitet und aufgebaut hatte.

Der Kaw-djer setzte alle verfügbaren Kräfte ein. Eine Armee von Erdarbeitern warf zwei Dämme auf. Sie bildeten einen spitzen Winkel, in dessen Schutz die Stadt auf dem Trockenen bleiben sollte. Der eine Schenkel des Winkels lief gegen die südlichen Anhöhen, der andere folgte dem Lauf des Flusses, jedoch nicht direkt am Ufer, das ja bereits überschwemmt war.

So mußten einige dort erbaute Häuser – darunter das von Patterson – aufgegeben werden.

Sie lagen außerhalb des durch die beiden Dämme geschützten Dreiecks, aber dieses Opfer war nicht zu vermeiden.

Es wurde in Tag-und-Nacht-Schichten gearbeitet, und achtundvierzig Stunden später standen die Dämme. Es war höchste Zeit. Von den Bergen herab wälzte sich eine wahre Sintflut gegen das Meer. Aber die beiden Dämme spalteten wie ein Keil diesen ungeheuren Wasserfall. Die eine Hälfte der Wassermassen mußte in den Fluß zurück, die andere weiter östlich ins Meer abfließen.

So wurde Liberia in wenigen Stunden zu einer Insel auf einer Insel. Die Stadt war ringsum vom Wasser eingeschlossen, aus dem im Osten und Süden die Berge aufragten und im Nordwesten die Häuser von Neudorf zu sehen waren, weil dieses Gelände etwas höher lag. Sämtliche Verbindungen waren unterbrochen – zwischen der Hauptstadt und ihrem Vorort brüllte der reißende Strom.

Das dauerte acht Tage; dann ereignete sich ein schwerer Unfall. In der Nähe von Pattersons Anwesen brach die von den Wassermassen unterspülte Uferböschung ein und riß das Haus des Irländers mit sich fort. Es wurde – zusammen mit Patterson selbst und seinem Untermieter Long – vom unwiderstehlichen Sog des Flusses davongetragen, und man sah, wie alles unterging.

Patterson hatte sich von Anfang an allen Warnungen und Aufforderungen gegenüber taub gestellt und sich prinzipiell geweigert, sein Haus zu

verlassen. Er gab auch nicht nach, als man ihn und seinen Besitz vom Schutz der Dämme ausschließen mußte, und blieb sogar, als sein Grundstück längst überschwemmt war und ihm das Wasser am Ende durch die Tür ins Haus lief.

Jetzt hatte er die Quittung erhalten: In Sekundenschnelle war er mit all seinem Hab und Gut vor den Augen Hunderter entsetzter Zuschauer im Fluß versunken.

Als hätte sie nur noch auf dieses Opfer gewartet und sei nun versöhnt, begann die Überschwemmung in der folgenden Nacht zurückzugehen. Der Pegelstand fiel langsam, aber gleichmäßig, und am 5. November, auf den Tag genau einen Monat nach Einsetzen der Schneeschmelze, war der Strom endlich wieder in sein Bett zurückgeflossen.

Aber welche Verwüstungen hatte dieses Naturereignis hinterlassen! Die Straßen von Liberia waren tief ausgewaschen, sie glichen einem gepflügten Acker; an manchen Stellen hatten sie Spalten wie nach einem Erdbeben. Die Straßen ins Innere des Landes, die teilweise unter einer dicken Schlammschicht lagen, streckenweise auch ganz weggerissen waren, konnte man überhaupt nicht mehr benützen.

Zunächst ging man daran, eben diese Verbindungswege wieder herzurichten, vor allem die Straße nach Neudorf. Da sie mitten durch den Sumpf führte, war sie praktisch nicht mehr vorhanden. Spuren von ihr tauchten ganz zuletzt aus dem abfließenden Wasser. Man brauchte über drei Wochen, um sie wieder befahrbar zu machen.

Zur allgemeinen Verblüffung war der erste, der auf ihr spazierenging, Patterson. Fischer von Neudorf hatten ihn, als er in ein Stück Holz verkrallt, ins Meer hinausgespült wurde, bemerkt und unversehrt an Land gezogen. Long dagegen konnte sich nicht retten. Seine Leiche wurde nie gefunden.

Diese Einzelheiten erfuhr man übrigens erst später von den Leuten, die Patterson gerettet hatten. Er selbst nahm sich nicht die Zeit, lange Erklärungen abzugeben. So schnell ihn die Beine trugen, lief er zu seinem Haus, um sich bestätigen zu lassen, was er wußte, aber immer noch nicht glauben konnte: es war verschwunden – spurlos.

So verzweifelt war er noch nie! Alles war hin, was er je besessen hatte. Was er mitgebracht, hinzuerworben, gespart, gehamstert, ergaunert, erpreßt hatte – alles, alles! Die ganze schwere Arbeit, die ganze Unerbittlichkeit sich selbst und andern gegenüber – alles umsonst! Sein Geld, sein Gold, die einzige Leidenschaft und der einzige Lebenszweck – keine Münze, kein Gramm davon war übrig. Er war der Ärmste der Armen. Nackt und hilflos wie ein Säugling mußte er wieder anfangen.

Aber wie groß auch sein Schmerz war, Patterson verlor keine Minute mit Klagen, die nichts einbrachten. Er seufzte kurz und tief, schüttelte seine Verzweiflung ab und begann angestrengt nachzudenken. Dann ging er zum Kaw-djer.

Er sprach ihn demütig an und entschuldigte sich zunächst weitschweifig, daß er sich die Freiheit nahm, ihn anzusprechen. Dann legte er ihm klar, daß die Überschwemmung ihn nicht nur beinahe das Leben gekostet, sondern auch ins tiefste Elend gestoßen hatte.

Dem Kaw-djer war der Bittsteller aus bekannten Gründen nicht mehr übertrieben sympathisch, und so blieb er ganz unpersönlich:

»Das ist alles sehr bedauerlich, aber was wollen Sie eigentlich? Mich anbetteln?«

Neben seinem Geiz besaß Patterson eine zweite hervorstechende Eigenschaft, und das war sein Stolz. Noch nie hatte er jemanden um Hilfe gebeten. So skrupellos er auch war in der Wahl seiner Mittel – immer hatte er sich alleine durchgesetzt, und seinen Aufstieg und schließlichen Wohlstand verdankte er nur sich selbst.

»Ich will keine Almosen«, sagte er betont, und sein krummer Rücken straffte sich: »Ich will mein Recht!«

»Ihr Recht?« wiederholte der Kaw-djer überrascht.

»Genauer gesagt: Ich verlange Rechtsschutz!«

»Gegen wen denn?«

»Gegen die Stadt Liberia, beziehungsweise gegen den hostelischen Staat.«

»In welcher Angelegenheit?« Der Kaw-djer konnte nur den Kopf schütteln.

Aber Patterson machte erneut den Rücken krumm und fing an, seine Argumente in zuckersüßen Formulierungen auszubreiten.

Seiner Ansicht nach war ihm die Kolonie schadenersatzpflichtig, weil es sich um ein allgemeines und öffentliches Unglück handelte und der Verlust gemeinsam getragen werden müsse, zumal eine grobe Fahrlässigkeit beziehungsweise Pflichtverletzung des Staates ihm – Patterson – gegenüber vorliege, weil der Damm nicht unmittelbar am Flußufer errichtet und damit sein Haus nicht in den Schutz einbezogen worden war.

Der Kaw-djer versuchte alles, Patterson von seinem Unrecht zu überzeugen und ihm zu beweisen, daß bei einer Vorverlegung an den Fluß der Damm ganz bestimmt gebrochen und die ganze Stadt überflutet worden wäre. Der Ire wollte das einfach nicht hören und wiederholte nur mit konstanter Hartnäckigkeit seine Argumente in immer neuen Variationen, bis der Kaw-djer schließlich die Geduld verlor und die unergiebige Diskussion abbrach.

Patterson bedankte sich mit tiefen Verbeugungen für die Audienz und nahm unverzüglich wieder seinen Platz unter den Hafenarbeitern ein. Eine Katastrophe hatte die Arbeit seines bisherigen Lebens zerstört – aber das war kein Grund, auch nur die kleinste Summe zu verlieren, die man jetzt am Wiederaufbau verdienen konnte.

Der Kaw-djer hielt die Angelegenheit für erledigt und dachte nicht mehr daran. Aber schon am nächsten Tag sollte er erfahren, daß er sich geirrt hatte und der Fall Patterson keineswegs abgeschlossen war – im Gegenteil: Ferdinand Beauval wurde in seiner Eigenschaft als Gerichtspräsident eine förmliche Klage eingereicht. Da man dem Irländer früher schon einmal zu seinen Gunsten bewiesen hatte, daß es auf Hoste eine Justiz gab, nahm er diese jetzt zum zweitenmal in Anspruch.

Und wohl oder übel mußte man einen lächerlichen Prozeß durchführen, den Patterson selbstverständlich verlor.

Er ließ sich nichts anmerken von der Wut, die nach dieser Niederlage in ihm hochstieg. Er stellte sich auch taub gegen alle Witze und sarkastische Schadenfreude, mit denen man dem allgemein verhaßten Kerl begegnete. Er nahm das Urteil in devoter Haltung entgegen und kehrte an seinen Arbeitsplatz zurück.

Aber in ihm war ein ganz neuer Gärstoff entstanden, den er vorher nicht gekannt hatte. Bisher war für ihn die Welt in zwei Lager geteilt gewesen: im einen stand er – im andern der Rest der Menschheit. Und seine Lebensaufgabe war es, möglichst viel Gold vom Lager der andern ins eigene zu transferieren. Das erforderte zwar ständigen Kampf, erzeugte aber keinen Haß.

Überhaupt kennt der wahre Geizhals diesen Begriff gar nicht, schon deshalb, weil Haß weder bar bezahlt werden kann noch Zinsen bringt.

Trotzdem haßte Patterson von jetzt an. Er haßte den Kaw-djer, der ihm sein Recht verweigert hatte, und er haßte das ganze Volk der Hostelier, das besser als er über die Flutkatastrophe weggekommen und also schuld war an seiner ganzen Misere.

Diesen Haß verschloß Patterson im warmen Treibhaus seiner faulen Seele, und dort konnte seine Bosheit gären und wuchern. Im Augenblick war nichts zu machen – seine Feinde hatten die Macht in Händen. Aber die Zeiten würden sich ändern, und Patterson hatte warten gelernt.

Man brauchte fast die ganze schöne Jahreszeit, um alle durch die Überschwemmung entstandenen Schäden zu beheben. Soweit es möglich war, wurden die Straßen instandgesetzt und die Häuser wiederaufgebaut. Im Februar 1885 waren von der Katastrophe, die Hoste betroffen hatte, keine Spuren mehr zu sehen.

Während diese Arbeiten abgeschlossen wurden, durchstreifte der Kaw-djer nach alter Gewohnheit die Insel in allen Richtungen. Er konnte solche Ausflüge häufiger unternehmen, seit er beritten war – man hatte inzwischen etwa hundert Pferde eingeführt.

Dabei erkundigte er sich auch überall nach Sirdey, aber er erfuhr nicht viel und nichts Genaues. Nur wenige Siedler konnten ihm irgend etwas über den Koch der *Jonathan* sagen. Aber einige von ihnen wollten Sirdey doch vorigen Herbst gesehen haben, wie er zu Fuß in Richtung Norden wanderte. Wohin, das wußte niemand.

Im Dezember 1884 hatte ein Schiff die zweihundert Gewehre gebracht, die nach Doricks erstem Attentatsversuch bestellt worden waren. Damit besaß der hostelische Staat nun an die zweihundertfünfzig Handfeuerwaffen – ohne die Flinten, die sich einige Siedler inzwischen selber besorgt hatten.

Einen Monat später, Anfang 1885, erhielt die Insel Hoste Besuch von mehreren feuerländischen Familien. Diese armen Indios kamen wie jedes Jahr, um ihren ›Wohltäter‹ – wir erinnern uns an diese Bedeutung des Wortes ›Kaw-djer‹ – um Rat und Hilfe zu bitten. Wenn er auch nicht mehr unter ihnen lebte, so vergaßen sie ihn doch keineswegs und erinnerten sich auch noch sehr gut an alles, was er für sie getan und ihnen geschenkt hatte.

Doch bei aller Dankbarkeit und Anhänglichkeit, die sie dem Kaw-djer erwiesen, war es diesem bisher nie gelungen, eine Indiofamilie zu überreden, auf Hoste zu siedeln. Diese Stämme liebten ihre Unabhängigkeit einfach zu sehr, als daß sie sich irgendeiner Konvention unterordnen konnten. Für sie gibt es nichts, was den Verlust der unumschränkten Freiheit aufzuwiegen imstande wäre. Und einen festen Wohnsitz zu haben, bedeutet für sie schon Versklavung. Nur wer nirgends hingehört und nichts besitzt, ist wirklich frei. Deshalb kümmern sie sich nicht um morgen und leben als Nomaden armselig von der Jagd.

Erstmalig in diesem Jahr konnte der Kaw-djer drei Familien der Wasserindios dazu bringen, ihre

Zelte auf Hoste aufzuschlagen in der Absicht, zu bleiben, seßhaft zu werden. Diese drei Familien, die zu den intelligentesten im ganzen Archipel gehörten, siedelten also am linken Flußufer zwischen Liberia und Neudorf und gründeten eine kleine Niederlassung, aus der viele Jahre später das erste indianische Dorf werden sollte.

Zwei voneinander unabhängige Ereignisse sind für den Sommer 1885 noch zu vermerken.

Das eine davon betraf Dick.

Von Mitte Juni an konnte man die beiden Kinder als geheilt betrachten. Besonders Dick war wieder völlig gesund, und wenn man ihm zusah, welch ungeheuren Appetit er entwickelte, so durfte man zuversichtlich annehmen, daß er auch bald wieder so rundlich und stämmig sein würde wie vor seiner Krankheit.

Auch Sand ging es – den Umständen entsprechend – gut. Daß er bis an sein Lebensende zur Unbeweglichkeit verdammt war, dagegen gab es kein Mittel ärztlicher Kunst, und es hatte deshalb auch keinen Zweck, sich darüber Gedanken zu machen; zumal sich der kleine Krüppel selber mit bewundernswerter Selbstverständlichkeit in sein Unglück ergab. Oft hatte man den Eindruck, er empfinde es nicht einmal als Unglück. Im Gegensatz zu seinem Freund Dick war er von Natur aus still und sanft und weit davon entfernt, sich über Unvermeidliches zu beklagen oder über Ungerechtigkeit zu empören. Und das kam ihm jetzt zugute. Nein, er trauerte den wilden Spielen einer für ihn unwiderruflich vergangenen Zeit wirklich nicht nach, zumal er damals schon eher den Kameraden zuliebe mitgemacht hatte. Sein Refugium im Bett und im Rollstuhl gefiel ihm und würde ihm immer gefallen, solange er die Geige hatte – und seinen Freund Dick.

Und ihn hatte er immer. Dick war sein ständiger Pfleger. Er hätte es nie zugelassen, daß irgendein anderer Sand aus dem Bett und in den Rollstuhl half, wo er dann den langen Tag saß, Geige spielte oder las. Oder sich mit Dick unterhielt, der immer zur Verfügung stand und ein Maß an Geduld und Einfühlungsvermögen entwickelte, das niemand dem früheren Raufbold zugetraut hätte.

Der Kaw-djer beobachtete und studierte die beiden Kinder gründlich, denn er hatte sie jetzt natürlich noch lieber als vorher. Während er jedoch für Sand Mitleid, Bewunderung und eine Art rührender Zuneigung empfand, fing Dick allmählich an, ihn in seiner Eigenschaft als Gouverneur zu interessieren.

Mit jedem Tag erkannte er deutlicher die ungewöhnlichen Qualitäten dieses Jungen, sowohl in dessen charakterlichen Eigenschaften als auch in den intellektuellen Fähigkeiten. Hier war eine Substanz vorhanden, mit der man arbeiten konnte.

Er beschloß, sich um Dick in besonderem Maße zu kümmern und ihm seine eigenen Erkenntnisse und Erfahrungen zu vermitteln. Das gleiche hatte er für Halg getan. Aber hier waren die Vorbedingungen weit besser, und deshalb würde die Saat schneller und kräftiger aufgehen – vorausgesetzt, Dick war bereit, mit den Pfunden, die ihm eine glückliche Veranlagung mitgegeben hatte, auch wirklich zu wuchern!

Gegen Ende des Winters hatte der Kaw-djer mit dem Versuch begonnen. Er war mit Dick spazierengegangen und hatte zunächst an sein Gewissen appelliert.

»Sand ist jetzt also wieder gesund«, begann er, »aber er wird ein Krüppel bleiben. Und du mußt immer daran denken, daß er seine Beine verloren hat, um dir das Leben zu retten!«

Dick kamen die Tränen. Was wollte der Gouverneur damit sagen? Traute er ihm wirklich zu, daß er je vergessen könnte, was er seinem Freund schuldig war?

»Ich will ihm immer dankbar sein«, stotterte er.

»Und das«, fuhr der Kaw-djer fort, »kannst du nur, indem du dafür sorgst, daß er sein Opfer nicht umsonst gebracht hat. Du mußt aus deinem Leben etwas machen – für dich selber und für die andern. Und allmählich wird es Zeit, damit anzufangen. Bis heute warst du ein Kind, jetzt muß ein Mann aus dir werden!«

Dicks Augen glänzten: Diese Sprache verstand er gut!

»Was soll ich tun, Gouverneur?« fragte er und stemmte die kleinen Fäuste in die Hüften.

»Arbeiten«, antwortete der Kaw-djer und schaute ihn an. »Wenn du das willst und fleißig bist, will ich gern dein Lehrer sein. Die Wissenschaft ist eine neue Welt für dich – wollen wir sie uns zusammen anschauen?«

»Ah – Gouverneur!« war alles, was Dick in seiner Aufregung antworten konnte.

Der Kaw-djer begann unverzüglich mit dem Unterricht. Jeden Tag gab er seinem Schüler eine Stunde; die Aufgaben machte Dick dann bei seinem Freund Sand, der ihn abhörte und auf diese Weise auch einiges profitierte.

Dicks Auffassungsgabe, sein Gedächtnis, sein Ideenreichtum und sein Talent, Probleme logisch zur bestmöglichen Lösung hin zu entwickeln, waren verblüffend. Und bald war die Verwandlung, die das Opfer des kleinen Sand eingeleitet hatte, vollzogen. Es gab kein ›Restaurant‹ mehr und auch kein ›Löwe und Jäger‹: Aus dem Kind war ein durch schmerzliche Erfahrung früh gereifter junger Mensch geworden.

Zum zweiten bemerkenswerten Ereignis wurde in diesem Sommer die Hochzeit von Halg und Graziella. Halg war nun zweiundzwanzig Jahre alt, Graziella beinahe zwanzig.

Nicht daß es die erste Hochzeit gewesen wäre, die auf der Insel Hoste gefeiert wurde. Gleich bei seinem Regierungsantritt hatte der Kaw-djer ein ziviles Standesamt eröffnet, und die Wiedereinführung von Privateigentum hatte bald eine ganze

Reihe von jungen Leuten dazu bewogen, eigene Familien zu gründen.

Aber Halgs Ehe hatte für den Kaw-djer doch eine ganz besondere Bedeutung. Sie war der erfolgreiche Abschluß einer Aufgabe, die ihn lange Zeit am meisten beschäftigt hatte.

Nun würde der von ihm in ein denkendes Wesen verwandelte Wilde Kinder haben, mit denen man nicht mehr – so wie mit ihm – ganz von vorn beginnen müßte!

Die Zukunft des jungen Hausstandes war gesichert. Das Fischereiunternehmen, das Halg gemeinsam mit Karroly betrieb, rentierte glänzend. Man überlegte sogar schon, ob man nicht in der Nähe von Neudorf eine Konservenfabrik bauen sollte, um die Erzeugnisse in alle Welt zu verschicken. Doch selbst wenn es dazu nicht kommen sollte – Halgs Fische fanden an Ort und Stelle so reißenden Absatz, daß es nie finanzielle Schwierigkeiten geben konnte.

Gegen Ende des Sommers traf von der chilenischen Regierung die erste Antwort auf das Angebot des Kaw-djer ein, auf Kap Hoorn gegen Abtretung des Inselfelsens einen Leuchtturm zu errichten. Die Entscheidung war noch nicht gefallen. Man machte Bagatellen zu Problemen und erbat weitere Bedenkzeit. Der Kaw-djer kannte den Amtsschimmel zu gut, um sich über die Ausreden zu wundern. Er beschränkte sich darauf, geduldig die üblichen diplomatischen Verhandlungen einzuleiten, von denen er wußte, daß sie bei der großen Distanz nicht so schnell abgeschlossen sein würden.

Es kam wieder ein Winter mit Schnee und Frost. Und die fünf Monate hätten die Bewohner von Liberia wieder mehr oder weniger verschlafen, wenn es in dieser Zeit nicht zu einer gewissen politischen Aktivität gekommen wäre, die sich jedoch vorerst noch als recht harmlos erwies.

Das Merkwürdige daran war nur, daß ausgerechnet Kennedy die Zügel der Agitation in die Hand nahm. Jeder erinnerte sich noch an die nicht gerade rühmliche Rolle, die der ehemalige Matrose gespielt hatte. Der Tod von Lewis Dorick und der Brüder Moore, die Heldentat des kleinen Sand, Dicks Krankheit, das Verschwinden Sirdeys, das Wunder, welches den Kaw-djer das Attentat unverletzt überleben ließ – all diese Geschichten waren noch jedem in frischer Erinnerung.

Schon der Empfang, den die Bevölkerung dem aus der Haft entlassenen Kennedy hatte zuteil werden lassen, war damals alles andere als herzlich gewesen. Doch nach und nach verwischte sich das Negative all dieser Eindrücke, und – ein sonderbares Phänomen der Kristallisation – die Unzufriedenheit fand wieder ihren Mittelpunkt in Kennedy. Schließlich hatte er es gewagt und war dadurch zu einer auf ihre Art imposanten Persönlichkeit geworden. Und selbst wenn man zugeben mußte, daß er ein Verbrecher war, so konnte man doch nicht bestreiten, daß er Courage und Initiative bewiesen hatte und zu außergewöhnlichen Entschlüssen bereit war. All diese Eigenschaften machten ihn zum natürlichen Führer aller Unzufriedenen.

Und solche gibt es immer und überall. Wer es allen recht machen will, ist ein Phantast.

Außer den notorischen Faulenzern, die natürlich überall das Fußvolk der Mißvergnügten stellen, gab es diejenigen, denen es nicht gelungen war, aus dem alten Schlendrian herauszukommen, oder die aus irgendwelchen Gründen wieder in ihn zurückfielen. Die einen wie die anderen machten selbstverständlich die Verwaltung der Kolonie für ihr Versagen verantwortlich.

Zu diesem Kern der Truppe kamen die politischen Wirrköpfe und gesellschaftskritischen Querulanten. Manche von ihnen bekannten sich zu den gleichen Ideen, die seinerzeit auch den Kaw-djer beherrscht hatten; leider betrachteten sie die Probleme unter einem weniger anspruchsvollen Aspekt!

Die übrigen waren Kommunisten vom Schlag Lewis Doricks oder Kollektivisten, die das Evangelium von Karl Marx und Ferdinand Beauval predigten.

Wie verschiedenartig – ja sogar widersprüchlich – diese Elemente auch waren, so verstanden sie sich untereinander doch sehr gut, da sie ja ein gemeinsames Anliegen hatten: Opposition zu machen. Solange es nur ums Zerstören geht, ist es nicht schwer, einig zu bleiben. Erst beim Verteilen der Beute zeigen sich die Gegensätze, und aus den Verbündeten von gestern werden unerbittliche Gegner.

So herrschte also den ganzen Winter über Friede und Eintracht, abgesehen von gelegentlichen Versammlungen und Protestkundgebungen. Die Zuhörer dieser politischen Veranstaltungen waren jedoch nie sehr zahlreich – vielleicht hundert Leute, aber sie machten Lärm für tausend, und der Kaw-djer konnte dieses Geschrei nicht überhören.

Er war weit entfernt davon, sich etwa über diesen neuen Beweis menschlicher Dummheit – und Undankbarkeit ihm gegenüber – aufzuregen, und prüfte gelassen jede einzelne Forderung. Und fand, daß seine Kritiker zumindest in einem Punkt recht hatten: Sie behaupteten, der Gouverneur verdanke sein Mandat nicht dem freien Volkswillen, sondern er habe sich selbst ernannt und damit als Tyrann erwiesen.

Nun bereute der Kaw-djer seinen damaligen Schritt keineswegs. Er hatte den Umständen entsprechend gar nicht anders handeln können. Inzwischen aber waren die Hostelier politisch mündig geworden, es gab eine Gesellschaftsordnung, und der Verwaltungsapparat funktionierte: Jetzt war es an der Zeit, eine demokratische Verfassung einzuführen.

Er beschloß also, die Beschwerde anzuerkennen und sich zur Wahl zu stellen. Gleichzeitig sollte ein Rat von drei Männern bestimmt werden, der den Gouverneur unterstützen und während seiner Abwesenheit vertreten konnte.

Die Wahlversammlung wurde auf den 20. Oktober einberufen; das war einer der ersten Tage des beginnenden Frühlings. Die Gesamtbevölkerung betrug inzwischen über zweitausend Einwohner, von denen zwölfhundertfünfundsiebzig volljährige Männer waren; da jedoch viele Wähler zu weit im Innern der Insel wohnten und deshalb nicht kamen, wurden nur tausendsiebenundzwanzig Stimmen abgegeben, von denen neunhundertachtundsechzig auf den Kaw-djer entfielen. Als nächstes wurde der Rat gewählt, und die Männer waren klug genug, Harry Rhodes mit achthundertzweiunddreißig, Hartlepool mit achthundertvier und Germain Rivière mit siebenhundertachtzehn Stimmen ihr Vertrauen auszusprechen. Das waren erdrückende Mehrheiten, und die Opposition konnte nicht mehr tun, als sich über ihre eindeutige Niederlage hinwegzuärgern.

Der Kaw-djer benützte die größere Bewegungsfreiheit, die er durch die Einsetzung von Stellvertretern erhalten hatte, um eine längst geplante Reise zu machen. Besonders im Hinblick auf die Verhandlungen mit Chile über das Leuchtturmprojekt hielt er es für angebracht, sich im gesamten Archipel genauer umzusehen und insbesondere den Inselfelsen, um den es ging, gründlich zu studieren und genau zu vermessen.

Er segelte am 25. November – zusammen mit Karroly – auf der *Wel-kiej* ab und kehrte erst am 10. Dezember zurück. Die vierzehn Tage auf See und in den Felsen waren ziemlich anstrengend gewesen.

In dem Augenblick, als er an Land ging, ritt auf der Straße von Norden her ein Mann in Liberia ein. Er war verschwitzt und verstaubt, und seinem schwer atmenden Pferd konnte man ansehen, daß es nicht geschont worden war.

Der Reiter sprang vor dem Regierungsgebäude aus dem Sattel und traf hier auf den Kaw-djer. Er sagte, daß er wichtige Nachrichten bringe, und verlangte eine sofortige Sonderaudienz, die auch auf der Stelle bewilligt wurde.

Eine Viertelstunde später versammelte sich der Rat. Man beschloß, in alle Richtungen Melder auszuschicken und die gesamte Polizeitruppe einzuberufen.

Es war noch keine Stunde vergangen seit der Rückkehr des Kaw-djer, als dieser an der Spitze von fünfundzwanzig Reitern ins Innere der Insel davongaloppierte.

Der Grund dieses überstürzten Aufbruchs blieb nicht lange geheim. Gerüchte sickerten durch: Die Insel Hoste sei überfallen worden. Eine Armee von Patagoniern habe den Beagle-Kanal überquert, sei an der Nordküste der Halbinsel Dumas gelandet und reite auf Liberia zu.

SIEBENTES KAPITEL

DIE INVASION

In diesen Gerüchten steckte ein Kern Wahrheit – im übrigen waren sie maßlos übertrieben. Wie das oft geschieht, hatte man aus der Mücke einen Elefanten gemacht. Die Horde von ungefähr siebenhundert Patagoniern, die vierundzwanzig Stunden zuvor am Nordufer der Insel gelandet war, konnte man keinesfalls als Armee bezeichnen.

Unter dem Namen Patagonier versteht man in der Umgangssprache die Gesamtheit vieler, ethnologisch sehr verschiedener Völkerstämme, die über die Pampas von Südamerika verstreut leben. Die nördlichsten davon, das heißt die unmittelbaren Nachbarn der Republik Argentinien, sind friedliche Leute. Sie treiben Landwirtschaft und wohnen in Dörfern – es gibt dort sogar schon einige mehr oder weniger bedeutende Städte.

Je weiter man jedoch nach Süden kommt, desto unangenehmer werden diese Burschen. Die südlichsten Stämme – die eigentlichen Patagonier – haben keinen festen Wohnsitz mehr und sind sehr gefürchtet. Sie leben von der Jagd und sind gute Schützen und hervorragende Reiter. Bei ihnen ist die Sklaverei noch an der Tagesordnung; sie besorgen sich ihren Nachschub an Weibern und Pferden durch ständige Überfälle und Raubzüge. Sie sind unablässig in Stammesfehden verwickelt und beseitigen auch jeden Fremden, der sich in diese fast unerforschten Gebiete wagt. Sie sind Wilde.

Da infolge der Rivalität zwischen Argentinien und Chile hier völlige Anarchie herrschte, konnte dieser unmögliche Zustand bis zum heutigen Tag fortbestehen. Nachdem man sich jetzt endlich geeinigt hat, wird das natürlich aufhören – aber wann? Und wie viele Mühen und Opfer wird das noch kosten? Es ist ein so riesiges Land ohne Weg und Steg, daß es fast unmöglich ist, die wilden Reiternomaden überhaupt zu stellen.

Die Räuber, die Hoste überfielen, gehörten zu dieser Kategorie Indios. Und wir wissen, daß solche unerbetenen Besuche bei ihnen schon Tradition geworden sind. Fast jedes Jahr überqueren sie irgendwann einmal die Magellanstraße und plündern unerbittlich die große Insel Magellaniens, das eigentliche Feuerland, aus. So weit nach Süden wie diesmal hatten sie sich allerdings noch nie vorgewagt.

Um auf Hoste an Land zu gehen, mußten sie entweder ganz Feuerland durchqueren und dann über den Beagle-Kanal setzen, oder sie waren der Ostküste, den vielen Fjorden und Wasserstraßen des Archipels, gefolgt. In jedem Fall hatten sie diese enorme Strecke nur unter den größten Schwierigkeiten und Strapazen bewältigen können, ganz gleich, ob sie über Land kamen – dann war die Versorgung ein Problem – oder ob sie den Wasserweg wählten – dann waren sie der ständigen Gefahr ausgesetzt, daß die leichten Pirogen unter der Last ihrer Pferde kenterten.

Der Kaw-djer galoppierte seinen fünfundzwanzig Leuten voraus und fragte sich, was die Patagonier wohl zu diesem Unternehmen veranlaßt haben könnte, das ihren bisherigen jahrhundertealten Gepflogenheiten so gänzlich widersprach.

Die Gründung von Liberia mochte eine gewisse Rolle spielen. Denn es war anzunehmen, daß die Existenz des neuen Staates inzwischen überall bekannt war und daß man auch von seinem raschen wirtschaftlichen Aufstieg gehört hatte. Vielleicht schrieb man der jungen Republik mit wachsender Entfernung immer sagenhaftere Reichtümer zu, und die Einbildungskraft der Wilden hatte diese Phantasievorstellungen derartig gesteigert, daß sie am Ende das Risiko des langen Anmarschweges in der Hoffnung eingingen, mit reicherer Beute als je zuvor zurückzukehren.

Ja, so ungefähr ließen sich die Dinge erklären. Und trotzdem blieb die Frechheit dieser Räuber ein kleines Rätsel. Denn wie groß ihr Beutehunger auch sein mochte – es war völlig unverständlich, daß sie es wagten, eine ganze von Weißen bewohnte Stadt anzugreifen. Für ein solches Abenteuer mußten sie besondere Gründe haben, aber für diese Gründe konnte der Kaw-djer nicht einmal Anhaltspunkte finden.

Er wußte nicht, wo er auf den Feind stoßen würde. Ob sich dieser schon in Marsch gesetzt hatte? Oder ob er noch dort lagerte, wo er an Land gegangen war? Das wäre – nach Auskunft des reitenden Boten – in einer Entfernung von etwa hundertzwanzig bis hundertfünfzig Kilometern.

Nun waren die hostelischen Straßen immer noch ziemlich schlecht, so daß man meist nur vorsichtigen Trab reiten konnte. Man würde also nicht vor morgen abend ankommen.

Die Straße durchquerte in einiger Entfernung von Liberia die Halbinsel Hardy, bog gegen Nordwesten ab und folgte etwa dreißig Kilometer weit der von den Wellen des Pazifik überspülten Westküste. Dann führte sie nach Norden, durchquerte die Insel ein zweites Mal und stieß fünfunddreißig Kilometer weiter auf den Tekinika-Sund. Das ist ein Fjord im Atlantik, der im Süden die Halbinsel Pasteur begrenzt und im Norden durch einen noch tieferen Meeresarm, den Ponsounby-Sund, von der Halbinsel Dumas getrennt wird. Von hier aus lief der Weg in vielen Windungen über den Engpaß der großen Bergkette, die vom Westen her bis zur Ostspitze der Halbinsel Pasteur verläuft. Dann bog der Weg noch einmal zurück nach Westen bis zur Landenge, durch die Hoste mit der Halbinsel verbunden ist. Schließlich krümmte er sich hinter dem Ponsounby-Sund wieder nach Osten, überquerte fünfundneunzig Kilometer von Liberia entfernt

Dumas und folgte der Nordküste am Beagle-Kanal.

Das war also die Strecke, die der Kaw-djer hinter sich bringen mußte. Unterwegs vergrößerte sich seine Truppe um einige Männer von nahe der Straße gelegenen Höfen. Wer von ihnen ein Pferd hatte, schloß sich an; den andern gab der Kaw-djer im Vorüberreiten seine Instruktionen:

Sie sollten sich sammeln, kleine Kampfeinheiten aufstellen und sich längs der Straße bereithalten – möglichst an unzugänglichen Stellen, so daß sie von Reitern nicht verfolgt werden konnten. Wo immer auch Patagonier auftauchten, mußten sie von den Hängen herunter beschossen werden – und stets war ein Fluchtweg in die höheren Berge hinein offen zu halten. Vor allem sollte man auf die Pferde zielen, denn ein unberittener Patagonier ist praktisch außer Gefecht.

Die Siedler, die keine Gewehre besaßen, wurden angewiesen, Straßensperren zu errichten oder die Straßen durch tiefe Quergräben unpassierbar zu machen.

Ein tausend Meter breiter Gürtel links und rechts der Straße mußte geopfert – die Felder verwüstet, die Höfe von allem, was eßbar und brauchbar war, hauptsächlich Vieh und Vorräten, geräumt – werden. So erschwerte man den Feinden die Versorgung.

Schließlich ordnete der Kaw-djer an, alle Siedler – gleichgültig, ob sie Gewehre oder nur Axt und Sense zu ihrer Verteidigung verfügbar hatten – sollten sich zum Schluß auf das Gehöft der Rivière zurückziehen und sich dort verbarrikadieren. Dieser Hof war mit Palisaden befestigt und konnte so vor den Toren Liberias zu einem Bollwerk werden, das nicht so leicht im Sturm zu nehmen war.

Die Rechnung des Kaw-djer ging auf: Am 11. Dezember, gegen sechs Uhr abends, erreichte er mit seiner Truppe die Landenge der Halbinsel Dumas.

Von den Patagoniern war bisher noch nichts zu bemerken. Doch jetzt ritt man auf die Stelle zu, wo sie an Land gegangen waren, und mußte äußerst vorsichtig werden. Zudem hatte man die Zeit der langen Tage und konnte erst sehr spät die Dunkelheit ausnutzen.

Man brauchte an die fünf Stunden, bis man endlich das feindliche Lager sichtete. Inzwischen war es fast Mitternacht und relativ dunkel geworden. Der Lichtschein zahlreicher Feuerstellen hob sich deutlich von der Küstenlinie ab: Die Patagonier waren noch nicht zu ihrem großen Beutezug aufgebrochen. Sie hatten genau dort ihr Lager aufgeschlagen, wo sie gelandet waren. Zweifellos wollten sie zuerst einmal warten, bis sich ihre von der ungewohnten Seefahrt aufgeregten Pferde beruhigt hatten.

Die kleine Armee des Kaw-djer verfügte über zweiunddreißig Gewehre – einschließlich seines eigenen. Aber im Hinterland waren schon Hunderte von kräftigen Armen dabei, die Straße aufzuwühlen, Baumstämme darüberzulegen und Barrikaden zu bauen, um das Vorrücken der Räuber zu verzögern.

Nachdem das Lager entdeckt war, zog man sich zurück und hielt fünf oder sechs Kilometer vor der Landenge an. Die Pferde führte man wieder über die Landenge hinüber, um sie in den Bergen bereit zu halten. Die Verteidiger konnten sich nun in den Steilhängen südlich der Straße einnisten und auf den Feind warten.

Der Kaw-djer dachte gar nicht daran, sich auf ein offenes Gefecht einzulassen. Das wäre bei dieser ungleichen Kräfteverteilung glatter Selbstmord gewesen. Nein – hier mußte man einen Guerillakrieg führen. Von hochgelegenen, gut getarnten Schützennestern aus würde man einen Gegner nach dem andern abschießen, vor allem an den Stellen, wo die Räuber anhalten mußten, um die Straßensperren wegzuräumen oder zu umgehen.

Auf diese Weise konnte man – von Bergkette zu Bergkette gestaffelt – hinhaltenden Widerstand leisten und sich dabei gleichzeitig Feuerdeckung geben.

Eigene Verluste waren dabei kaum zu befürchten, solange die Patagonier die Schützen nicht zu Fuß verfolgten. Aber das würden sie nur im äußersten Notfall versuchen. Sie waren ein Reitervolk und wagten es bestimmt nicht, ohne ihre Pferde in zerklüftete Schluchten vorzudringen, wo jeder Felsblock einen natürlichen Hinterhalt bildete.

Am nächsten Tag – dem 12. Dezember, neun Uhr morgens – tauchten die ersten von ihnen auf. Sie waren um sechs Uhr aufgesessen und hatten für die fünfundzwanzig Kilometer drei Stunden gebraucht. Offensichtlich fühlten sie sich nicht sehr wohl in dieser fernen und ihnen völlig unbekannten Gegend. Sie folgten nur zögernd und mit großer Vorsicht der Straße, auf deren einen Seite das Meer lag, während gegen das Land zu steile Hänge aufragten. Sie ritten Schulter an Schulter in dicht gedrängter Formation, was den Schützen ihre Aufgabe natürlich außerordentlich erleichterte.

Drei Schüsse von links brachten die erste Verwirrung in ihre Reihen. Die Vordersten wichen zurück, die Nachfolgenden verloren den Halt. Da aber nicht mehr geschossen wurde, beruhigten sie sich wieder und ritten weiter.

Alle drei Schüsse hatten getroffen. Einer ihrer Leute wand sich tödlich verwundet am Boden, zwei Pferde waren gestürzt: das eine mit durchschossener Brust, das andere mit zerschmettertem Bein.

Fünfhundert Meter weiter stießen die Patagonier auf eine Barrikade aus übereinandergeworfenen Baumstämmen. Während sie damit beschäftigt waren, das Hindernis aus dem Weg zu schaffen, fielen wieder Schüsse. Eine der Kugeln traf und setzte ein drittes Pferd außer Gefecht.

Zehnmal hatte man dieses Manöver mit Erfolg wiederholt, als die Vorhut der Kolonne die Landenge der Halbinsel Dumas erreichte.

An dieser Stelle, wo die Straße enger wurde und durch eine schmale Schlucht führte, konnte man an ernsthaften Widerstand denken. Hinter einer Barrikade, die höher und breiter war als die vorherigen, spaltete ein tiefer Graben den Weg. In dem Augenblick, als die Patagonier diese doppelte Sperre erreichten, pfiff Gewehrfeuer gegen ihre linke Flanke. Sie stutzten, wichen zurück und schossen aufs Geratewohl an den Felsen hinauf, während ungefähr hundert von ihnen an der Beseitigung der Sperre arbeiteten.

Die Verteidiger schossen unentwegt. Ein wahrer Kugelregen prasselte auf den Weg und machte ihn unpassierbar. Der erste, der über die Barrikade geklettert war, lag tot im Graben. Das gab den übrigen zu denken – die ganze Horde schien zu überlegen, ob es überhaupt Zweck hatte, weiter vorzugehen.

Die Hostelier konnten jetzt den ganzen Zug, der inzwischen aufgerückt und etwa sechshundert Meter lang war, überblicken. Einzelne Reiter galoppierten ständig von einem Ende zum andern und wieder zurück – offensichtlich waren es Melder, die Befehle überbrachten. Denn jedesmal, wenn einer dieser Reiter zur Spitze der Kolonne vorstieß, wurde ein neuer Angriff unternommen – und wieder abgebrochen, sobald der vorderste

Mann und sein Pferd stürzten und damit erneut bewiesen, daß man nicht durchkam.

So vergingen die Stunden, bis gegen Abend die Barrikade doch fast in ihrer ganzen Breite eingerissen und der Graben dahinter voll toter Menschen und Pferde war; nur der Kugelregen der Verteidiger sperrte jetzt noch den Weg.

Da rafften sich die Patagonier zu einem verzweifelten Entschluß auf: Sie drängten ihre Pferde zum Karree zusammen, galoppierten los und erzwangen so den Durchbruch. Das kostete sie noch einmal drei Mann und zwölf Pferde – aber den Engpaß hatten sie jetzt hinter sich.

Sie ritten noch fünf Kilometer bis auf ein freies Feld, wo sie keine Überraschungen zu befürchten hatten. Dort machten sie halt, sattelten ihre Pferde ab und zündeten für die Nacht ihre Feuer an.

Die Hostelier dagegen hatten keine Zeit, sich auszuruhen. Sie mußten den Rückzug fortsetzen und für morgen neue Stellungen beziehen. Der erste Tag war erfolgreich verlaufen. Er hatte die Zahl der Feinde um dreißig Pferde und fünf Mann dezimiert, während von der Truppe des Kaw-djer nur einer leicht verletzt war. Und die Patagonier, die ihr Pferd verloren hatten, fielen praktisch auch aus, denn sie würden zurückbleiben, und mit diesen Nachzüglern konnte man leicht fertig werden.

Am nächsten Tag ging man mit der gleichen Taktik vor. Gegen zwei Uhr nachmittags erreichten die Patagonier – nach einem Ritt von ungefähr sechzig Kilometern – die Paßhöhe des Zentralmassivs. Da die letzte Strecke sehr steil gewesen und Menschen und Tiere gleichermaßen erschöpft waren, legten sie vor dem Überschreiten dieses Engpasses eine kurze Rast ein. Der Kaw-djer hatte also Zeit, seine Leute geschickt einzusetzen.

Die Truppe der Verteidiger war inzwischen auf etwa sechzig Mann angewachsen: Siedler, die nachgekommen waren, und andere Hostelier, die auf dem Paß gewartet hatten.

Diese sechzig Schützen verteilte der Kaw-djer auf hundert Meter – dort, wo der Einschnitt am tiefsten war, und alle an der gleichen Straßenseite. Hinter Felsblöcken gut verdeckt, waren die Hostelier in Sicherheit, während sie aus nächster Nähe wie von einem Anstand herunter zielen konnten.

Kaum waren die Patagonier wieder aufgebrochen, als schon ihre ersten Reihen niedergemäht wurden. Sie wichen in wildem Durcheinander zurück und sprengten gleich darauf wieder vor – mit dem gleichen Ergebnis. Und so ging das ungefähr zwei Stunden lang hin und her.

Sie waren zwar tapfer, aber es fehlte ihnen an Verstand. Erst als eine ganze Menge von ihnen gefallen war, erinnerten sie sich, wie sie es gestern gemacht hatten. Da wurden die entsprechenden Befehle erteilt: Die Pferde drängten sich aneinander – Flanke an Flanke, die ganze Horde wurde zu einem Block. Auf ein Signal galoppierten sie gleichzeitig los. Donnernd schlugen die Hufe Sand und Steine aus dem zitternden Boden, und mitten in diesen rasenden Knäuel hinein spien die hostelischen Gewehre immer schneller Tod und Verderben.

Es war ein grandioses Schauspiel. Nichts konnte diese reitenden Meteore aufhalten. Wurde einer aus dem Sattel geschossen, ritten die nächsten erbarmungslos über ihn weg. Stürzte ein Pferd tot oder verletzt zur Erde, setzten die Nachfolgenden über die Hürde und galoppierten weiter.

Die Hostelier kamen nicht dazu, die Bravour dieser Kunstreiter zu bewundern. Für sie ging es um Leben und Tod. Sie hatten nur eines im Sinn: laden, zielen, schießen – wieder laden, zielen, schießen – und so immer weiter, ohne Unterbrechung. Die Gewehrläufe versengten ihnen die Finger, sie schossen weiter. In der Hitze des Gefechts ließen sie alle Vorsicht außer acht: Sie kamen aus der Deckung heraus, standen aufrecht als Zielscheibe für die Patagonier. Hätten diese das Feuer erwidern können, wären sie rasch Sieger geblieben.

Aber sie ritten viel zu schnell, um dabei auch noch zu schießen oder gar zu zielen. Und wozu auch? Sie hatten längst bemerkt, daß es nur hundert Meter waren und ihnen nur wenige Schützen gegenüberstanden, und hatten deshalb nur den einen – richtigen Gedanken: möglichst schnell durch die tödliche Strecke zu galoppieren – ohne Rücksicht auf Verluste.

Und tatsächlich schafften sie es auch diesmal wieder. Bald pfiffen nur noch vereinzelt Kugeln hinter ihnen her – sie konnten ihre Pferde in Trab fallen lassen und bald gemächlich auf der Straße weiterreiten, die nun von der Paßhöhe in Serpentinen zu Tal führte. Ringsum war es still geworden. Dann und wann fiel von irgendeinem weiter entfernten Felsen her ein Schuß, der aber meistens sein Ziel verfehlte. Dann antworteten die Patagonier jedesmal mit einer wild in die Gegend abgefeuerten Salve und setzten ihren Weg fort.

Durch Erfahrung ein bißchen klüger geworden, machten sie diesmal nicht den Fehler, sich zu nahe hinter dem Kampfplatz auszuruhen. Sie ritten bis spät in die Nacht und schlugen ihr Lager erst auf, als sie das flache Land erreicht hatten.

Für sie war es ein harter Tag gewesen. Fünfundsechzig Kilometer hatten sie zurückgelegt – dreißig bis zum Paß, fünfunddreißig vom Paß herunter in die Ebene. Nun endlich lag zu ihrer Rechten der Pazifik, dessen blaue Wellen gegen das sandige Ufer schlugen. Und links dehnte sich eine weite, mit kurzem Gras bewachsene Fläche aus. Hier hatten sie wirklich keine Überraschungen mehr zu befürchten. Und am folgenden Tag würden sie bald am Ziel sein – vor Liberia, das noch knappe dreißig Kilometer entfernt lag.

Von jetzt an konnte der Kaw-djer den Patagoniern nicht mehr den Weg sperren. Das Gelände bot keine Möglichkeiten; außerdem war die Distanz zum Feind zu groß geworden. Deshalb verzichtete man auch auf eine sinnlose Verfolgung und gönnte sich unter freiem Himmel einige Stunden Schlaf – was nach den Strapazen der drei vorangegangenen Nächte unbedingt nötig war.

Der Kaw-djer hatte allen Grund, mit dem Erfolg seiner bisherigen Taktik zufrieden zu sein. Mindestens fünfzig Pferde und etwa fünfzehn Krieger hatte der Gegner im Lauf des vergangenen Tages verloren, und so würde er mit hundert Mann weniger und durch die Störaktionen demoralisiert vor Liberia ankommen. Daß er nach diesen Kostproben die Stadt mühelos überrennen könnte, glaubte er wohl jetzt auch nicht mehr.

Am nächsten Tag ließ man die Pferde nachkommen, doch es dauerte ziemlich lange, bis sie alle da waren. Erst gegen Mittag konnte man aufsitzen. Sie waren jetzt wieder zweiunddreißig Reiter und begannen mit dem Abstieg.

Sie kamen schnell voran, denn es waren keine Vorsichtsmaßnahmen mehr notwendig. Die Siedler, die längs der ganzen Strecke im Hinterhalt lagen und die vorbeiziehenden Patagonier beobachtet hatten, meldeten dem Kaw-djer, daß die Feinde weit voraus waren und keine Gefahr bestand, plötzlich auf ihre Nachhut zu stoßen.

Gegen drei Uhr kam man zu der Stelle, an der die Horde kampiert hatte. Sie hinterließ so viele Spuren, daß jeder Irrtum ausgeschlossen war, mußte aber schon in den frühen Morgenstunden aufgebrochen sein und inzwischen bereits vor Liberia stehen.

Zwei Stunden später erreichten die Hostelier

den Palisadenzaun, der das Gehöft der Rivière umschloß, und sahen dort über hundert Männer, offenbar Patagonier, die im Verlauf vorangegangener Schießereien ihre Pferde verloren hatten.

Da peitschte eine neue Gewehrsalve aus dem Gehöft. Zehn Patagonier fielen: von den Überlebenden erwiderten die einen das Feuer gegen die Palisaden, ohne irgendwelche Wirkung zu erzielen, die andern liefen davon: bis sie sich den zweiunddreißig Reitern gegenübersahen, die ihnen rasch den Weg abschnitten und sie nun ebenfalls unter Feuer nahmen.

Beim Knall dieser Schüsse brachen über zweihundert mit Beilen, Sensen und Mistgabeln bewaffnete Männer aus der Umzäunung und riegelten die Straße nach Liberia ab.

Damit waren die Räuber von allen Seiten umzingelt: Rechts ragten senkrechte Felswände hoch, vorn standen die Bauern in schreckenerregender Anzahl, links blitzten Gewehrläufe über die Palisaden, und hinten war der Kaw-djer mit seinen Reitern.

Die Patagonier gaben den Widerstand auf, warfen ihre Waffen weg, und man nahm sie ohne weiteres Blutvergießen gefangen. An Händen und Füßen gefesselt, wurden sie in eine Scheune gesperrt, vor die man Posten stellte.

Das war ein schöner Erfolg. Wieder hatten die Patagonier hundert Krieger verloren – vor allem aber hundert Flinten, die zwar nicht viel taugten, unter den gegebenen Umständen jedoch vielleicht sehr nützlich werden konnten. Die Hostelier verfügten damit über dreihundertfünfzig Feuerwaffen – gegen etwa sechshundert ihrer Gegner. Das Kräfteverhältnis begann sich auszugleichen.

Die Garnison auf dem Gehöft der Rivière konnte dem Kaw-djer über den Vormarsch der Patagonier Einzelheiten mitteilen:

Sie waren im Lauf des Vormittags an den Palisaden vorbeigeritten und hatten nur schüchterne Versuche unternommen, darüber hinwegzusteigen. Schon nach den ersten Schüssen gaben sie dieses Vorhaben auf und begnügten sich damit, sinnloserweise ein paar Kugeln abzufeuern. Auf einen ernsthaften Angriff verzichteten sie.

Ein Beweis übrigens, daß diese Wilden wirklich nur Krieger waren, keine Soldaten: Sie wollten nach Liberia und ritten drauf los, ohne sich um die Feinde zu kümmern, die sie hinter sich zurückließen.

Nachdem man durch einen glücklichen Zufall so viele Gefangene gemacht hatte, wollte der Kaw-djer nicht weiterreiten, ohne sie verhört zu haben. Er suchte sie also auf.

In der Scheune, in der sie eingesperrt waren, herrschte tiefes Schweigen. Die hundert Männer hockten regungslos an den Wänden und warteten ab, was mit ihnen geschehen sollte. Als Sieger hätten sie ihre Feinde zu Sklaven gemacht. Als Besiegte hielten sie es für selbstverständlich, daß man

mit ihnen jetzt genauso verfuhr. Keiner hielt es für nötig, vom Kaw-djer auch nur Notiz zu nehmen.

»Versteht einer von euch Spanisch?« fragte er laut.

»Ich«, antwortete ein Gefangener und hob den Kopf.

»Dein Name?«

»Athlinata.«

»Was suchst du in diesem Land?«

Der Indio blieb unbewegt:

»Krieg.«

»Warum suchst du Krieg mit uns?« fragte der Kaw-djer weiter. »Wir sind nicht eure Feinde!«

Der Patagonier schwieg.

Der Kaw-djer fuhr fort: »Bisher sind deine Brüder noch nie auf diese Insel gekommen. Warum haben sie diesmal einen so weiten Weg gemacht?«

»Der Häuptling hat befohlen«, sagte der Indio ruhig, »die Krieger haben gehorcht.«

»Wohin wollt ihr denn?«

»Zu der großen Stadt im Süden«, antwortete der Gefangene: »Sie ist reich, und die Indios sind arm.«

»Die Reichtümer dieser Stadt müßt ihr erst erobern!« erklärte ihm der Kaw-djer: »Und die Bewohner werden sie verteidigen.«

Der Patagonier lächelte.

»Du siehst ja, deine Brüder und du selber – ihr seid schon Gefangene«, fügte der Kaw-djer als überzeugendes Argument hinzu.

»Die Patagonier haben mehr Krieger als ihr«, erwiderte der Indio selbstsicher: »Meine Brüder werden zurückreiten und deine Brüder am Schwanz ihrer Pferde mitschleppen.«

Der Kaw-djer hob die Schultern.

»Das bildest du dir ein, mein lieber Junge. Nicht einer von euch wird Liberia betreten.«

Wieder stand das überlegene Lächeln auf dem Gesicht des Patagoniers.

»Das glaubst du mir nicht?« fragte der Kaw-djer.

»Der weiße Mann hat es versprochen«, sagte der Indio überzeugt. »Er schenkt die große Stadt den Patagoniern.«

»Was für ein weißer Mann?« Der Kaw-djer war verblüfft. »Gibt es einen Weißen unter euch?«

Er versuchte den Indio auszufragen, erfuhr aber nichts mehr. Offenbar hatte der Gefangene alles gesagt, was er wußte.

Der Kaw-djer ging besorgt weg. Wer war dieser weiße Verräter, der sich mit einer Horde Wilder gegen seine eigene Rasse verbündet hatte? Auf jeden Fall mußte man sich jetzt doppelt in acht nehmen – und beeilen. Wenn Hartlepool die Befehle auch bestimmt ausgeführt und alle zusätzlich notwendig gewordenen Maßnahmen durchgeführt hatte, so war es doch unbedingt erforderlich, die Garnison von Liberia sofort zu verstärken.

Gegen acht Uhr abends brach man auf. Die Truppe des Kaw-djer zählte nun hundertsechsundfünfzig Mann, von denen hundertundzwei mit Flinten der Patagonier ausgerüstet waren.

Die Pferde ließ man auf dem Hof zurück. Denn um die feindliche Umzingelung der Stadt zu durchbrechen, wollte der Kaw-djer nicht die zwar mutige, aber um so sinnlosere Methode anwenden, die den Patagoniern so übel bekommen war. Der Kaw-djer hatte einen weniger gewalttätigen Plan, und bei diesem wären Pferde nur hinderlich gewesen.

Nach einem Marsch von drei Stunden sah man die Stadt; vielmehr: es war völlig dunkel, aber eine Reihe von Feuern zeigte das Lager der Patagonier an. Es bildete einen großen Halbkreis, der rechts bis an den Sumpf und links bis an den Fluß heranreichte. Der Ring um die Stadt war also geschlossen, und jeder Versuch, sich an den im Abstand von hundert Metern zwischen hellen Feuern aufgestellten Posten vorbeizuschleichen, schien aussichtlos.

Der Kaw-djer ließ anhalten. Bevor man weiter vorrückte, mußte man alles noch einmal genau durchdenken.

Die Belagerer waren übrigens nicht alle am rechten Ufer geblieben. Zumindest einige von ihnen mußten den Fluß oberhalb der Stadt überquert haben. Denn während der Kaw-djer noch überlegte, schossen im Nordwesten Flammengarben hoch: Die Patagonier hatten Neudorf in Brand gesteckt.

ACHTES KAPITEL

EIN VERRÄTER

Harry Rhodes und Hartlepool hatten als die gewählten Stellvertreter alle Machtbefugnisse übernommen und die Stadt in Verteidigungszustand versetzt. Der klugen Taktik ihres Gouverneurs, den Vormarsch des Feindes durch Störaktionen hinauszuzögern, verdankten sie eine Vorbereitungsfrist von beinahe vier Tagen.

Man hatte zwei breite und tiefe Gräben gezogen, hinter denen die ausgehobene Erde einen kugelsicheren Wall bildete. Die Stadt im Handstreich zu nehmen, war dadurch unmöglich geworden.

Der südliche dieser Gräben war etwa zwei Meilen lang und verlief vom Fluß in einem Halbkreis um die Stadt hinüber zu dem Sumpf, der ein natürliches Hindernis darstellte. Der andere – im Norden, war knapp fünf Meilen lang und führte ebenfalls vom Fluß zum Sumpf. Er kreuzte die Straße, die Liberia mit Neudorf verbindet.

So war die Stadt nach allen Seiten geschützt oder befestigt: im Norden und Nordosten durch den Sumpf, in dem ein Pferd bis zum Bauch einsinken mußte; im Nordwesten und auf der Nordost-Südwest-Achse durch die Gräben und Dämme und im Westen durch die Barriere des Flusses, die gegen eine Reiterformation sehr leicht verteidigt werden konnte.

Neudorf war evakuiert worden. Die Bewohner hatten sich mit Sack und Pack nach Liberia in Sicherheit gebracht und ihre Häuser als verloren aufgegeben.

Vom ersten Abend an, als die Arbeiten noch in vollem Gang waren, und lange bevor eine akute Gefahr bestand, hatte man rings um die Stadt Wachen aufgestellt. Fünfzig Männer waren zu diesem Dienst abkommandiert. Sie standen als Einzelposten im Abstand von dreißig Metern und beobachteten von den Dämmen und von der Böschung herunter das Vorfeld. Sie hatten Befehl, beim ersten Anzeichen von Gefahr Alarm zu schlagen. Hundertfünfundsiebzig Männer wurden mit dem Rest der Gewehre bewaffnet und lagerten auf dem Platz vor dem Regierungsgebäude, so daß sie dem Feind – ganz gleich, wo er angreifen würde – sofort entgegengeworfen werden konnten. Der Rest der wehrfähigen Männer schlief unterdessen. Es waren also drei Gruppen, und sie lösten einander fortwährend ab.

Die Verteidigung hätte nicht besser organisiert sein können: Vorn die fünfzig Posten, die regelmäßig abgelöst wurden; im Stadtkern die Streitmacht; schließlich alle übrigen Liberianer, die auf Abruf bereit standen und deren jeder genaue Instruktionen hatte. Für diese Leute waren allerdings keine Gewehre mehr übrig. Sie hatten sich

Äxte, Stangen und Messer besorgt. Aber auch solche Waffen konnten – falls es in der Stadt zum Nahkampf kommen sollte – sehr nützlich werden.

Jeder war zum Wachdienst verpflichtet – keiner hatte die Möglichkeit, sich zu drücken. Auch Patterson nicht. Wie er auch darüber denken mochte, er war folgsam zum Dienst angetreten. Seine private Einstellung zu diesen Dingen im allgemeinen und zu der besonderen Situation war zurzeit so widerspruchsvoll, daß er selber nicht recht wußte, ob er sich nun freuen oder ärgern sollte.

Auf Posten hatte er endlich einmal Zeit, Betrachtungen anzustellen, und zum erstenmal im Leben analysierte er seine eigene Meinung.

Sein Groll gegen die Bürger von Liberia, gegen die Stadt selbst und die ganze Insel beherrschte ihn immer noch, und so kam es ihn hart an, irgend etwas zur Rettung der Leute beizusteuern, die er verfluchte. Deshalb haßte er seinen Wachdienst.

Aber bei Patterson kam der Haß ja erst in zweiter – vielmehr in dritter Linie. Denn offener Haß findet ebenso wie ehrliche Liebe und alle anderen großen Gefühle nur in einer weiten Brust genügend Entfaltungsmöglichkeiten, nicht aber in der engen, muffigen Seelenkammer eines Patterson. Sein zweites beherrschendes Gefühl – hinter dem Geiz – war die Angst.

Und da sein augenblickliches Geschick mit dem seiner Mitbürger unlöslich verknüpft war, forderte die Furcht gebieterisch, den Haß zu unterdrücken. Mit größtem Vergnügen und händereibender Schadenfreude hätte er die Stadt brennen sehen – aber nur unter der Voraussetzung, daß er selber nicht mehr darin gewesen wäre. Aber er war darin, und es gab keine Chance, herauszukommen. Vielmehr hatte es keinen Zweck: Die Insel war voll von Patagoniern, und wer ihnen in die Hände fiel – nein: Patterson konnte sich nur retten, indem er diese verdammte Stadt verteidigte.

So zog er es also doch vor, sein Einverständnis zu erklären und gewissenhaft Posten zu stehen, obwohl ihm dabei sehr unbehaglich zumute war. Es machte ja auch wirklich keinen Spaß, in stockdunkler Nacht sich nach ganz vorne zu begeben und auf diesem gefährlichen Platz stundenlang zu warten, bis ihn einer er- beziehungsweise ablöste.

Patterson hatte eine Riesenangst, und die machte ihn zu einem hervorragenden Wachsoldaten: Seine weitaufgerissenen Augen quollen förmlich in die Finsternis hinein; von den Ohren hatte er das Gefühl, sie stünden im rechten Winkel zum Kopf, und der zitternde Finger hielt den Abzugshahn des Gewehrs ständig auf Druckpunkt.

Die ersten vier Tage verliefen ohne Zwischenfall, aber am fünften ging es los: Gegen Mittag sah man, wie die Reiterhorden der Patagonier anrückten und im Süden der Stadt ihre Lager aufschlugen. Nun wurde es Ernst mit dem Wachestehen: Der Feind war da, man mußte mit dem Angriff rechnen.

An diesem Abend bezog Patterson seinen Posten auf dem Nordwall – zwischen dem Fluß und der Straße nach Neudorf.

Plötzlich sah er in Richtung des Hafens einen hellen Lichtschein. Es war keine Täuschung und deshalb kein Zweifel mehr möglich: Der Tanz hatte begonnen! Die Patagonier traten zum Sturm an und hielten genau auf ihn zu! Hier – an dieser Stelle – würde es zur Schlacht kommen – und er mitten drin, aber das war ja immer so!

Patterson stellte seufzend das Gewehr zur Seite – es hatte ja doch keinen Zweck. Das Unglück verfolgte ihn, und da hörte man auch schon den Lärm auf der Straße. Es mußten Tausende sein, die hier angriffen. Was nützte dieser winzige Wassergraben und der lächerliche Erdwall dahinter? Bei Tag machte das alles einen ganz imposanten und vertrauenerweckenden Eindruck – aber im Dunkeln? Man sah es nicht einmal! Der Feind auch nicht. Und deshalb würde er es einfach ignorieren und mit seinen Heeren darüber hinwegbrausen – über den Graben, über den Wall, über Patterson, über die Stadt –

Er hörte, wie die Armee vor ihm am Wassergraben anhielt und die Generale miteinander tuschelten. Offenbar wiesen sie ihre Regimenter an, Brücken zu schlagen; denn Bretter und Bohlen wurden über den Wassergraben gelegt.

Und dann kamen sie und zogen an ihm vorbei: Unübersehbare Wälder blitzender Flintenläufe schimmerten im Licht des Mondes, der so blutigrot wie noch nie am Himmel hing – als schmale Sichel – wahrscheinlich hatten ihn die Patagonier auch schon erobert, denn an ihrer Spitze war ein Riese marschiert – aber Gott sei Dank hat jeder Spuk einmal ein Ende – es war wieder still um Patterson, und er erwachte aus seinem Angsttraum.

Mit dem Ärmel wischte er den kalten Schweiß vom Gesicht und fragte sich, was eigentlich passiert war. Er erfuhr es von einem Posten, der atemlos vor Freude auf ihn zugerannt kam:

»Hast du nichts gemerkt, Patterson: Der Kaw-djer ist wieder da! Hat sich mit seinen Leuten durchgeschlagen!«

Pattersons Gefühle waren gemischt. Einerseits gab es keinen, den er so sehr zum Teufel wünschte wie den Kaw-djer, andrerseits war er froh, daß die Stadt Verstärkung erhalten hatte.

Der Kaw-djer war von Neudorf herübergekommen. Als er gestern abend sah, daß Neudorf brannte, hatte er sich rasch seinen Plan ausgedacht. So wie vor ihm die Patagonier, setzte auch er mit seiner kleinen Truppe drei Kilometer oberhalb der Stadt über den Fluß und marschierte dann über die Felder auf die Flammen zu wie auf einen feurigen Wegweiser.

Inzwischen wußte er, daß die Masse der feindlichen Streitmacht ihr Biwak südlich der Stadt aufgeschlagen hatte und man deshalb in Richtung Neudorf nur auf kleinere Einheiten stoßen würde, die man leicht zerstreuen konnte. Und dann war die Straße nach Liberia frei.

Und so hatte sich auch alles abgespielt – programmgemäß wie in einem Manöver: Die Brandstifter wurden mitten in Neudorf überrascht. In ihrer Enttäuschung, daß die Häuser ausgeräumt waren, tobten sie mit ihren brennenden Fackeln von einem Zimmer ins andere und glaubten sich dabei in völliger Sicherheit, weil sie bei ihrem Anmarsch nirgends auf Widerstand gestoßen waren und das Dorf verlassen vorgefunden hatten.

Da nicht einmal Wachposten ausgestellt waren, konnte der Kaw-djer wie das heilige Donnerwetter über sie herfallen. Die Patagonier liefen schon nach den ersten Schüssen schreiend nach allen Himmelsrichtungen in die Nacht hinein und ließen fünfzehn Gewehre und fünf Gefangene zurück.

Von einer Verfolgung sah man ab, denn vielleicht hatte man am anderen Flußufer die Schüsse und das Geschrei gehört und leitete einen Gegenangriff ein. Deshalb wartete man gar nicht erst lange ab, sondern zog sich sofort nach Liberia zurück. Der Überfall auf die Plünderer in Neudorf hatte keine zehn Minuten gedauert.

Die unvermutete Rückkehr des Kaw-djer sollte für Patterson nur der harmlose Vorgeschmack einer Aufregung sein, mit der ihn das Schicksal drei Tage später heimsuchte. Und diesmal war es eine wirklich ernsthafte Prüfung – für ihn und für ganz Liberia.

Er hatte von sechs Uhr abends bis zwei Uhr nachts Wache – heute an der Flußböschung, hundert Meter unterhalb der Stelle, wo der Norddamm anschloß. Links und rechts von ihm standen die anderen Posten. Der Platz war also gut – von allen Seiten abgesichert.

Als Patterson antrat, war es noch hell, und die Lage schien ihm sehr beruhigend. Doch mit dem allmählichen Dunkelwerden überwucherte ihn wieder die Angst. Er hörte die Fische springen und sah jede Maus laufen.

Man kann sich sein Entsetzen vorstellen, als ihn plötzlich eine Stimme halblaut und sehr deutlich ansprach:

»Patterson!« rief die Stimme, und sie war keine zwei Schritte entfernt – neben ihm. Oder unter ihm?

Er verschluckte den Todesschrei, der ihm in die Lippen stieg, denn die Stimme wurde gefährlich. Sie drohte:

»Still – sonst –!«

Und dann fragte sie:

»Erkennst du mich?«

Der Irländer erkannte nur, daß das Schicksal wieder einmal dabei war, ihm die Kehle zuzuschnüren, so daß er nicht einmal mehr um Gnade flehen konnte.

»Ich bin Sirdey!«

Patterson atmete auf. Es war nicht der Teufel persönlich, es war ein alter Freund gewesen, der

ihn angesprochen hatte. Allerdings – mit diesem Freund hätte er am allerwenigsten gerechnet!

»Sirdey?« flüsterte er zurück.

»Ja! – Sei vorsichtig – und leise! – Bist du allein? Keiner in der Nähe?«

Patterson drehte sich unauffällig – erst nach rechts, dann nach links – und schaute um sich.

»Nein«, sagte er.

»Dann beweg dich nicht mehr. Du darfst nicht auffallen! Ich komm' jetzt noch näher zu dir – aber dreh dich nicht um!«

Patterson hörte, wie sich ein Körper durchs Gras auf die Böschung schob.

»Da bin ich jetzt – direkt neben dir!« sagte Sirdey. Er blieb flach auf dem Boden liegen.

Obwohl ihm jede Bewegung verboten worden war, schielte Patterson mit schiefem Kopf hinunter und stellte fest, daß Sirdey von Kopf bis Fuß tropfnaß war.

»Wo kommst du denn her?« fragte er.

»Aus dem Fluß. Ich bin bei den Patagoniern.«

»Bei den Patagoniern!« Das war sogar für Patterson ein starkes Stück.

»Ja! Vor anderthalb Jahren bin ich doch abgehauen. Indios haben mich über den Beagle-Kanal gebracht. Ich bin nach Punta-Arenas und von dort aus weiter – nach Argentinien. Dort haben mich die Patagonier geschnappt.«

»Und?«

»Jetzt bin ich ihr Sklave!«

»Sklave?«

»Da – schau mal her!«

Patterson bog wieder vorsichtig den Hals, und Sirdey zeigte ihm eine dünne Kette, die von seinem Handgelenk im Gras der Böschung verlief.

»Siehst du? Und zehn Schritte hinter mir hocken zwei Patagonier und passen auf. Sie brauchen bloß an der Kette zu ziehen.«

Patterson schnatterte so heftig mit den Zähnen, daß Sirdey es hörte.

»Was hast du denn?«

»Patagonier! Zehn Schritte hinter uns!«

»Keine Angst«, beruhigte ihn Sirdey, »dir tun sie ja nichts! Und mir auch nicht! Sie brauchen uns ja. Ich habe ihnen gesagt, daß man mit dir rechnen kann, und deshalb schicken sie mich jetzt zu dir – als Unterhändler.«

»Was wollen sie denn?« stotterte Patterson.

Sirdey wartete einen Augenblick, dann sagte er es ihm:

»Du mußt sie reinlassen – in die Stadt!«

»Ich?«

»Ja – du! Du mußt einfach! Hör mal zu, Patterson! Für mich geht es um Leben und Tod! Du weißt doch, ich bin ihr Sklave! Sie haben mich damals gefoltert und dabei rausgekriegt, daß ich aus Liberia gekommen bin. Und jetzt muß ich ihnen helfen; alleine kommen sie nicht durch! Wenn ich das schaffe, werd' ich frei – das haben sie mir versprochen! Verstehst du jetzt? – Ich –«

»Pst!« unterbrach ihn Patterson.

Der Nachbarposten wollte sich ein bißchen die Beine vertreten und kam. In einer Entfernung von wenigen Metern blieb er stehen.

»Ziemlich kühl heute abend«, rief er Patterson an.

»Ja«, würgte Patterson als Antwort heraus.

»Gute Nacht!«

»Gute Nacht!«

Der andere Posten machte kehrt und schlenderte in seinen Wachabschnitt zurück.

Und Sirdey fuhr fort: »Du verstehst mich doch: Ich hab's versprochen, und wenn ich das jetzt nicht halten kann –«

»Was hast du versprochen?«

»Daß ich sie nach Liberia führe! Wir haben gedacht, das ist alles ganz einfach, und jetzt sind sie natürlich wütend auf mich! Über hundert Leute haben sie schon verloren, und heute wollten sie mich in den Fluß werfen – mit einem Stein am Hals. Da ist mir eingefallen, daß du vielleicht – ich hab' ihnen gesagt, daß du vielleicht – das heißt ganz bestimmt –, und wenn das nicht klappt, bin ich erledigt!«

Während Sirdey jammerte, überlegte Patterson. Er hätte gar zu gern die Stadt in Flammen und alle Bewohner – besonders den Kaw-djer – massakriert gesehen. Aber die Sache schien ihm doch zu gefährlich – zu unsicher. Er hob die Schultern und fragte kalt:

»Was kann ich da schon machen?«

»Uns helfen – verdammt noch mal!«

»Dazu braucht ihr mich doch gar nicht! Du selber bist ja der beste Beweis!«

»So ein Quatsch! Ein einzelner Mann kommt immer durch, den sieht man nicht! Aber fünfhundert --!«

»Gleich alle fünfhundert?«

»Klar! Oder meinst du vielleicht, ich will alleine einen Spaziergang nach Liberia machen? Ich hab' in Liberia genauso wenig verloren wie bei den Patagoniern! Übrigens – was ist –«

»Still!« zischte Patterson.

Wieder näherten sich Schritte. Drei Männer erschienen im Dunkel. Einer zog seine Laterne unterm Mantel vor, leuchtete Patterson an und fragte:

»Gibt's was Neues?« Es war kein anderer als Hartlepool, der die Posten kontrollierte.

»Nein – nichts!«

»Alles ruhig?«

»Alles!«

Die Patrouille setzte ihren Weg fort.

»Was hast du noch sagen wollen?« fragte Patterson, als sie außer Hörweite waren.

»Ich wollte fragen: Was ist aus den andern geworden?«

»Aus wem?«

»Dorick?«

»Tot.«

»Fred Moore?«

»Tot.«

»William Moore?«

»Tot.«

»Verflucht! – Und Kennedy?«

»Der ist so gesund wie du und ich.«

»Tatsächlich? Dann hat er den Kopf also aus der Schlinge gekriegt?«

»Wahrscheinlich.«

»Und es ist kein Verdacht geblieben?«

»Er läuft jedenfalls immer noch frei herum!«

»Wo ist er jetzt?«

»Auf Posten. Wo, weiß ich nicht.«

»Kannst du das nicht irgendwie rausbringen?«

»Ausgeschlossen. Und kommen könnte er sowieso nicht. Was willst du denn von ihm?«

»Mal sehen, ob er vielleicht ein bißchen mehr Mumm in den Knochen hat als du!«

»Der hilft dir so wenig wie ich!« protestierte Patterson: »Und ausgerechnet den Patagoniern! Zum Dank massakrieren sie uns dann alle!«

»Doch nicht die Kameraden, die uns helfen! Im Gegenteil! Mit denen teilen wir die Beute!«

»Hm!« machte Patterson. Er schien nicht restlos überzeugt.

Aber er wurde unsicher. Den Hosteliern alles heimzahlen und sie dabei gleichzeitig beerben – das wäre ein originelles Geschäft! Aber es waren Wilde – und Sirdey ein Schuft. Sein Mißtrauen behielt die Oberhand.

»Das ist ja doch alles bloß dummes Geschwätz von dir«, sagte er entschlossen. »Selbst wenn wir wollten – ich oder Kennedy: Fünfhundert Mann in die Stadt schmuggeln – wie stellst du dir das vor?«

»Es brauchen ja nicht alle gleichzeitig sein«, wandte Sirdey ein. »Fünfzig, meinetwegen bloß dreißig – das reicht für den Anfang. Die bringen in der Stadt alles durcheinander, der Kaw-djer muß die Truppen zurückholen, und dann kommen wir alle!«

»Fünfzig oder dreißig oder zehn – es geht einfach nicht!«

»Ist das dein letztes Wort?«

»Mein erstes und mein letztes.«

»Du sagst also nein?«

»Ich sage nein!«

»Also, lassen wir's!« Sirdey gab auf und fing an, die Böschung hinunterzukriechen.

Aber er hielt noch einmal an und blickte zu Patterson hoch.

»Natürlich würden die Patagonier zahlen!«

»Wieviel?«

Das Wort war Patterson herausgerutscht, ohne daß er es wollte.

Sirdey kam noch einmal näher.

»Tausend Piaster!«

Tausend Piaster! Fünftausend Franken! Das war eine beachtliche Summe. Und trotzdem hätte sie ihn früher nicht so sehr beeindruckt; durch die Überschwemmung war ihm weit mehr verlorengegangen. Aber da lag eben der Hase im Pfeffer: Er besaß so gut wie nichts mehr! In einem Jahr hatte er trotz ungezählter Überstunden und regelmäßiger Sonntagsarbeit nicht mehr als fünfundzwanzig Piaster zurücklegen können.

Armselige fünfundzwanzig Piaster als Anfangskapital! Sicher würden sie sich jetzt schneller vermehren – an Gelegenheiten, Geld zu machen, fehlte es ja nicht. Er wußte aus Erfahrung, daß es mit den ersten Groschen immer am schwersten ist.

Aber tausend Piaster! In einem einzigen Augenblick vierzigmal mehr verdienen als in achtzehn Monaten Frondienst! Und vielleicht konnte er sogar noch ein bißchen mehr herausholen – wozu hat man schließlich schachern und feilschen gelernt?

»Das ist ein bißchen mager«, meinte er. »Unter zweitausend sollte ein guter Christ meiner Ansicht nach nicht Kopf und Kragen riskieren.«

»Also dann – schlaf gut!« erwiderte Sirdey und drehte sich wieder zum Ufer.

»Oder sagen wir mal – fünfzehnhundert«, berichtigte sich Patterson, ohne Sirdeys Interesselosigkeit allzu ernst zu nehmen.

Denn jetzt endlich hatte er wieder sicheren Boden unter den Füßen: Er konnte über Wert und Gegenwert reden, und mit Preisen kannte er sich aus. Ob es dabei um eine Ware ging oder um ein Gewissen – es handelte sich um Kauf und Verkauf, und jeder Umsatz unterliegt unabänderlichen Regeln, die Patterson mit all ihren Klauseln und Finessen beherrschte.

Man weiß, daß zunächst der Verkäufer zuviel verlangt und der Kunde zuwenig anbietet und sich aus der Verhandlung schließlich der angemessene Mittelwert ergibt. Und daß man mit der nötigen Hartnäckigkeit nie verliert und meistens etwas gewinnt.

Leider drängte die Zeit, und so fand sich Patterson ausnahmsweise bereit, das Verfahren abzukürzen, sonst wäre er nie von zweitausend gleich auf fünfzehnhundert heruntergegangen.

»Nein!« sagte Sirdey entschlossen.

»Man könnte unter Umständen noch über vierzehnhundert reden«, seufzte Patterson. »Aber tausend –!«

Er bedauerte, daß Sirdey in der Dunkelheit sein bekümmertes Gesicht nicht sehen konnte, denn mit seinen tiefen Sorgenfalten in der Stirn war er bei seinen Geschäftspartnern immer gut angekommen.

Die Stimme unter ihm blieb hart: »Tausend – unser letztes Angebot.«

Patterson hörte deutlich heraus, daß es nicht das letzte Angebot war.

»Dann haben wir eben Pech gehabt. Schlaf gut!« erklärte er und gähnte hörbar.

Nun war es bei Sirdey, nachzugeben. Eine so gute Sache durfte nicht an ein paar hundert Piastern scheitern. Er tätschelte Patterson den Schuh:

»Nehmen wir die Mitte«, schlug er vor, »dann kommen wir auf zwölfhundert.«

Die Kette an seinem Handgelenk rasselte ein bißchen. War das einer der Bewacher, der daran zog? Patterson schien es ratsam, zum Abschluß zu kommen. Er sagte schnell:

»Ja – gut! Aber nur dir zuliebe!«

»Geht also in Ordnung!«

Jetzt gab es nur noch Einzelheiten zu regeln.

»Und wer zahlt mir die Summe?« fragte Patterson. »Können die Patagonier überhaupt soviel Geld aufbringen? Sind sie so reich?«

»Im Gegenteil – bettelarm. Aber es sind fünfhundert, und jeder wird sich schröpfen wie ein Blutegel; wenn Liberia erst mal offen ist, können sie sich ihr Geld wieder holen – und noch ein bißchen mehr dazu!«

»Schon möglich«, nickte Patterson, »aber das ist dann eure Sache, mich geht das nichts an. Ich will nur wissen, ob ich mein Geld kriege. Und wann – und wo. Wie habt ihr euch das gedacht?«

»Die Hälfte vorher – die Hälfte nachher.«

»Kommt nicht in Frage«, widersprach Patterson. »Meine Bedingungen: achthundert Piaster morgen abend!«

»Gut und wo?«

»Wo ich meinen Posten habe; das kann ich jetzt noch nicht sagen. Ihr müßt mich eben suchen! Und was den Rest angeht: Ich lasse zuerst zehn von euch an mir vorbei, und einer von ihnen gibt mir das Geld. Wenn nicht, schlag' ich Alarm.«

»Und wenn er zahlt?«

»Geh' ich weg – dann könnt ihr alle durch.«

»Abgemacht!« Sirdey schlug ihm mit der flachen Hand auf den Schuh: »Und wann soll das sein?«

»In der fünften Nacht, von morgen an gerechnet. Da haben wir Neumond.«

»Und wo?«

»Bei mir – auf meinem Grundstück.«

»Ich hab' dein Haus gar nicht mehr gesehen«, wandte Sirdey ein.

»Das hat der Fluß mitgenommen«, erklärte ihm Patterson. »Aber das Haus brauchen wir auch nicht. Wir haben ja den Zaun.«

»Der ist auch dreiviertel weg!«

»Ich werd' ihn schon flicken!«

»Also gut – bis morgen!«

»Bis morgen!« antwortete Patterson.

Er hörte erst ein Rutschen im Gras, dann ein Glucksen im Wasser. Dann störte nichts mehr die Stille der Nacht.

Am nächsten Morgen wunderte man sich sehr, daß Patterson anfing, die Reste des Zaunes wieder aufzustellen, der sein längst verschwundenes Gütchen einmal umgeben hatte.

Ein denkbar ungünstiger Zeitpunkt für solche Arbeiten – aber Patterson hatte ja oft die kuriosesten Einfälle. Und schließlich war es sein Grund und Boden. Er hatte die Konzession in der Tasche, von der ihm Ferdinand Beauval nach der Überschwemmung sogar ein Duplikat ausstellen mußte. Er konnte hier also während seiner kurzen Freizeit Pfähle schleppen und einrammen, soviel er Lust hatte.

Er arbeitete wie ein Besessener; nagelte sogar wieder die Querlatten an und verstopfte die Fugen mit Kitt. Man schüttelte nur den Kopf und lachte, aber das kümmerte ihn wenig.

Am Abend wollte es der Zufall, daß er auf

den Süddamm kommandiert wurde. Er bezog seinen Posten, sagte kein Wort und wartete geduldig.

Da er früher antreten mußte als am Vorabend, war es noch taghell, als er kam. Aber gegen Ende der acht Stunden würde es längst wieder finstere Nacht sein, und Sirdey hatte in jedem Fall genügend Zeit, sich anzuschleichen. Es sei denn –

Es sei denn, der ehemalige Koch der *Jonathan* hätte ihn hereingelegt. Denn natürlich konnte das Ganze eine Falle sein. Oder Sirdey hatte auf eigene Faust das Angebot gemacht – mit den zwölfhundert Piastern, und man gab ihm das Geld nicht?

Der Irländer wurde bald alle Zweifel und Sorgen los: Sirdey hob vor ihm kurz und so, daß nur Patterson es sehen konnte, die Hand aus dem Gras.

Beruhigt wartete er nun auf die Nacht. Und es würde eine stockfinstere Nacht werden, denn der Mond war im letzten Viertel und kam erst im Morgengrauen.

Bald war es völlig dunkel. Sirdey kroch zu Patterson hin – und entfernte sich wieder, lautlos, wie er gekommen war.

Alles hatte gut geklappt. Warum nicht? Man war sich ja einig!

»Die vierte Nacht ab morgen«, hatte Patterson gemurmelt.

»In Ordnung«, hatte Sirdey zurückgeflüstert.

»Und die Piaster nicht vergessen! Ohne die wird nichts draus!«

»Weiß ich – du kannst dich drauf verlassen!«

Nach diesen paar Sätzen war Sirdey verschwunden. Vorher hatte er ein Säckchen gegen Pattersons Schienbein gestellt, so daß er es deutlich fühlen mußte. In dem Säckchen klirrte es, als Patterson den Fuß bewegte.

Es waren die vereinbarten achthundert Piaster. Der Judaslohn.

NEUNTES KAPITEL

DAS VATERLAND

Am nächsten Tag führte Patterson die Ausbesserungsarbeiten an seinem Zaun fort. Natürlich wußte er um die Witze und Bemerkungen, die über seine höchst unzeitgemäße Beschäftigung im Umlauf waren. Aber es gab kein Zurück mehr: Er hatte die Anzahlung in der Tasche – deshalb mußte er mit seiner Palisade zum vereinbarten Termin fertig sein, und niemand durfte Verdacht schöpfen.

Da Patterson auch in diesem Fall den Angriff für die beste Verteidigung hielt, suchte er schon am frühen Morgen Hartlepool auf und verlangte die Befreiung vom Wachdienst:

»Schließlich liegt mein Grundstück an einer sehr exponierten Stelle, und ich arbeite dort Tag und Nacht. Warum sollte ich auf irgendeinem Wall Posten stehen, und ein anderer bewacht mein eigenes Stück Land?«

Patterson war dem Chef der Polizeitruppe zwar denkbar unsympathisch, aber gegen dieses Argument gab es keine stichhaltigen Einwände, zumal der Irländer ein friedlicher Mensch war, dessen ungeheurer Fleiß sogar eine gewisse Achtung verdiente. So bemerkte Hartlepool nur:

»Es ist ja ein bißchen merkwürdig, daß Sie ausgerechnet jetzt an Ihrem Zaun herumflicken müssen!«

Patterson erklärte ihm ganz ruhig den Grund: Seit der Invasion seien alle öffentlichen Arbeiten zum Stillstand gekommen, und statt wie die andern herumzusitzen, kümmere er sich um seine privaten Angelegenheiten. Auch diese Erklärung war plausibel und paßte genau zu dem Mann, der keine Minute ohne irgendeine Beschäftigung sein konnte. Hartlepool gab sich also zufrieden und sagte:

»Gut, dann übernehmen Sie ab sofort den Wachdienst innerhalb der Grenzen Ihres Grundstücks!«

Er ging und hielt die Angelegenheit für zu bedeutungslos, um sie dem Kaw-djer zu melden.

Zum Glück für die Zukunft der hostelischen Kolonie war am Vorabend ein anderer mißtrauisch geworden und informierte den Gouverneur über Vorgänge, die ihm verdächtig vorkamen.

Als gestern abend Patterson seine Wache angetreten hatte, glaubte er allein zu sein. Aber das war ein Irrtum gewesen. Keine zwanzig Schritte von ihm entfernt lag Dick im Gras.

Er war rein zufällig gekommen, nicht um dem Irländer nachzuspionieren, der ihn überhaupt nicht interessierte. Und als sich dieser in seiner Nähe aufstellte, warf er auch nur einen flüchtigen Blick zu ihm hinüber, um sich dann wieder dem hinzugeben, was ihn völlig in Anspruch nahm: die grausamen Feinde, die seine Phantasie ungeheuer aufregten und anregten, zu beobachten; natürlich ganz inoffiziell, denn Posten stehen durfte er ja nicht, er war noch zu jung.

Hätte Patterson nicht so intensiv und ausschließlich auf Sirdey gewartet, so müßte er den Jungen bald bemerkt haben, denn dieser lag ziemlich ungedeckt zwischen mageren Grasbüscheln.

Dick dagegen sah den Irländer die ganze Zeit, aber er beachtete ihn ebenso wenig wie irgendeinen der anderen Posten, die in der Nähe standen. Und bald vergaß er ihn völlig, denn er machte eine außerordentliche Entdeckung.

Dort drüben bei den Patagoniern verbarg sich etwas hinter einem der zahllosen Büsche, die vom vordersten Berghang bis an den Wall heranreichten. Was war es: ein Mann? Nein, ein Gesicht, und nicht einmal das, sondern nur eine Stirn und zwei Augen, die nach Liberia blickten.

Wem gehörten diese Stirn und diese Augen? Einem der Indios, die sich immer wieder hier im Vorfeld herumtrieben? Dick glaubte es nicht. Und bald war er sogar ganz sicher: Es gab nur ein einziges Gesicht, das zu dieser Stirn und zu diesen Augen paßte – und dieses Gesicht gehörte einem Mann namens Sirdey.

Und diesen Mann – weiß Gott – kannte er gut! Unter Tausenden hätte er ihn herausgefunden, diesen Sirdey, der zusammen mit den andern in der Grotte war – damals, als das Unglück mit Sand passierte.

Was hatte dieser widerliche Kerl drüben bei den Patagoniern zu suchen? Instinktiv preßte sich Dick flach an den Boden. Er wußte nicht einmal genau warum, aber von jetzt ab wollte er wirklich nicht mehr gesehen werden!

Es vergingen Stunden, die lange antarktische Dämmerung wurde ganz allmählich zur tiefen Nacht. Dick blieb in seinem Versteck – unbeweglich, Augen und Ohren weit offen. Aber er sah keinen Schimmer mehr und hörte keinen Ton.

Nur einmal – ganz kurz – glaubte er einen Schatten wahrzunehmen, der zu Patterson hinkroch. Und dann war ihm, als flüsterten zwei Männerstimmen, und dazwischen klimperte etwas – metallisch, wie Münzen.

Aber – wie gesagt – das alles war nicht mehr als

ein Gefühl, eine unbestimmte Empfindung. Deutlich konnte Dick dann erst wieder erkennen, wie kurz darauf die Ablösung kam und Patterson sich entfernte.

Dick blieb auf seinem Posten, bis es dämmerte, aber seine Ausdauer wurde nicht belohnt: Es passierte überhaupt nichts mehr.

Trotzdem ging Dick sofort zum Kaw-djer, um ihm seine Entdeckung zu melden. Weil er aber nicht genau wußte, wie der Gouverneur auf sein Geständnis reagieren würde, daß er die ganze Nacht unter freiem Himmel und in der vordersten Linie zugebracht hatte, sondierte er zunächst einmal vorsichtig die Stimmung und Meinung seines Lehrers und Vorgesetzten. Er verkündete also:

»Gouverneur, ich habe Ihnen etwas zu sagen!«

Und nach einer genau berechneten Pause – ganz schnell: »Aber Sie dürfen nicht böse werden – nicht wahr?«

Der Kaw-djer lachte: »Je nachdem! Wenn es eine Dummheit war –?«

Dick war Diplomat und antwortete mit einer Gegenfrage:

»Ist es eine Dummheit, eine Nacht lang auf dem Südwall zu liegen?«

»Kommt ganz darauf an«, sagte der Kaw-djer, »was du dort gemacht hast.«

»Ich habe die Patagonier beobachtet.«

»Die ganze Nacht?«

»Jawohl, Gouverneur!«

»Warum denn?«

»Ich habe sie genau überwacht!«

»Unsinn! Dazu sind die Posten da!«

»Aber die haben etwas nicht gesehen, was ich gesehen habe!«

»Und – was war das?«

»Ein Mann, den ich kenne.«

»Bei den Patagoniern?« Der Kaw-djer staunte.

»Ja.«

»Wer soll denn das gewesen sein?«

»Sirdey!«

»Sirdey?!«

Der Kaw-djer erinnerte sich sofort an sein Gespräch mit dem patagonischen Gefangenen Athlinata – und was dieser gesagt hatte.

Sirdey war also der weiße Mann, der die Patagonier nach Hoste geführt hatte!

»Bist du sicher?« fragte er.

»Ganz sicher, Gouverneur!« bestätigte Dick. »Aber das andere weiß ich nicht so bestimmt, aber ich glaube es.«

»Was – glaubst du?«

»Als es dann Nacht wurde, ist jemand an den Wall herangeschlichen.«

»Und das war Sirdey?«

»Genau sehen konnte ich das nicht! Und auch nicht hören! Es war nur, als hätte er ganz leise etwas gesagt – zu dem Posten –, und dann hat es auch ein bißchen geklimpert, wie Geldstücke – aber wie gesagt, da bin ich nicht sicher!«

»Wer war der Posten?«

»Patterson.«

Das war einer der Namen, die der Kaw-djer in unangenehmer Erinnerung hatte. Und die zusätzlichen Neuigkeiten machten ihn jetzt sehr nachdenklich. Ob vielleicht doch Zusammenhänge bestanden zwischen dem, was Dick gesehen und gehört hatte – beziehungsweise gesehen und gehört zu haben glaubte –, und Pattersons Ausbesserungsarbeiten am Zaun? Oder konnte es vielleicht die Passivität der Belagerer erklären, die seit Tagen nichts mehr unternahmen, was auf einen bevorstehenden Großangriff schließen ließ? Denn auch das war verdächtig. Hatten es die Patagonier gar nicht mehr nötig, Liberia im Sturm zu nehmen, weil ihnen andere Möglichkeiten angeboten wurden?

Lauter Fragen, die sich noch nicht beantworten ließen. Und alle bisherigen Verdachtsmomente waren noch zu unbestimmt, um sie irgendeiner konkreten Entscheidung zugrunde zu legen. Man konnte nichts tun als Patterson scharf überwachen. Denn seine Haltung schien zumindest zweideutig und undurchsichtig.

»Ich bin dir nicht böse«, sagte der Kaw-djer zu Dick, der immer noch sein Urteil erwartete: »Was du getan hast, war richtig. Aber du darfst nichts davon weitersagen – keinem Menschen –, versprichst du mir das?«

Dick hob feierlich die Hand.

»Ganz großer Schwur!«

Der Kaw-djer lachte: »Also gut, dann geh jetzt schlafen, du hast's nötig! Und vergiß nicht: Kein Wort über die ganze Sache – zu keinem Menschen! Nicht einmal zu Hartlepool oder Monsieur Rhodes! Du hast mich verstanden?«

»Ich habe geschworen, und ich halte den Schwur!« versicherte Dick.

Um sich noch genauer zu informieren, ohne etwas von dem zu verraten, was er selber schon wußte, ging der Kaw-djer zu Hartlepool.

»Was Neues?« fragte er.

»Nichts«, antwortete Hartlepool.

»Werden die Wachen regelmäßig abgelöst? Das ist wichtig! Am besten, Sie kontrollieren immer selbst, damit sich ja keiner drückt.«

»Natürlich kontrolliere ich regelmäßig«, meinte Hartlepool und war ein bißchen verwundert über die versteckte Unterstellung, er nähme es nicht so genau mit seinen Pflichten.

»Posten stehen ist eine langweilige Angelegenheit«, fuhr der Kaw-djer fort: »Es macht müde. Mancher wird sich schon bei Ihnen beschwert haben –«

»Überhaupt keiner!« unterbrach ihn Hartlepool. »Jeder weiß, es liegt in seinem eigenen Interesse, zu tun, was er kann!«

»Na?« zweifelte der Kaw-djer. »Kennedy zum Beispiel –?«

»Der – im Gegenteil. Der ist einer von den

Besten! Der hat Augen und paßt auf wie ein Luchs! Er ist ein Gauner – schön! Aber jetzt, wo's drauf ankommt –«

»Und wie ist es mit Patterson?«

»Auch nichts zu sagen gegen ihn! – Übrigens wundern Sie sich nicht, wenn Sie ihn nirgends mehr sehen. Er hat in seinem Grundstück Dauerposten bezogen. Es liegt ja am Fluß.«

»So? Warum denn?«

»Er hat mich darum gebeten, weil er ohnehin Tag und Nacht dort arbeitet, an seinem Zaun, Sie wissen ja! Warum sollte ich ihm das abschlagen?«

»Eben – warum?« bestätigte der Kaw-djer und ging weiter: »Paßt also gut auf. Und wenn die Patagonier nicht bald kommen, dann gehen wir mal zu ihnen rüber!«

Die Sache wurde langsam bedenklich! Patterson hatte mit seiner Bitte an Hartlepool ein ganz bestimmtes Ziel verfolgt. Und nur weil Hartlepool nichts davon wußte, war ihm auch kein Verdacht gekommen.

Für den Kaw-djer sah das alles ganz anders aus. Daß Sirdey bei den Patagoniern war, daß er sich heimlich mit Patterson traf, daß dieser seinen Palisadenzaun aufbaute, sein Grundstück nicht mehr verließ und andere davon fernhielt – all diese Tatsachen fügten sich zu einem Mosaik, ohne allerdings irgend etwas zu beweisen; ohne jedenfalls eine offene Anschuldigung hinreichend zu rechtfertigen. Man konnte nur noch vorsichtiger sein als bisher.

Zum Glück hatte Patterson keine Ahnung von dem Verdacht und arbeitete emsig an seinem Zaun. Ein Pfahl nach dem anderen wurde aufgerichtet; schließlich war die letzte Lücke geschlossen, und keiner konnte mehr sehen, was innerhalb der Umzäunung vorging.

Zum festgesetzten Termin – dem vierten Tag nach der zweiten Zusammenkunft mit Sirdey – war Patterson fertig und mit sich sehr zufrieden: Als redlicher Kaufmann hatte er seine Verpflichtungen erfüllt, den Vertrag eingehalten. Die Käufer brauchten nur noch zu kommen und die Ware in Empfang zu nehmen.

Für den Kaw-djer jedoch war die Fertigstellung des Zaunes das Alarmsignal gewesen. Wenn der Ire wirklich irgend etwas im Schild führte, war jetzt der Zeitpunkt gekommen, an dem er losschlagen konnte.

Die Sonne ging unter, es wurde dunkel. Eine mondlose, finstere Nacht. Hinter seiner Palisade hockte Patterson und wartete auf seine Geschäftsfreunde.

Aber irgend etwas vergißt oder versäumt man ja immer! Der undurchsichtige Zaun schützte nicht nur ihn vor den Blicken der andern, sondern auch diese andern vor seinen eigenen. Und ebenso wenig, wie sie sehen konnten, was bei ihm vorging, konnte er beobachten, was draußen los war.

So starrte er gebannt auf das gegenüberliegende Flußufer und bemerkte nicht, daß ein ziemlich großer Trupp Bewaffneter sein Grundstück geräuschlos umzingelte und die meisten dieser Männer zu beiden Seiten der Palisaden in Stellung gingen.

Kurz vor Mitternacht überquerten die ersten zehn Patagonier den Fluß und ließen sich in Pattersons Umzäunung einschleusen. Niemand hatte sie kommen sehen – so glaubten sie wenigstens.

In dichtem Abstand folgten weitere vierzig Krieger, und hinter ihnen stand die ganze Horde bereit.

Natürlich konnten sie entdeckt werden, bevor alle an Land waren. Aber das würde den Erfolg nicht wesentlich hinauszögern. Wenn nur genug Krieger einen Brückenkopf gebildet hatten, um den nachfolgenden Brüdern so lange Feuerschutz zu geben, bis sie alle auf festem Boden waren. Die ersten hätten sich dann eben für alle andern geopfert!

Einer der Patagonier streckte Patterson einen kleinen Beutel mit Goldstücken hin, und Patterson sagte aus alter Gewohnheit:

»Das ist zu wenig! Das ist nicht alles!«

Der Patagonier verstand nicht.

Patterson versuchte, ihm durch Zeichen klarzumachen, daß mit dem Geld etwas nicht in Ordnung sei, und tatsächlich kam ihm der Beutel auf einmal verdächtig leicht vor. Er hielt ihn dem

Krieger geöffnet unter die Nase, und um sich verständlich zu machen, fing er an, mit gesenktem Kopf die Geldstücke von einer Hand in die andere zu zählen.

Da traf ihn ein harter Schlag in den Nacken, und er fiel um. Gefesselt und geknebelt wurde er in eine Ecke geworfen. Ob er schon tot war? Die Patagonier kümmerten sich nicht mehr darum – im Augenblick hatten sie Wichtigeres zu tun. Wenn er noch lebte, würde man ihm später den Rest geben, nachdem man ihm seine achthundert Piaster Vorauszahlung wieder abgenommen hatte.

Die zweite Welle Patagonier kam die Böschung hochgekrochen, die dritte Welle watete mit hoch über den Köpfen erhobenen Flinten durch den Fluß. Einer nach dem andern stieg an Land, und das ging so, bis über zweihundert Pattersons Anwesen füllten.

Da knatterte von beiden Seiten der Palisade heftiges Gewehrfeuer los – und gleichzeitig von schräg hinten aus dem Fluß: Die Hostelier waren den Patagoniern rechts und links entgegengewatet und schossen ihnen in die Flanken.

Die Angreifer waren vor Schreck eine Zeitlang wie gelähmt. Sie standen dicht gedrängt in kleinen Gruppen, und erst das Geschrei der Getroffenen weckte sie wieder auf: Sie rannten gegen die Palisaden, über die sich jedoch inzwischen Flintenläufe geschoben hatten, die ihnen Kugeln und Schrot entgegenspien. Da begannen sie in kopfloser Verwirrung innerhalb der Einzäunung im Kreis herumzulaufen, und jetzt konnten die Hostelier sie von allen Seiten abschießen wie Hasen am Ende einer Treibjagd.

In wenigen Minuten hatten die in Pattersons Palisade eingedrungenen Patagonier über die Hälfte ihrer Leute verloren.

Und jetzt erst kam der Rest von ihnen halbwegs wieder zur Besinnung. Sie stürzten sich zurück in den Fluß und flatterten – immer noch im dichten Kugelregen – wie aufgescheuchte Schwäne ans andere Ufer zurück.

In der Ferne wurde ebenfalls geschossen; man hörte deutlich das Echo dieses zweiten Kampfes, der sich auf der Straße abspielte.

Der Kaw-djer hatte ganz richtig vermutet, daß die Patagonier ihre Streitkräfte auf den Punkt konzentrieren würden, an dem sie unbehindert durchzukommen hofften, und deshalb nur wenig Leute zur Bewachung des Lagers zurücklassen könnten. Diese Überlegung hatte ihn auf die Idee gebracht, mit dem größten Teil seiner Truppe Pattersons Palisaden zu umstellen, so daß die Angreifer hier in die Falle gehen und vernichtet werden konnten, und gleichzeitig eine kleinere Abteilung unter Hartlepool über den Fluß nach Süden zu schicken, um das Lager der Patagonier anzugreifen.

Die ferne Schießerei bewies, daß inzwischen auch Hartlepool seinen Befehl ausgeführt hatte.

Zweifellos war er mit den Wachen schnell fertig geworden, denn das Gewehrfeuer dauerte nur wenige Augenblicke. Beide Gefechte waren also sehr kurz gewesen.

Sobald die letzten flüchtenden Patagonier das rettende Ufer erreicht hatten, ritt der Kaw-djer nach Süden. Er traf auf den von Hartlepool kommandierten Trupp, als dieser gerade wieder über den Wall kletterte, um in die Stadt zurückzukehren.

Hartlepools Ausfall aus der Festung war ein voller Erfolg geworden. Er hatte nicht einen einzigen Mann verloren und – was sehr wichtig war: etwa dreihundert Pferde erbeutet, die seine Leute vor sich hertrieben.

Damit war den Patagoniern eine so deutliche Lektion erteilt, daß sie wahrscheinlich genug haben und die Belagerung abbrechen würden. Trotzdem ließ der Kaw-djer wie jeden Abend Wachen aufstellen und kehrte erst nach sorgfältiger Überprüfung aller Sicherheitsvorkehrungen auf Pattersons Grundstück zurück.

Im bleichen Licht der Sterne schien der Boden mit Leichen übersät. Auch Verwundete lagen dazwischen. Man hörte ihr Schreien und Stöhnen.

Aber wo war Patterson? Man mußte lange suchen. Schließlich zog man ihn – gefesselt, geknebelt und ohne Bewußtsein – aus einem Haufen toter Patagonier heraus. Schon wurde der Kaw-djer unsicher in dem Verdacht, Patterson könnte ein

Opfer unglücklicher Zufälle und Mißverständnisse geworden sein, aber da stellte man ihn auf, und aus seiner Tasche fielen Goldstücke.

Der Kaw-djer wendete sich angewidert ab.

Zur allgemeinen Überraschung wurde Patterson sofort ins Gefängnis gebracht, wo ihn der Arzt von Liberia untersuchte. Dieser meldete dem Kaw-djer die Diagnose: Keine Lebensgefahr, der Irländer würde bald wieder auf den Beinen sein.

Der Kaw-djer war mit dieser Lösung nicht sehr glücklich. Er hätte es lieber gesehen, wenn die jämmerliche Angelegenheit durch den Tod des Schuldigen geregelt worden wäre. Daß Patterson lebte, konnte notwendigerweise nicht ohne Konsequenzen bleiben. Denn diesmal war es nicht möglich, Gnade vor Recht ergehen zu lassen wie seinerzeit im Fall Kennedy. Pattersons Verbrechen ging die ganze Bevölkerung an, und niemand hätte Verständnis gehabt für die Begnadigung eines Schurken, der kaltblütig entschlossen gewesen war, eine ganze Stadt seiner unersättlichen Habgier zu opfern. Man mußte ihn also verurteilen und bestrafen – das Amt des Richters und des Gouverneurs ausüben. Und obwohl sich der Kaw-djer in seinen Ansichten und Ideen in letzter Zeit grundlegend gewandelt und weiterentwickelt hatte, war ihm gerade diese Verpflichtung immer noch besonders unangenehm.

Während der folgenden Nacht kam es zu keinen weiteren Zwischenfällen. Trotzdem blieb natürlich

Liberia hellwach. Aufgeregt unterhielt man sich zu Hause und auf der Straße über die großen Ereignisse des Vortages und freute sich, daß alles gut gegangen und die Gefahr wahrscheinlich vorüber war. Es gab keinen, der das Verdienst an diesem Erfolg nicht rückhaltlos dem Kaw-djer zuschrieb: Er hatte mit sicherem Instinkt die Absichten der Feinde erraten und auf die technisch klügste Weise durchkreuzt.

Man stand kurz vor der Sommersonnenwende; die Nacht dauerte keine vier Stunden. Von zwei Uhr morgens an wurde der Himmel schon wieder hell. Wie auf eine Verabredung hin liefen alle Hostelier aus der Stadt und stellten sich auf den Südwall, von dem aus man hinübersehen konnte auf die lange Reihe der feindlichen Zelte.

Eine Stunde später fiel man sich vor Freude um den Hals. Es bestand kein Zweifel mehr: Die Patagonier rüsteten zum Aufbruch! Eine Überraschung war das nicht, denn das Blutbad der letzten Nacht mußte dem letzten unter ihnen klargemacht haben, daß es auf Hoste nichts zu holen gab als Tod oder Gefangenschaft.

Stolz zählte man immer wieder ihre Verluste auf: über vierhundertzwanzig Pferde, davon dreihundert erbeutet, die übrigen bei der Invasion oder dem Überfall auf Neudorf getötet. Den Reitern verblieben also kaum mehr als dreihundert.

Hundert Krieger saßen gefangen in Rivières Scheune, mehr als hundert waren – vor allem auf

Pattersons Grundstück – gefallen oder verwundet worden.

Das Heer der Patagonier war also fast um ein Drittel dezimiert, und jeder zweite Überlebende hatte sein Pferd verloren. Es war nur zu verständlich, daß sie nach solchen Erfahrungen von diesem äußerst ungastlichen Land die Nase restlos voll hatten.

Gegen acht Uhr kam eine plötzliche, allgemeine Bewegung in die Masse der Patagonier. Alle strömten zu einem großen Haufen zusammen, aus dessen Mitte man schreckliche Schreie hörte, die mit den Flüchen und Verwünschungen der Krieger zu einem entsetzlichen Getöse verschmolzen. Einzelheiten konnte man aus dieser Entfernung nicht erkennen, es war nur offensichtlich, daß diese wilde Horde einem aufregenden und wahrscheinlich grausigen Schauspiel beiwohnte.

Was war es? Irgendein Ritus oder Opfer?

Es dauerte lange, mindestens eine Stunde, bis sie sich wieder beruhigten. Dann schien sich die Kolonne in Marschordnung aufzustellen. Sie teilte sich in drei Gruppen: Die unberittenen Krieger nahm man in die Mitte, den Anfang und das Ende bildete eine Schwadron Reiter.

Einer von der Vorhut trug etwas – hoch über allen Köpfen. Es war rund, sah aus wie eine Kugel auf einer Stange.

Gegen zehn Uhr setzte sich der Zug in Bewegung. Da sich die Reiter nach den Marschierern richten mußten, defilierte das Heer wie ein Trauerzug an den Liberianern vorbei. Hüben wie drüben – tiefes Schweigen. Kein Wutgeschrei der Besiegten, kein Hurra der Sieger.

Als die Nachhut der Patagonier verschwunden war, durchlief ein Befehl die Reihen der Hostelier: Alle Siedler, die reiten konnten, sollten sich unverzüglich beim Kaw-djer melden.

Dieser mußte bald zu seiner größten Verwunderung feststellen, daß die Liberianer ein ausgesprochenes Reitervolk waren. Weil nämlich jeder darauf brannte, im letzten Akt dieses Dramas mitzuspielen, meldeten sich sozusagen alle, so daß man eine Auswahl treffen mußte.

In einer Stunde wurde die kleine Armee aufgestellt: hundert Mann zu Fuß und zweihundert Berittene. Mit dem Kaw-djer an der Spitze setzte sie sich in Marsch und folgte in nördlicher Richtung dem Rückzug der Patagonier.

Auf Bahren trugen sie die Verwundeten mit, die sie auf Pattersons Grundstück zusammengelesen hatten, von denen aber die meisten das amerikanische Festland nicht mehr lebend erreichen sollten.

Vor dem Gehöft der Rivière machten sie zum erstenmal halt. Sie erfuhren, daß vor etwa einer Dreiviertelstunde die Patagonier vorbeigezogen waren, ohne sich nach dem Hof auch nur umzuschauen.

Hinter den Pfählen ihrer Einfriedung hatte die Garnison den traurigen Vorbeimarsch verfolgt, und obwohl man hier von den Ereignissen der letzten Nacht überhaupt nichts wußte, war es keinem eingefallen, auf die Patagonier zu schießen. Dieser Trauerzug sah so mitleiderregend aus, daß man an seiner Niederlage gar nicht zweifeln konnte. Das waren keine Feinde mehr, sondern nur noch arme Teufel.

Einer ihrer Spitzenreiter trug auf seiner Pike immer noch das runde Ding, das man schon vom Südwall aus gesehen hatte. Aber auch vom Hof der Rivière konnte man nicht genau erkennen, was das für eine seltsame Kugel war.

Auf Befehl des Kaw-djer wurden den patagonischen Gefangenen die Fesseln abgenommen und das Scheunentor dann weit geöffnet. Aber die Männer rührten sich nicht. Offenbar überstieg es ihr Vorstellungsvermögen, daß sie nun wieder frei sein sollten. Denn so etwas gab es bei ihnen nicht, und natürlich schlossen sie von sich auf ihre Feinde und witterten nun allenfalls die Gefahr, getötet oder verschleppt zu werden.

Der Kaw-djer ging zu Athlinata, den er vor einigen Tagen kurz verhört hatte, und fragte ihn:

»Worauf wartet ihr noch?«

»Wir wollen erfahren, welches Schicksal der Sieger für uns bestimmt hat«, antwortete Athlinata.

»Gar keins«, versicherte der Kaw-djer: »Ihr seid frei!«

»Frei?« Der Gefangene glaubte nicht recht zu hören.

»Ja! – Die patagonischen Krieger haben die Schlacht verloren und kehren in ihr Land zurück. Geht mit ihnen! Und sagt euern Brüdern, daß die weißen Männer keine Sklaven haben und daß sie sich nicht rächen werden. Und daß ihr euch daran ein Beispiel nehmen sollt!«

Der Patagonier sah den Kaw-djer mißtrauisch an, dann winkte er seinen Brüdern, und alle gingen langsam und zögernd hinaus durch die schweigende Gasse, die sich vor ihnen geöffnet hatte. Sie wandten sich nach Norden – hundert Meter hinter ihnen folgte der Kaw-djer mit seinen dreihundert Mann und versperrte so auch diesem Nachtrab der Patagonier den Rückweg nach Süden.

Gegen Abend holte man den ganzen Zug ein, denn dieser hielt an, um für die Nacht sein Lager aufzuschlagen.

Niemand hatte die Patagonier auf ihrem Rückzug behelligt – kein einziger Schuß war gefallen. Trotzdem erschraken sie sichtlich, als sie das Heer sahen, das ihnen gefolgt war. Um sie zu beruhigen, hielten sich die Hostelier in einer Entfernung von zwei Kilometern. Nur die befreiten Gefangenen, denen man die Verwundeten übergeben hatte, marschierten weiter und vereinigten sich schließlich mit ihren Landsleuten.

Was mußten diese Wilden denken, als plötzlich hundert Gefangene, die sie längst als Sklaven abgeschrieben hatten, frei zurückkehrten? Ob Athlinata ihnen weitergegeben hatte, was ihm aufge-

tragen worden war? Und ob sich seine Brüder Gedanken darüber machten – ob sie ihre eigenen Sitten und Gebräuche mit denen der Weißen verglichen, von denen sie nun trotz allem so anständig behandelt wurden?

Der Kaw-djer konnte es nur hoffen. Doch wenn auch seine Großzügigkeit umsonst gewesen sein sollte – er war nicht der Mann, sie zu bereuen. Auf dem steinigen Boden der Zivilisationsversuche an unterentwickelten Völkerstämmen muß man viel guten Samen auswerfen, bis irgendwo ein Korn aufgeht.

Der Marsch nach Norden dauerte drei Tage und verlief ohne Zwischenfall. An den Berghängen tauchten hier und dort Bauern auf und schauten sich die vorbeiziehende Horde und die ihr folgende Truppe an.

Endlich – am Abend des vierten Tages – kam man zu der Stelle, wo die Patagonier gelandet waren. Und schon früh am nächsten Morgen schoben diese ihre Pirogen, die sie in den Uferfelsen versteckt hatten, ins Wasser. Die einen, die nur Krieger geladen hatten, steuerten nach Westen und segelten um Feuerland herum, die andern setzten über den Beagle-Kanal, und von dort aus ritt man quer durch die große Insel.

Etwas ließen sie zurück. Auf einer langen Stange, die im Sand des Ufers steckte, war das runde Ding aufgespießt, das sie mit merkwürdiger Ausdauer von Liberia aus vor sich hergeschleppt hatten.

Die letzte Piroge stieß ab, und die Hostelier stiegen hinunter zum Strand. Da erkannten sie die kleine Kugel auf der Stange – und erschraken. Es war ein menschlicher Kopf. Sirdeys Kopf.

Sie staunten über diese Entdeckung. Man konnte sich nicht erklären, was Sirdey, der seit vielen Monaten verschwunden war, bei den Patagoniern zu suchen hatte. Nur der Kaw-djer war nicht überrascht. Er wußte wenigstens in groben Umrissen, welche Rolle der ehemalige Koch der *Jonathan* bei den Patagoniern gespielt hatte: Sirdey war der weiße Mann, der sie so weit nach Süden gelotst hatte. Und sein Kopf auf der Stange war der Schlußstrich unter ihre verunglückte Expedition gewesen:

Enttäuschung und Rache.

Am nächsten Morgen brach der Kaw-djer wieder nach Liberia auf. Und am Abend des 30. Dezember zog er mit seiner erschöpften Eskorte in die Stadt ein.

Nun kannte die Insel Hoste also auch den Krieg. Daß sie ihn so gut wie unversehrt überstanden hatte und die Feinde bis zum letzten Mann verjagt werden konnten, verdankte sie ihrem Kaw-djer. Für ihn war jedoch mit dem Abzug der Patagonier die Angelegenheit nicht erledigt. Noch stand ein – ihm besonders unangenehmes – Nachspiel bevor.

Patterson saß im Gefängnis und war inzwischen die Beute widersprüchlichster Gefühle geworden. Zuerst hatte er sich gewundert, hinter Schloß und Riegel aufzuwachen. Was war denn überhaupt passiert? Allmählich kehrte sein klares Denkvermögen zurück; er erinnerte sich an Sirdey, an die

Patagonier und an das Geschäft, das er mit ihnen machen wollte.

Was aus alledem geworden war, blieb ihm vorerst unklar. Die Patagonier konnten nicht gesiegt haben, denn sonst wäre er jetzt zweifellos tot und auf keinen Fall hier im Gefängnis wieder zu sich gekommen. Nein, dieser Angriff mußte gescheitert sein.

Ob daraus zu schließen war, daß man seinen Verrat entdeckt hatte? Und was wären die Folgen? Patterson bekam wieder einmal große Angst.

Aber er dachte nach und beruhigte sich schnell: Man mochte ihn verdächtigen, solange man wollte – Beweise gab es nicht. Niemand hatte ihn gesehen, niemand hatte ihn auf frischer Tat ertappt – so viel stand jedenfalls fest. Er würde also mit einem blauen Auge davonkommen – und nicht nur mit einem blauen Auge, sondern mit einem schönen Säckchen voller Geld!

Patterson suchte es und fand es nicht. Wo war es denn? Er hatte das alles doch nicht geträumt! Das Geld war ihm doch ausgehändigt worden! Wieviel, wußte er nicht mehr genau. Bestimmt nicht der ganze Rest der zwölfhundert Piaster – diese Schufte hatten ihn ganz sicher in der Dunkelheit übers Ohr gehauen. Aber doch mindestens neunhundert oder tausend? Wer hatte ihm den Beutel gestohlen? Wer war der schamlose Dieb, der einem armen Bewußtlosen das letzte Scherflein seiner Ersparnisse wegzunehmen gewagt hatte? Die Patagonier? Vielleicht. Wahrscheinlicher jedoch diejenigen, die ihn jetzt hier gefangen hielten.

Haß und Wut stiegen wieder in ihm hoch: Indios und Siedler, Rothäute und Weiße – alle waren sie gemeine Diebe, und alle hatten es auf ihn abgesehen!

Patterson war sehr verbittert. Er fand keine Ruhe mehr. Fiebrig vor Haß und Ungeduld, endlich zu erfahren, was nun werden sollte, geisterte er acht Tage lang durch seine Zelle. Kein Mensch kümmerte sich um seine ohnmächtige Wut. Ein Tag ging zu Ende wie der andere – man schien den Gefangenen vergessen zu haben.

Erst am 31. Dezember wurde er von vier bewaffneten Polizisten herausgeführt und stand, geblendet von der unvermittelten Helligkeit, auf dem Platz vor dem Regierungsgebäude. Und erschrak.

Denn der Anblick, der sich ihm bot, war wirklich imposant.

Der Kaw-djer wollte dem Urteil, das hier zu fällen war, bewußt einen feierlichen Rahmen geben. Seine Erfahrung hatte ihm manchen Beweis für die Kraft geliefert, die das Gefühl der Solidarität einer Gemeinschaft gibt. Niemals wären die Patagonier so leicht zurückgeschlagen worden, wenn jeder nur seine privaten Interessen im Auge gehabt, auf eigene Faust geschossen oder nach eigenem Gutdünken gehandelt hätte.

Und diesem erwachenden Gefühl der Zusammengehörigkeit und gemeinsamen Verantwortung wollte er neuen Auftrieb geben, indem er ein Verbrechen am Volk demonstrativ an den Pranger stellte.

Man ließ vor dem Regierungsgebäude ein Podium errichten, auf dem er selbst, die drei Räte und der Gerichtspräsident Ferdinand Beauval ihre Plätze einnahmen. Unter der Tribüne stand ein Schemel für den Angeklagten. Ringsum, hinter der Absperrung, drängten sich die Bürger von Liberia.

Als Patterson erschien, empfing ihn ein allgemeiner Schrei der Verachtung. Der Kaw-djer gebot Ruhe, und das Verhör begann.

Der Irländer mochte leugnen, solange er wollte, und abstreiten, was er wollte. Es gab zu viele Indizien, die ihn einwandfrei überführten. Der Kaw-djer brauchte nur aufzuzählen – und er fing mit Sirdey an, der von Dick als Mittelsmann zwischen den Patagoniern und Patterson erkannt worden war und an dessen Identität kein Zweifel bestand, nachdem die Patagonier seinen Kopf als Rachetrophäe auf eine Stange gesteckt hatten.

Patterson zitterte, als er vom Tod seines Komplizen hörte. Das war für ihn ein düsteres Vorzeichen.

Der Kaw-djer fuhr mit seiner Anklage fort, die eine Kette von Beweisen ergab.

Sirdey war also Unterhändler zwischen den Belagerern und Patterson gewesen, und dieser hatte sich dann gemäß einer Abmachung auf sein Grund-

stück zurückgezogen und dort die Voraussetzung für die heimliche Infiltration der feindlichen Truppen geschaffen. Den Beweis für dieses Verbrechen hatten die Patagonier selbst erbracht, indem sie ungehindert in diese offene Bresche eindrangen.

Und hätte es jetzt immer noch Zweifel an der Schuld des Iren gegeben, so wären sie durch das bei ihm gefundene Gold endgültig widerlegt worden.

Der Kaw-djer fragte den Angeklagten, ob er – der nach eigener Aussage durch die letztjährige Flutkatastrophe alles verloren hatte – Auskunft geben könne über die Herkunft des Goldes, das man bei ihm fand.

Patterson senkte den Kopf; das Beweismaterial hatte ihn erdrückt – er war verloren.

Damit wurde das Verhör für beendet erklärt, und das Gericht zog sich zur Beratung zurück.

Und dann folgte das Urteil: Der Besitz des Schuldigen wurde konfisziert. Sein Land fiel – ebenso wie die Summe, die er von den Patagoniern erhalten hatte – an den Staat. Patterson selbst wurde zu lebenslänglicher Verbannung verurteilt. Er durfte den Boden der Insel Hoste nie mehr betreten.

Das Urteil wurde sofort vollstreckt. Man ruderte den Iren auf ein Schiff hinüber, das in der Bucht von Neudorf vor Anker lag. Bis zum Auslaufen des Schiffes blieb Patterson Gefangener.

Die Fußfesseln wurden ihm erst außerhalb der hostelischen Hoheitsgewässer abgenommen.

Die Menge verlief sich, und der Kaw-djer kehrte ins Regierungsgebäude zurück. Er mußte jetzt alleine sein, um sich zu beruhigen.

Wer hätte ihm früher zu prophezeien gewagt,

daß er, der überzeugte Anhänger der Lehre von der Gleichheit aller Menschen, sich zum Richter über andere aufwerfen würde? Daß er, der leidenschaftliche Verfechter der Freiheit, einen Teil von dieser Erde, von diesem gemeinsamen Gut der Menschheit, zu seinem unumschränkten Herrschaftsbereich machen und sich das Recht anmaßen würde, einen seiner Mitmenschen aus diesem Bereich zu verbannen?

All dies hatte er jetzt getan. Es schien ihm selber unfaßbar, und doch konnte er es nicht bereuen.

Er wußte, daß es gut war. Die Verurteilung des Verräters beendete folgerichtig den wunderbaren Sieg über die Patagonier.

Dieses Abenteuer hatte zwar Neudorf gekostet, welches in Schutt und Asche lag. Aber das war ein geringer Preis für den Erfolg – und nicht nur für den äußeren:

Die gemeinsame Gefahr und die gemeinsamen Anstrengungen hatten alle Auswanderer zu einem Bund vereinigt, dessen Kraft sie sich erst später einmal bewußt werden würden.

Was war die Insel Hoste vorher gewesen? Eine Kolonie von zufällig zusammengewürfelten Leuten aus zwanzig verschiedenen Staaten.

Jetzt waren die Siedler endgültig Hostelier. Auf dieser Insel hatten sie ein Vaterland gefunden.

ZEHNTES KAPITEL

FÜNF JAHRE SPÄTER

Fünf Jahre nach dieser Invasion drohten der Schiffahrt in den Gewässern um die Insel Hoste nicht mehr die einstigen Schwierigkeiten und Gefahren. Von der Spitze der Halbinsel Hardy warf ein Feuer seine Strahlen aufs offene Meer hinaus. Und das war kein Lagerfeuer der Eingeborenen, sondern ein Leuchtturm. Unter seinem Schein hoben sich auch in dunklen Winternächten Küsten und Klippen deutlich ab.

Der Leuchtturm jedoch, den der Kaw-djer auf Kap Hoorn errichten wollte, stand immer noch nicht; sein Bau war noch nicht einmal in Angriff genommen. Seit sechs Jahren bemühte sich der Gouverneur von Liberia ebenso unermüdlich wie erfolglos um die Realisierung dieses Projekts. Er erreichte nichts. Nach mehreren zwischen beiden Regierungen gewechselten Noten hatte es den Anschein, als könne sich Chile nicht entschließen, den Inselfelsen von Kap Hoorn abzutreten. Diese Bedingung *sine qua non* war also das Hindernis, an dem jeder Verständigungsversuch scheiterte.

Der Kaw-djer wunderte sich sehr über die Hartnäckigkeit, mit der die Republik Chile den Besitz dieses unfruchtbaren, wirtschaftlich völlig wertlosen Felsens verteidigte. Aber er wäre noch viel überraschter gewesen, wenn er die wirklichen Motive für die Zähigkeit gekannt hätte, mit der Chile die Verhandlungen hinauszögerte. Das waren nämlich gar keine patriotischen Überlegungen oder Rücksichten, die er zwar als unsinnig abgelehnt, aber subjektiv verständlich gefunden hätte. Nein, der Grund lag einfach in der legendären Schlampigkeit der Behörden.

Die chilenischen Ämter verfuhren in dieser Sache genauso wie alle anderen Bürokratien in der Welt. Und es ist ja ein jahrhundertealtes Gewohnheitsrecht der Beamten geworden, jeden Vorgang bis an die Grenze des Möglichen zu verschleppen: Erstens weil sich der Mensch in der Regel für die Belange anderer wenig interessiert, zweitens weil er einem natürlichen Trieb folgt, sich wichtig zu nehmen und in den Augen der anderen wichtig zu scheinen. Und wovon hinge die Bedeutung eines Verwaltungsaktes ab, wenn nicht von der Härte des Ringens, das schließlich in letzter Minute zu völliger Übereinstimmung führt? Und von der Masse Papier, die in diesem Zusammenhang beschrieben werden muß? Und von dem Schweiß, der diese Tinte zum Fließen bringt?

Der Kaw-djer, der in seiner Person die ganze hostelische Regierung darstellte und deshalb mit wirklicher Arbeit ausgelastet war, konnte also begreiflicherweise die wahren Ursachen der endlosen Verzögerung nicht ergründen.

Immerhin war der Leuchtturm auf der Halb-

insel Hardy nicht das einzige Licht, das auf das Meer hinausstrahlte. Vor Neudorf, wo aus den Ruinen ein dreimal größerer und schönerer Vorort emporgewachsen war, brannte jeden Abend ein

Hafenfeuer, das allen Schiffen den sicheren Weg zur Mole wies.

Diese Mole war längst fertig und machte die Bucht zu einem großen, geschützten Hafen. Die Schiffe konnten in ruhigem Wasser den ebenfalls vollendeten Kai anlaufen und dort ihre Fracht löschen oder laden.

Neudorf selbst hatte sich zu einem lebhaft frequentierten Umschlaghafen entwickelt. Handelsbeziehungen mit Chile und Argentinien – ja sogar schon mit der Alten Welt – waren aufgenommen worden; einmal im Monat befuhren zwei Schiffe regelmäßig die Linien Hoste–Valparaiso und Hoste–Buenos Aires.

Am rechten Ufer des Flusses hatte sich Liberia ungeheuer vergrößert und ausgeweitet. Es stand im Begriff, in naher Zukunft eine überall in Lateinamerika bekannte Stadt von wirtschaftlicher Bedeutung zu werden. An seinen nach amerikanischem Muster rechtwinklig zueinander verlaufenden Straßen standen die Häuser, teils aus Holz, teils aus Stein. Vor jedem war ein kleiner Hof und hinterm Haus ein Garten. Viele Bäume waren gepflanzt worden – meist antarktische Buchen, deren immergrünes Laub schon die ersten Schatten zu werfen begann.

Liberia hatte zwei Druckereien und eine Anzahl öffentlicher Gebäude. Es gab ein Postamt, eine Kirche, zwei Schulen und ein Gericht, das etwas weniger bescheiden war als der Raum, den damals

Dorick mit seiner Bombe in die Luft jagen wollte. Aber von all diesen Gebäuden war das der Regierung das imposanteste. Das Haus, das man früher so bezeichnet hatte, war abgerissen worden, und an den gleichen Platz stellte man einen Bau hin, den der Kaw-djer bewohnte und in dem alle öffentlichen Dienststellen untergebracht waren.

Nicht weit vom Regierungsgebäude stand die Kaserne, wo über tausend Gewehre und drei Kanonen gelagert waren. Alle volljährigen Männer mußten hier von Zeit zu Zeit einen Monat lang ihren Wehrdienst leisten beziehungsweise wiederholen. Der Patagoniereinfall war ein Warnsignal gewesen. Seither stand eine Miliz, der alle Hostelier angehörten, immer in Bereitschaft.

Liberia hatte sogar ein Theater, das zwar recht primitiv, dafür aber ziemlich groß und elektrisch beleuchtet war.

Denn der Traum des Kaw-djer hatte sich erfüllt: Von einem drei Kilometer flußaufwärts gelegenen Kraftwerk bezog die Stadt mehr Licht und Strom, als sie verbrauchen konnte.

Der Theatersaal war – besonders in den langen Wintertagen – meistens voll besetzt. Hier fanden Versammlungen statt, und der Kaw-djer oder Ferdinand Beauval, der sich inzwischen zu einem vernünftigen Mann – beinahe zu einer Persönlichkeit – entwickelt hatte, hielten manchmal Vorträge. Man gab sogar Konzerte – unter einem Dirigenten, wie man ihn selten findet.

Dieser Dirigent ist ein alter Bekannter des Lesers und heißt Sand. Mit Geduld und zäher Ausdauer war es ihm gelungen, ein Sinfonieorchester aus Liberia heranzubilden. Wenn ein Konzert stattfand, trug man ihn zu seinem Pult. Dann verklärte sich sein Gesicht; er fing an, mit heiliger Begeisterung den Taktstock zu schwingen, und während der folgenden zwei Stunden war er bestimmt der glücklichste Mensch unter der Sonne. Neben klassischer und moderner Musik wurden auch Sands eigene Werke aufgeführt, und nach dem Applaus zu urteilen, mußten sie besser sein als alle andern.

Sand war nun achtzehn Jahre alt. Seit seinem entsetzlichen Unfall konnte er keinen Schritt mehr tun und hatte nur noch die Kunst – die Musik. In ihr ging er aber auch völlig auf. Durch intensives Selbststudium hatte er sich erst die Technik des Geigenspielens, dann die des Komponierens angeeignet, und auf dieser festen handwerklichen Grundlage war sein Talent allmählich so weit gediehen, daß man den jungen Meister inzwischen als Genie bezeichnen konnte.

Bald würde es dahin kommen, daß die Lieder dieses begnadeten, am Ende der Welt verlorenen Krüppels von Millionen gesungen wurden.

Und tatsächlich ist es heute soweit! Seine Lieder haben die Welt erobert – und nur einen Fehler: Komponist unbekannt.

Es war nun über neun Jahre her, seit die *Jona-*

than auf den Klippen der Halbinsel Hardy gestrandet war. Was man in dieser kurzen Zeit erreicht hatte, war einzig der Energie und Intelligenz des Mannes zu verdanken, der die Macht an sich gerissen hatte, als Hunger und Anarchie die Insel zugrunde zu richten drohten.

Genaues wußte man über diesen Menschen immer noch nicht. Aber keinem wäre es eingefallen, Rechenschaft von ihm zu fordern über seine Vergangenheit. Die anfängliche Neugierde – wenn es sie überhaupt je gegeben hatte – war durch die Gewöhnung längst verdrängt worden, und jeder sagte sich mit Recht, daß es nur eines gab, was die Erinnerung lohnte: die unzähligen Dienste, die der Kaw-djer dem hostelischen Staat geleistet hatte.

Die drückenden Sorgen dieser letzten neun Jahre waren nicht spurlos an ihm vorübergegangen. Noch hatte er sich seine herkulische Kraft bewahrt, und seine riesige Gestalt war vom Alter noch nicht gebeugt. Aber der Bart und die Haare wurden allmählich schneeweiß, und tiefe Falten gruben sich in die majestätische, schon fast ehrwürdig gewordene Stirn.

Seine Machtbefugnisse waren uneingeschränkt. Die Mitglieder des Rates, den er selber ins Leben gerufen hatte – Harry Rhodes, Hartlepool und Germain Rivière – wurden zwar durch regelmäßige Wahlen immer wieder in ihrem Amt bestätigt, doch ihre Sitzungen hielten sie nur der Form halber ab. Sie ließen ihrem Gouverneur und Freund in allem völlig freie Hand und beschränkten sich darauf, respektvoll ihre Meinung zu äußern, wenn er sie darum bat.

Übrigens hatte der Kaw-djer Vergleichsmöglichkeiten: In unmittelbarer Nachbarschaft der Insel Hoste wurden nämlich zwei ziemlich gegensätzliche Methoden der Kolonisation zur gleichen Zeit und unter ähnlichen Bedingungen durchexerziert, und man sah schon deutlich die unterschiedlichen Resultate.

Seit der Aufteilung Magellaniens und Patagoniens zwischen Chile und Argentinien waren diese beiden Staaten in ihren Kolonisationsprinzipien ganz verschieden vorgegangen. Argentinien erteilte auf seinen neu erworbenen Gebieten, die es ja nur oberflächlich kannte, Konzessionen auf Grundstücke bis zu zwölf Quadratmeilen, was darauf hinauslief, daß man diese riesigen Gebiete brachliegen lassen mußte, weil man nur einen Bruchteil davon bearbeiten oder ausbeuten konnte. Wenn es zum Beispiel Wälder waren, in denen pro Hektar bis zu viertausend Bäume standen, hätte man Tausende von Jahren gebraucht, um alles abzuholzen oder aufzuforsten. Dasselbe galt für die viel zu großen Acker- und Weideflächen, die zu viele Menschen und Geräte zur Bearbeitung erfordert – das heißt zu viel Kapital verschlungen – hätten.

Und noch eine Schwierigkeit: Die argentinischen Siedler waren vom ständigen Verkehr mit Buenos Aires abhängig. Und Verbindungen zur Hauptstadt gab es so gut wie keine. Der Frachtbrief eines Magellanien anlaufenden Schiffes mußte an das Zollamt der fünfzehnhundert Meilen entfernten Hauptstadt überwiesen werden, und es dauerte dann mindestens sechs Monate, bis er zurückkam, nachdem der Grenzzoll festgesetzt war; ein Grenzzoll übrigens, der nach dem Tageskurs an der Börse zu entrichten war! Wie sollte man diesen Tageskurs überhaupt kennen – auf Feuerland, für das Buenos Aires ungefähr so weit weg war wie China oder Japan?

Nun zur anderen Seite: Was hatte Chile unternommen, um den Handel zu fördern und Leute zur Einwanderung anzuregen, wenn man einmal von dem Experiment mit der Insel Hoste absieht?

Es hatte Punta-Arenas zum Freihafen erklärt. Als natürliche Folge schleppten die Schiffe das Nötigste wie das Unnötigste mit der größten Bereitwilligkeit an, so daß man hier alles in Hülle und Fülle, zu vorteilhaften Preisen und in bester Qualität haben konnte. Auf diese Weise flossen sogar die argentinisch-magellanischen Güter und Erzeugnisse in chilenische und englische Handelshäuser ab, die ihren Sitz in Punta-Arenas hatten und bereits anfingen, längs der Fjorde und Kanäle aufblühende Zweigniederlassungen zu unterhalten.

Der Kaw-djer beobachtete das Vorgehen der chilenischen Regierung schon seit langem und hatte auf seinen Streifzügen durch Magellanien eindeutig feststellen können, daß alle Produkte nach Punta-Arenas gingen.

So folgte er dem Beispiel der chilenischen Kolonie und ließ Neudorf zum Freihafen erklären. Und diese Maßnahme war es vor allem, die den raschen wirtschaftlichen Aufstieg der Insel erklärte.

Sollte man es für möglich halten: Die Republik Argentinien, die Ushaia auf der andern Seite des Beagle-Kanals gegründet hat, nimmt sich diese beiden bewährten Beispiele heute noch nicht zum Vorbild! Und so ist jene Kolonie – verglichen mit Liberia und Punta-Arenas – immer noch hoffnungslos rückständig: Schikanen seitens der Regierung, drückende Zölle, komplizierte Formalitäten und ein Schmuggelwesen, das von den lokalen Behörden nicht einzudämmen ist, weil sich ein so finanzschwaches Gouvernement weder eine Polizei noch eine Gerichtsbarkeit leisten kann, die imstande wäre, siebenhundert Kilometer Küste zu kontrollieren.

Der inzwischen in aller Welt berühmt gewordene ›Schiffbruch der *Jonathan*‹ und das, was sich daraus ergeben hatte: ein unabhängiger Staat, der unter der genialen Führung eines geheimnisvollen ›Kaw-djer‹ in unwahrscheinlicher Geschwindigkeit emporblühte – all das hatte die Blicke der Handels- und Industrienationen auf Hoste gelenkt. Immer neue Siedler kamen, und man gab ihnen großzügig Konzessionen zu vorteilhaften Bedingungen. Bald wurde auch bekannt, daß die

Wälder der Insel ein Holz lieferten, das an Qualität dem Europas überlegen war und Renditen bis zu fünfzehn und zwanzig Prozent abwarf. Das führte zur Errichtung mehrerer Sägewerke.

Und für die abgeholzten Flächen fanden sich bereits Käufer, die eine Quadratmeile mit tausend Piastern bezahlten. Die Tiere auf den Weiden hatten sich inzwischen schon zu einer mehr als tausendköpfigen Herde vermehrt.

Die Bevölkerung war rasch angewachsen. Zu den zwölfhundert Schiffbrüchigen der *Jonathan* kamen jetzt etwa drei- bis viermal so viele Auswanderer aus dem Westen der Vereinigten Staaten, aus Chile und Argentinien hinzu. Neun Jahre nach der Unabhängigkeitserklärung, acht Jahre nach dem Staatsstreich, fünf Jahre nach der patagonischen Invasion zählte Liberia mehr als zweitausendfünfhundert Einwohner und die Insel Hoste mehr als fünftausend.

Seit der Hochzeit von Halg und Graziella waren natürlich auch viele Ehen geschlossen worden, und hier sollte man zunächst Edward und Clary Rhodes anführen. Der junge Mann hatte die Tochter Germain Rivières geheiratet und das Mädchen Dr. Samuel Arvidson. So ergaben sich nach und nach zwischen vielen Familien verwandtschaftliche Bindungen.

Während der Sommermonate liefen zahlreiche Schiffe Neudorf an, und der Binnenhandel zwischen Liberia und den andern Niederlassungen –

von der Landzunge Roons bis zur Nordausfahrt des Beagle-Kanals – stand in voller Blüte. Die meisten Dampfer und Segler kamen von den Falklandinseln, deren Handel sich ebenfalls von Jahr zu Jahr erweiterte.

Doch der Import wie der Export wurden nicht etwa von den Schiffen der britischen Atlantikinseln beherrscht, sondern es kreuzten auch eine Menge Dampfer aus Valparaiso, Buenos Aires, Rio de Janeiro. Und in allen benachbarten Gewässern – in der Nassaubucht, im Darwin-Sund und auf dem Beagle-Kanal selbst – sah man die Flaggen Dänemarks, Norwegens und der Vereinigten Staaten.

Ein beträchtlicher Teil des gesamten Warenumschlags fiel auf die Fischerei, die in den magellanischen Gewässern von jeher außerordentlich ergiebig war. Dieses Gewerbe mußte natürlich vom Kaw-djer streng reglementiert werden, denn sonst wäre durch wilde Jagden der Reichtum dieser Gewässer sehr schnell ausgerottet worden.

An der Küste hatten sich an mehreren Stellen Robbenjäger niedergelassen. Das waren heimatlose Burschen aus aller Welt, und Hartlepool konnte sie zu Anfang nur schwer im Zaum halten. Erst nach und nach wurden sie unter dem Einfluß ihrer neuen, geregelten Lebensweise ein bißchen menschlicher und zivilisierter.

Früher hatten sie gemeinsame Expeditionen auf irgendeine einsame Insel durchgeführt, wo sie sich absetzen und nach Monaten wieder holen ließen. Oft waren sie während dieser Zeit in den Schneestürmen zugrunde gegangen, oder das Schiff kam nicht wieder.

Hier war ihr Leben ebenso gesichert wie der Absatz ihrer Beute, und so wurden zwangsläufig aus Abenteurern seßhafte Robbenjäger.

Nur die Art und Weise, wie sie die harmlosen Tiere töteten, hatte sich leider nicht geändert: ›Salir a dar un paliza‹, das heißt: ›hingehen und sie mit dem Knüppel totschlagen‹, war immer noch die gebräuchlichste Methode. Sie war billiger, als die armen Tiere mit der Schußwaffe zu erlegen.

Neben der Robbenjagd war der Walfang in diesen Breiten äußerst lohnend. Die Gewässer des Archipels liefern jährlich bis zu tausend Wale. Und da man wußte, daß Liberia nun die gleichen Vorteile bot wie Punta-Arenas, suchten die Fangboote während der schönen Jahreszeit mit Vorliebe die Fjorde rings um die Insel Hoste auf.

Schließlich hatte noch die Ausbeutung des Strandes, der von Muscheln jeder Art übersät ist, ein neues Gewerbe entstehen lassen.

Unter diesen Schaltieren nehmen die Klaffmuscheln wirtschaftlich eine Sonderstellung ein. Das sind Mollusken von hervorragender Qualität, und von ihnen gibt es unvorstellbare Mengen. Ganze Schiffsladungen davon wurden exportiert und für fünf Piaster das Kilo in allen Städten Südamerikas verkauft.

Neben den Mollusken sind die Krustentiere von besonderer Bedeutung. Die Buchten der Insel Hoste werden von einer riesigen Krabbe, die sich von Unterwasseralgen ernährt, bevorzugt aufgesucht. Zwei Stück davon reichen als Tagesration für einen sehr hungrigen Mann.

Aber diese Krabben sind hier durchaus nicht die einzigen Vertreter ihrer Gattung. An der Küste gibt es auch Hummer, Langusten und Miesmuscheln, und – wie gesagt – alles im Überfluß. Diese ganzen Reichtümer wurden jetzt nach Kräften ausgebeutet, womit ein weiterer Plan des Kaw-djer verwirklicht war: Halg leitete in Neudorf eine Konservenfabrik, die all diese Meerestiere nach Übersee exportierte.

Halg – inzwischen achtundzwanzig Jahre alt – hatte alles, was er wollte: eine gute Frau, drei hübsche Kinder – zwei Töchter und einen Sohn –, die beste Gesundheit und ein rasch anwachsendes Vermögen. Nichts fehlte ihm, die Geschäfte gingen glänzend. Er war glücklich, und der Kaw-djer konnte sich zu diesem Ergebnis seiner Erziehungsarbeit gratulieren.

Karroly half seinem Sohn in der Fabrik; die Fischerei dagegen hatte er völlig aufgegeben. Neudorf, das zwischen dem Darwin-Sund und der Bucht von Nassau liegt, war ein so wichtiger Zwischenhafen geworden, daß fast alle Schiffe, die durch die Magellanstraße von einem Ozean in den andern fuhren, hier sogar lieber Station machten als in Punta-Arenas. Und so konnte Karroly wieder in seinem alten Beruf arbeiten. Als Hafenkommandant und Cheflotse der Insel Hoste hatte er immer zu tun – für Schiffe, die nach Punta-Arenas oder zu den Anlegestellen längs des Beagle-Kanals unterwegs waren.

Er besaß inzwischen einen Kutter von fünfzig Tonnen, der auch den heftigsten Sturm aushielt. Mit diesem soliden Schiff und seiner fünfköpfigen Besatzung fuhr er bei jedem Wetter hinaus, sobald ein Flaggensignal seine Dienste anforderte. Die *Wel-kiej* stand zwar auch noch zur Verfügung, sie wurde aber kaum mehr benützt. Sie blieb im Hafen – eine alte, treue Magd, die sich ihre Ruhe redlich verdient hatte.

So wie gute Handwerker sofort nach Beendigung der alten Arbeit eine neue beginnen, hatte der Kaw-djer, nachdem Halg erwachsen und selbständig war, einen zweiten Adoptivsohn angenommen.

Dick hatte Halg nicht etwa verdrängt – der Kaw-djer mochte beide jungen Männer gleich gern.

Neunzehn war Dick inzwischen, und seit sechs Jahren wurde er vom Kaw-djer ausgebildet. Und er hielt, was er versprochen hatte. Mühelos eignete er sich die Kenntnisse seines Lehrers an, und fast konnte man ihn schon als einen jungen Wissenschaftler bezeichnen. Bald würde der Meister dem Schüler, den er schon manchmal um seine unverbrauchte geistige Sprungkraft beneidete, nichts mehr beibringen können.

Eigentlich war Dick gar kein Schüler mehr. Aufgewachsen in der rauhen Schule einer elenden Kindheit und frühzeitig in furchtbare Erlebnisse verwickelt, wurde er trotz seiner Jugend bald ein gleichberechtigter Freund des Kaw-djer, der absolutes Vertrauen zu ihm hatte und mit dem Gedanken spielte, ihn später als seinen Nachfolger vorzuschlagen.

Denn Germain Rivière und Hartlepool waren zwar tüchtige Leute, aber Rivière dachte nicht daran, sein florierendes Sägewerk der brotlosen Politik zu opfern. Und Hartlepool war der ideale Befehlsempfänger, während er eigene Verantwortung nur ungern übernahm. Zudem fehlte es beiden Männern an Ideen und Allgemeinbildung, um ein Volk über die Befriedigung seiner materiellen Interessen hinauszuführen. Dazu wäre allenfalls noch Harry Rhodes in der Lage gewesen. Aber er hätte abgelehnt. Er spürte, daß er alt wurde und nicht mehr lange die nötige Energie und Vitalität aufbringen würde.

Dick war der einzige, der alle erforderlichen Eigenschaften vereinigte. Wissen, Intelligenz und Charakter prädestinierten ihn zum Staatsmann, und beinahe möchte man bedauern, daß sich all diese Qualitäten in einem so begrenzten Wirkungskreis erschöpfen sollten. Aber der Kaw-djer war der Ansicht, daß jede Aufgabe groß ist, wenn sie nur vollkommen gelöst wird. Ein paar tausend Menschen gesichert und zufrieden zu sehen, lohnt jeden Einsatz und ist für jedes Leben die denkbar schönste Erfüllung.

Politisch war die Lage der Insel inzwischen sehr vorteilhaft geworden. Die Beziehungen zwischen Liberia und Chile konnten sich gar nicht mehr verbessern, und beide Staaten teilten die Gewinne, die das argentinische Gebiet nie erzielen würde, solange sich dort die Verwaltungsmethoden nicht änderten.

Zu Anfang war man in Santiago nicht sehr glücklich gewesen über die Tatsache, daß die umstrittene Persönlichkeit, deren Anwesenheit im magellanischen Archipel schon lange verdächtig schien, jetzt auf Hoste die Macht an sich gerissen hatte.

Aber was sollte man tun? Auf dieser souveränen Insel konnte man über diesen Menschen weder Erkundigungen bezüglich seiner Vergangenheit einziehen noch von ihm selber Rechenschaft fordern.

War er ein Rebell – ein Anarchist – ein Freigeist? Hatte man ihn überall verfolgt oder vertrieben oder ausgewiesen? Seine Haltung schloß keine dieser Vermutungen aus. Und wäre er auf der Insel Neuva geblieben, so hätte er ganz bestimmt sehr bald mit Belästigungen durch die chilenische Polizei rechnen müssen.

Da man aber sehen konnte, wie er diesen neuen Staat aus Elend und Verwirrung hinaus zu Ordnung und Wohlstand führte, ließ man den Dingen ihren Lauf, und es herrschte ein fast ungetrübtes

Einvernehmen zwischen dem Gouverneur der Insel Hoste und dem von Punta-Arenas.

So vergingen fünf Jahre, und die Entwicklung in Liberia machte weitere Fortschritte. Noch drei kleine Städte waren auf Hoste gegründet worden: eine auf der Halbinsel Dumas, eine andere auf der Halbinsel Pasteur und eine dritte weit westlich am Darwin-Sund, gegenüber der Insel Gordon. Daraus ergab sich ein fruchtbarer Wettbewerb mit Liberia, dem die drei Provinzstädtchen verwaltungstechnisch unterstellt waren, und der Kaw-djer besuchte sie regelmäßig, auf dem Seeweg oder auf den inzwischen zahlreichen, großzügig ausgebauten Straßen.

An den Küsten hatte sich eine ganze Reihe von Familien der Ruderindios niedergelassen und feuerländische Dörfer gegründet. Sie waren dem Beispiel der ersten Magellanier gefolgt, die schon vor Jahren mit ihren jahrhundertealten Nomadengewohnheiten gebrochen hatten und bei Neudorf lebten.

Es war im Monat Dezember 1890, als Liberia zum erstenmal den Besuch des Gouverneurs von Punta-Arenas empfing. Dieser zeigte sich an allem, was er sah, sehr interessiert und konnte seine ehrliche Bewunderung nicht verhehlen. Bei einer so willkürlich zusammengewürfelten Gesellschaft unterschiedlichster Elemente war ihm die reibungslose Zusammenarbeit ebenso wie die Zufriedenheit fast sämtlicher Bürger beinahe unbegreiflich. Kein

Wunder, daß er besonders neugierig war, den Mann, der das alles zustande gebracht hatte, persönlich kennenzulernen.

Er überschüttete den Kaw-djer förmlich mit Komplimenten:

»Diese hostelische Kolonie ist Ihr Werk, Herr Gouverneur«, sagte er, »und Chile kann sich nur beglückwünschen, Ihnen zu einem solchen Betätigungsfeld verholfen zu haben.«

»Ein Vertrag hatte die vorher selbständige Insel der chilenischen Souveränität unterstellt«, gab der Kaw-djer zurück. »Und es war nicht mehr als recht und billig, daß Chile diese Unabhängigkeit wiederherstellte.«

Monsieur Aguire mußte aus dieser Antwort sehr wohl die versteckte Einschränkung heraushören. Der Kaw-djer war gar nicht der Ansicht, Liberia sei Chile irgendwelchen Dank schuldig.

»Jedenfalls habe ich nicht den Eindruck«, fuhr Monsieur Aguire deshalb etwas zurückhaltender fort, »daß die Schiffbrüchigen der *Jonathan* ihrer afrikanischen Konzession in der Lagoa-Bucht nachtrauern!«

»Ganz bestimmt nicht! Denn dort hätten sie ja unter portugiesischer Oberhoheit leben müssen, während sie hier völlig frei sind!«

»Nun, dann hat sich ja alles zum Besten entwickelt!«

»O ja!« bestätigte der Kaw-djer.

»Wir hoffen natürlich«, fügte Monsieur Aguire

verbindlich hinzu, »daß die Beziehungen zwischen Chile und der Insel Hoste immer so ungetrübt bleiben, wie sie im Augenblick sind!«

»Das hoffen wir natürlich auch«, meinte der Kaw-djer, »und wenn sich die Republik Chile die Erfolge des mit Hoste unternommenen Experiments etwas genauer ansieht, wird sie vielleicht auf die Idee kommen, weitere Versuche dieser Art anzustellen.«

Monsieur Aguire antwortete nur mit einem Lächeln, aus dem man herauslesen konnte, was man wollte.

Um dieses heiße Eisen aus der Hand zu legen, wechselte Harry Rhodes, der – zusammen mit seinen beiden Ratskollegen – der Unterredung beiwohnte, das Thema:

»Wenn man unsere Insel«, sagte er, »mit den argentinischen Besitzungen auf Feuerland vergleicht, kommt man zu interessanten Ergebnissen. Sie sehen selbst, Monsieur, wie auf unserer Seite der Wohlstand herrscht und drüben alles stagniert oder sogar verfällt. Die argentinischen Siedler werden von der Regierung in Buenos Aires durch maßlose Forderungen in ihrer Initiative völlig gelähmt, und die Schiffe schrecken vor den Formalitäten und übertriebenen Zöllen zurück, mit denen man sie schikaniert. Das hat sich trotz aller Beschwerden des dortigen Gouverneurs nicht im geringsten geändert, und Feuerland bleibt so rückständig, wie es immer gewesen ist.«

»Ich muß Ihnen recht geben«, pflichtete Monsieur Aguire bei, »da hat sich die chilenische Regierung weit großzügiger gezeigt, auch Punta-Arenas gegenüber. Ohne einer Kolonie nun gleich die völlige Unabhängigkeit zu gewähren, kann man ihr doch eine ganze Reihe – das heißt ausreichend viele – Privilegien verleihen, um ihr Gedeihen und ihre Zukunft sicherzustellen.«

»Trotzdem«, mischte sich der Kaw-djer wieder ein, »gibt es in diesem Archipel eine kleine Insel – es ist ein unfruchtbarer Felsen ohne irgendeinen praktischen Wert oder Nutzen –, den uns Chile eigentlich abtreten könnte.«

»Was ist das für eine Insel?« fragte Monsieur Aguire.

»Kap Hoorn.«

»Was wollen Sie denn dort?« rief Monsieur Aguire sehr erstaunt.

»Einen Leuchtturm bauen! Das ist auf diesem südlichsten Ausläufer des amerikanischen Kontinents unbedingt erforderlich. Ein nächtlicher Orientierungspunkt gerade an dieser Stelle wäre nicht nur für die Schiffe von Bedeutung, die Hoste ansteuern, sondern auch für alle anderen, die um das Kap herum von einem Ozean in den andern fahren wollen.«

Harry Rhodes, Hartlepool und Germain Rivière, die über dieses Projekt des Kaw-djer natürlich genau informiert waren, unterstützten ihren Gouverneur mit einer Reihe von sachlichen Argumenten, die Monsieur Aguire übrigens gar nicht abstreiten wollte.

»Die Regierung von Hoste wäre also bereit«, vergewisserte er sich, »diesen Leuchtturm in Auftrag zu geben?«

Ja.«

»Auf eigene Kosten?«

»Auf eigene Kosten – unter der Bedingung, daß ihr Chile die Insel Hoorn abtritt. Es ist ein Vorschlag, den ich Ihrer Regierung seit sechs Jahren immer wieder vorlege, bisher leider ohne jeden Erfolg.«

»Was antwortet man Ihnen?« fragte Monsieur Aguire.

»Man sagt nicht ja und nicht nein – man versteckt sich hinter Unverbindlichkeiten und lächerlichen Detailfragen. Auf dieser Basis können wir noch hundert Jahre weiterverhandeln. Und inzwischen kentert ein Schiff nach dem andern an diesen verfluchten Klippen, von denen man in der Dunkelheit nichts sieht!«

Herr Aguire äußerte sein höchstes Erstaunen. Ob es echt war, muß man bezweifeln, denn der alte Diplomat kannte natürlich die jeder Behörde dieser Welt in jahrhundertelanger Übung lieb und teuer gewordenen Methoden weit besser als der Kaw-djer.

Alles, was er tun konnte, war, daß er diesen Vorschlag mit dem ganzen Gewicht seiner Persönlichkeit und seines Amtes zu befürworten ver-

sprach, und zwar sofort. Er hatte nämlich ohnehin vor, von Hoste aus direkt nach Santiago weiterzureisen.

Wir dürfen annehmen, daß er sein Wort hielt und daß seine Befürwortung nicht unwirksam blieb. Denn kaum einen Monat später wurde diese Frage, deren Beantwortung sich über Jahre hingeschleppt hatte, ganz plötzlich entschieden: Der Kaw-djer erhielt die offizielle Mitteilung, seine Vorschläge seien in vollem Umfang akzeptiert.

Am 25. Dezember wurde zwischen Chile und der Insel Hoste eine Abtretungsakte unterzeichnet, in der festgelegt war, daß der hostelische Staat Eigentümer der Insel Hoorn werden sollte, unter der Bedingung, auf dem höchsten Punkt des Kaps auf eigene Kosten einen Leuchtturm zu errichten und zu unterhalten.

Der Kaw-djer hatte längst alle technischen Vorbereitungen getroffen, und so konnte man unverzüglich mit dem Bau beginnen. Auch bei pessimistischer Berechnung durften die Arbeiten nicht mehr als zwei Jahre in Anspruch nehmen, und dann war endlich die Sicherheit der Schiffahrt in den Gewässern des berüchtigten Kaps gewährleistet.

Für den Kaw-djer war diese Unternehmung so etwas wie die Krönung seines Werkes. Er hatte die Insel Hoste kolonialisiert und durchorganisiert, die Bevölkerung aus dem Elend heraus- und einem immer noch anwachsenden Wohlstand zugeführt, Unterrichts- und Fortbildungsmöglichkeiten geschaffen – und schließlich an jener mörderischen Stelle, wo zwei Ozeane aneinanderstoßen, Tausende von Menschen gerettet: Seine Aufgabe war damit erfüllt.

Eine schöne Aufgabe, und ihre Lösung gab dem Kaw-djer das Recht, endlich wieder an sich selber zu denken und das Amt niederzulegen, das seinem ganzen Wesen widerstrebt hatte.

Denn wenn er auch mit den unumschränkten Vollmachten eines Despoten herrschte, so war er doch alles andere als ein glücklicher Herrscher. Da er selber jede Autorität ablehnte, fiel es ihm um so schwerer, von anderen deren Anerkennung zu fordern. Auch die Gewöhnung an die Macht hatte ihn nicht auf den Geschmack gebracht – er übte sie mit dem gleichen Widerwillen aus wie am ersten Tag. Im Grund war er immer noch derselbe energische, kalte – und zutiefst romantische – Mensch, der damals die Schiffbrüchigen der *Jonathan* gerettet hatte.

Aber durch diese Rettung der anderen hatte er sich selber verloren. Er mußte seinen Idealen abschwören und sie den Tatsachen und Notwendigkeiten opfern. Sein Verstand hatte dieses Opfer gern gebracht; seine Träume jedoch waren damit nicht vergessen und nicht ausgerottet – nur verdrängt.

Wo unsere Instinkte zutage treten, kleiden sie sich in das grobe Gewand der Logik und äußern sich als Gedanken. Denn in ihrer reinen Form sind sie viel zu subtil und anspruchsvoll, um sich unserer Welt primitiver und zufälliger Erscheinungsformen gegenüber manifestieren zu können. Als Gefühle führen sie ihr von Verstand und Willen unabhängiges Eigenleben und wehren sich mit unbesiegbarer Hartnäckigkeit gegen die sogenannte Vernunft, die sich ja fortwährend bemüht, das scheue, zarte Tier vor den groben Karren der Realitäten zu spannen. Tausend Gegenbeweise reichen nicht aus, unsere ursprünglichen Empfindungen auszurotten, und jeden Vorwand greifen sie gierig auf, um zu ihrem Kinderglauben zurückzufinden.

Der Kaw-djer hatte seinen Glauben letzten Endes dem Mitleid geopfert. Er konnte nicht zusehen, wie tausend arme Schlucker zugrunde gingen. Inzwischen war dieses Motiv weggefallen – die Hostelier brauchten kein Mitleid mehr. Und da begannen seine alten Überlegungen sich wieder zu regen, und der unerbittliche Despot wurde schrittweise zum leidenschaftlichen Anarchisten von ehedem.

Diese Verwandlung wurde um so augenscheinlicher, je deutlicher sich die Verhältnisse auf Hoste konsolidierten, und besonders Harry Rhodes konnte sie nicht mehr übersehen. Den Höhepunkt erreichte sie, als mit dem Beginn der Bauarbeiten am Leuchtturm von Kap Hoorn der Kaw-djer sein letztes Ziel erreicht zu haben glaubte.

Schließlich sprach er es Harry Rhodes gegenüber offen aus. Als dieser in einer Unterhaltung über die abenteuerlichen Anfänge der Kolonisation die Verdienste des Kaw-djer erwähnte, wurde er durch eine Bemerkung unterbrochen, die keine Zweifel mehr offenließ.

»Ich habe diese Aufgabe übernommen«, sagte der Kaw-djer, »weil ich es für notwendig hielt. Und ich habe das Mögliche getan. Was unter den gegebenen Umständen erreicht werden konnte, wurde erreicht – und damit ist meine Aufgabe erfüllt und mein Mandat erloschen. Ich habe bewiesen, daß es zumindest einen Ort auf dieser Erde gibt, wo Menschen zusammen leben können, ohne daß einer von ihnen den Herrn und Gebieter spielt.«

»Ein Herr muß nicht unbedingt den Gebieter spielen«, entgegnete Harry Rhodes lebhaft, »das haben Sie ja selber bewiesen! Aber ebenso deutlich hat sich doch auch gezeigt, daß eine Gesellschaftsordnung ohne irgendeine übergeordnete Autorität – wie auch immer man sie nennen mag – undenkbar ist!«

»Ich bin da ganz andrer Meinung«, antwortete der Kaw-djer. »Ich finde, daß die Autorität abgeschafft werden muß, sobald man sie nicht mehr braucht.«

So hing also der Kaw-djer immer noch seinen alten Utopien nach, und allen Erfahrungen zum Trotz gab er sich wieder den Illusionen hin, die er längst überwunden zu haben hoffte. Als ob die Menschen jemals ohne Druck und Zwang von oben mit den Schwierigkeiten fertig werden könnten, die sich aus dem ständigen Zusammenprall individueller Interessen ergeben.

Harry Rhodes stellte bekümmert fest, daß sein Freund wieder mitten in einem tiefen Konflikt stand, und befürchtete die schlimmsten Folgen. Beinahe wünschte er, irgendein Zwischenfall störe zumindest vorübergehend den friedlichen Alltag Liberias und beweise dem Gouverneur einmal mehr, wie sehr er im Unrecht war und wie dringend man ihn auch weiterhin brauchte.

Sein Wunsch sollte sich leider erfüllen, schneller, als ihm lieb war.

In den ersten Tagen des Monats März ging plötzlich das Gerücht um, man habe ein reiches Goldlager entdeckt. Das wäre an sich nicht tragisch gewesen, im Gegenteil, jeder freute sich – selbst die Vernünftigsten, sogar Harry Rhodes. Die Nachricht war ein Fest für ganz Liberia.

Nur der Kaw-djer sah weiter. Er begriff als erster und einziger die Tragweite dieser Entdeckung für die Zukunft der Insel. Und während man sich ringsum beglückwünschte, blieb er allein in seinem Zimmer, schon jetzt bedrückt von den unabsehbaren und ganz neuartigen Gefahren, die über seine Insel und sein Volk hereinbrechen würden.

ELFTES KAPITEL

GOLD

Am Morgen des 6. März war es entdeckt worden. Ein paar Leute, unter ihnen Edward Rhodes, hatten sich zu einem Jagdausflug verabredet und Liberia frühmorgens im Wagen verlassen. Sie fuhren etwa zwanzig Kilometer nach Südwesten und machten halt am Fuß der Sentry Boxes, einer Bergkette, die den westlichen Teil der Halbinsel Hardy begrenzt. Dort breiteten sich noch tiefe, unerforschte Wälder aus. In sie hatten sich die letzten einheimischen Raubtiere geflüchtet – Pumas und Jaguare, die man völlig ausrotten mußte, weil ihnen schon eine ganze Anzahl von Schafen zum Opfer gefallen war.

Die Jäger durchkämmten ein Waldstück. Nachdem sie schon zwei Pumas erlegt hatten, kamen sie an einen Wildbach, und da sahen sie plötzlich einen großen Jaguar vor sich.

Edward Rhodes gab einen Schuß ab und erwischte das Tier an der linken Flanke. Der Jaguar war nicht tödlich getroffen. Er stieß eher ein Wutgebrüll als ein Schmerzensgeheul aus und verschwand mit einem gewaltigen Satz im Gehölz.

Der junge Rhodes konnte zwar noch einen zweiten Schuß abfeuern, aber diese Kugel verfehlte ihr Ziel völlig und prallte vom Felsen ab. Einige

Stückchen des Gesteins wurden dabei herausgesprengt.

Sicher hätte man die Jagd ruhig fortgesetzt, aber einer der Steinsplitter wurde Edward Rhodes direkt vor die Füße geschleudert. Der Steinbrocken fiel ihm auf, er bückte sich und schaute ihn genauer an.

Es war ein Stückchen Quarz, und die Adern, von denen es durchzogen war, enthielten Gold.

Edward Rhodes fand die Entdeckung sehr aufregend: Gold! Im Boden der Insel Hoste gab es Gold! Der Felssplitter in seiner Hand bewies es!

Übrigens – war das verwunderlich? Hatte man nicht auch schon in der Gegend von Punta-Arenas ebenso wie auf Feuerland, in Patagonien und in Magellanien Adern dieses kostbaren Metalls gefunden? Ist die gewaltige Wirbelsäule der beiden Amerika, die sich unter dem Namen Rocky Mountains im Norden und Kordilleren im Süden von Alaska bis Kap Hoorn erstreckt, nicht eine einzige Kette, aus der man im Lauf von vier Jahrhunderten Gold im Wert von fünfundvierzig Milliarden Franken gewonnen hat?

Allmählich wurde sich Edward Rhodes der Tragweite seiner Entdeckung bewußt. Am liebsten hätte er sie geheimgehalten und nur seinem Vater – und dem Kaw-djer – verraten. Aber er war inzwischen nicht mehr der einzige, der davon wußte. In seiner ersten Verblüffung hatte er den Stein seinen Jagdfreunden gezeigt. Und die waren zu der Stelle gegangen, wo sich der Splitter von der Felswand gelöst hatte, und dort lag noch anderes Geröll – und das enthielt ebenfalls Gold.

Es konnte also kein Geheimnis bleiben, und tatsächlich wußte noch am gleichen Abend die ganze Insel, daß Hoste von heute an Klondyke, Transvaal und El Dorado nicht mehr zu beneiden brauchte: Von Liberia aus hatte sich die Sensation wie ein Lauffeuer verbreitet.

An eine sofortige Ausbeutung war zu dieser Jahreszeit allerdings nicht mehr zu denken. Nur noch wenige Tage fehlten bis zum Einbruch des Winters, und dann ist es in diesen Breiten nicht mehr möglich, im Freien irgendwelche größeren Unternehmungen durchzuführen. Edward Rhodes' Entdeckung hatte also – aber nur aus witterungsbedingten Gründen – keine unmittelbaren Folgen.

Der Sommer war in einen milden Herbst übergegangen, und so konnte in diesem Jahr – dem zehnten seit der Gründung der Kolonie – eine ungewöhnlich reiche Ernte eingebracht werden. Im Innern der Insel waren neue Sägemühlen entstanden. Die einen davon arbeiteten mit Dampf, die andern mit Elektrizität – man hatte Wasserfälle zu Kraftwerken ausgebaut. Die Fischereibetriebe und die Konservenfabriken hatten Verkehr und Handel ganz beträchtlich gesteigert; der Gesamtumschlag im Hafen von Neudorf belief sich auf zweiunddreißigtausendsiebenhundertfünfundsiebzig Tonnen.

Mit dem Beginn des Winters mußten die Arbeiten am Fundament des Leuchtturms von Kap Hoorn eingestellt werden – und auch der Bau von Hallen, in denen die Motoren und Dynamos untergebracht werden sollten. Bis jetzt war man gut vorangekommen, trotz der Entfernung der Insel Hoorn, die ungefähr fünfundsiebzig Kilometer südlich der Halbinsel Hardy liegt. Es war schon während der Sommermonate schwierig gewesen, das Material auf dem Schiffsweg über die mit Riffen gespickten Wasserstraßen zu transportieren, die jetzt durch die Winterstürme völlig unpassierbar wurden.

Auch dieser Winter war wieder von Orkanen und heftigen Schneefällen begleitet, doch er brachte keine übermäßige Kälte. Selbst im Juli sank das Quecksilber nie unter minus zehn Grad.

Die Einwohner von Liberia hatten inzwischen keinen Grund mehr, Sturm und Kälte zu fürchten, denn der allgemeine Wohlstand erlaubte es allen Familien, sich behaglich einzurichten. Es gab keine Leute, die wirkliche Not litten, und die öffentliche Ordnung war auch lange nicht mehr durch Verbrechen oder Eigentumsdelikte gestört worden. Man kannte nur noch private Streitigkeiten, die im allgemeinen außerhalb des Gerichtssaals durch Versöhnung oder Vergleich beigelegt werden konnten.

Nichts hätte also den Frieden der Kolonie gestört, wäre von Edward Rhodes kein Gold entdeckt worden – dieses gefährliche Metall, das zu nichts anderem taugt, als den Menschen den Kopf zu verdrehen.

Der Kaw-djer wußte das. Die Meldung davon hatte die schlimmsten Befürchtungen in ihm geweckt, und je länger er nachdachte, desto pessimistischer sah er in die Zukunft. In der ersten Ratsversammlung äußerte er sich sehr besorgt.

»Gerade jetzt«, sagte er, »wo wir alle Schwierigkeiten hinter uns haben und endlich die Ernte all unserer Anstrengungen einbringen könnten, streut ein verfluchter Zufall die Keime zu Streit und Niedergang über uns aus!«

»Unser Freund geht zu weit«, wandte Harry Rhodes ein, der die Lage objektiver zu sehen glaubte: »Mag sein, daß die Entdeckung von Gold zu Streitigkeiten führt – aber deshalb gleich von ›Niedergang‹ zu reden –«

»Doch!« rief der Kaw-djer dazwischen. »Diese Entdeckung hat bisher überall den Verfall und Untergang nach sich gezogen!«

Harry Rhodes wollte ihn beruhigen: »Aber ich bitte Sie, Gold ist eine Ware wie jede andere –«

»Die nutzloseste!«

»Im Gegenteil – die nützlichste: weil man gegen sie alles eintauschen kann!«

»Und wenn schon!« Der Kaw-djer regte sich auf. »Dafür muß man auch alles opfern, um sie sich zu beschaffen! Die meisten Goldgräber enden irgendwo in der Gosse. Und die wenigen, die Glück haben, wissen nichts damit anzufangen! Der Erfolg wird ihnen zu leicht gemacht, und sie verlieren jedes Urteilsvermögen und jeden Sinn für Proportionen! Das Vergnügen wird für sie zum Lebensinhalt und der Überfluß zur Notwendigkeit. Sie verkommen in kürzester Zeit – sind vielleicht im materiellen Sinn reich, als Menschen aber verweichlichte unbrauchbare arme Kreaturen!«

»Ich muß Ihnen leider zustimmen«, warf Germain Rivière ein. »Ganz abgesehen von der Gefahr, daß dieses Übel eine allgemeine Landflucht nach sich ziehen kann. Unsere Bauern werden ihre Felder im Stich lassen – und verlorene Ernten kann man nicht ersetzen. Was nützt der ganze Reichtum, wenn es an Brot fehlt? Und ich fürchte tatsächlich, daß die wenigsten einer solchen Versuchung widerstehen können und wir bald brachliegende Äcker und leerstehende Werkstätten und Fabriken haben, weil ganz Hoste dem Gold nachläuft!«

»Gold – der Hunger nach Gold!« wiederholte der Kaw-djer.

Auch Harry Rhodes war nachdenklich geworden.

»Angenommen, Sie hätten recht«, sagte er, »was könnten wir tun, um eine solche Entwicklung abzuwenden?«

»Leider nicht viel, mein lieber Rhodes«, antwortete der Kaw-djer. »Gegen jede andere Epidemie kann man vorgehen und sie schließlich eindämmen. Gegen das Goldfieber gibt es keine Medizin. Das ist ein Krebsgeschwür, das unrettbar zum Tod führt. Wir haben genug Beispiele. Denken Sie daran, was sich in den Golddistrikten der Alten und der Neuen Welt – in Australien, Kalifornien und Südafrika – abgespielt hat! Wie Monsieur Rivière sagte: Die Arbeit wurde aufgegeben, Höfe und Werkstätten verlassen! Ganze Familien verstreuten sich über die Goldlager! Den Gewinn hat man sinnlos verbraucht, verschwendet und verspielt, und am Ende war diesen Dummköpfen keine Lust mehr geblieben, mit ehrlicher Arbeit wieder anzufangen!«

Der Kaw-djer steigerte sich in eine Lebhaftigkeit, die deutlich zeigte, wie überzeugt und besorgt er war.

»Und das ist ja noch nicht alles«, fuhr er fort. »Die weit größere Gefahr kommt ja von außen: dieses ganze fremde Gesindel, das überall auftaucht, wo Gold gefunden wird! Wir werden überschwemmt werden von Verbrechern und gescheiterten Existenzen, und Tausende von Hacken und Spaten durchwühlen dann die Eingeweide unseres Bodens nach diesem verfluchten Gold! Eine Lawine, eine Sintflut – und wenn sie zurückgeht, wird Hoste eine Wüste von Tod und Verderben sein. Warum muß das ausgerechnet unsere Insel treffen!«

»Kann man dagegen wirklich gar nichts unternehmen?« fragte Harry Rhodes unglücklich. »Vielleicht bleiben wir verschont von einer solchen

Invasion, wenn man diese Neuigkeit nicht verbreitet?«

»Dafür ist es zu spät«, antwortete der Kaw-djer. »Man kann sich ja nicht vorstellen, wie schnell es die ganze Welt erfährt, wenn irgendwo – und sei es im entlegensten Winkel dieser Erde – Gold entdeckt wird. Als würde diese Pest vom Wind übertragen, von einer Kanone über Kontinente hinweggeschossen und sogar die Besten und Vernünftigsten treffen!«

Die Sitzung wurde aufgehoben, ohne daß es zu konkreten Beschlüssen gekommen wäre. Was hätte man beschließen sollen? Der Kaw-djer hatte schon recht: Gegen das Goldfieber gibt es kein Mittel!

Und doch schien noch nicht alles verloren. Möglicherweise war das Goldlager gar nicht so ergiebig, wie man aufs Geratewohl annahm, oder die einzelnen Adern lagen so weit verstreut, daß sich die Ausbeutung nicht lohnte. Um sich ein genaues Bild zu machen, mußte man abwarten, bis der Mantel aus Eis und Schnee, der die Insel bedeckte, geschmolzen war.

Der erste warme Frühlingswind bestätigte alle Befürchtungen und düsteren Prognosen des Kaw-djer: Mit dem Tauwetter verwandelten sich die unternehmungslustigsten – und deshalb bisher erfolgreichsten – Siedler in Goldgräber. Sie verließen Liberia und gingen nach *Golden Creek* – so nannte man jetzt schon den Sturzbach, an dessen

Felsufer Edward Rhodes' Unglückskugel abgeprallt war.

Und trotz aller beschwörenden Warnungen des Kaw-djer und seiner Freunde fand das Beispiel immer mehr Nachahmer. Bis zum 5. November hatten sich schon mehrere hundert vom Goldrausch angesteckte Hostelier auf das fündige Gebiet gestürzt, und dort irrten sie jetzt umher auf der Suche nach einer Ader oder einer sogenannten ›Tasche‹, in der die ausgewaschenen Goldkörner konzentriert liegen bleiben.

Die Schürfung bietet im Prinzip keine besonderen Schwierigkeiten. Wenn man eine Ader findet, braucht man ihr nur zu folgen. Man zerschlägt mit dem Pickel das Gestein, zerkleinert die Brocken und bricht schließlich die Goldkörner heraus.

So verfährt man in den Minen von Transvaal. Natürlich ist es nicht so ganz einfach, den Adern zu folgen. Oft verzweigen sie sich und verschwinden, und nur der erfahrene Fachmann hat dann noch eine Chance, die Stelle zu finden, wo sie wieder zutage treten. Manchmal verlaufen sie auch senkrecht in die Erde hinein. Dann muß man Stollen graben – mit allen Überraschungen, Enttäuschungen und Gefahren, die ein solches Unternehmen einschließt.

Im allgemeinen ist der Quarz auch sehr hart und widerstandsfähig. Um ihn zu zertrümmern, braucht man kostspielige Maschinen. Deshalb ist diese Art der Goldgewinnung für Einzelgänger hoffnungslos unrentabel und auch überall verboten. Nur große Gesellschaften, die über beträchtliches Kapital und genügend Arbeitskräfte verfügen, können sich das Risiko der Anlage eines Goldbergwerks leisten, in dem dann das ganze Gestein systematisch abgebaut wird.

Der Goldsucher oder ›Goldschürfer‹, wie man ihn allgemein bezeichnet, sucht meistens auf gut Glück eine Ader, verschafft sich dann für dieses Gebiet eine Konzession und verkauft sein Goldlager so schnell und teuer wie möglich an einen Bankier oder an eine Gesellschaft.

Wer auf eigene Rechnung und mit eigenen Mitteln Gold gewinnen will, verzichtet am besten von vornherein auf den Abbau am Berg. Er sucht dort, wo im Gestein Gold gefunden wurde, nach Alluvionen; das sind durch jahrtausendelange Einwirkung von fließendem Wasser entstandene Anschwemmungen und Ablagerungen von Geröll. Beim Zersetzen des Gesteins hat das Eis, der Regen oder ein Wildbach notwendigerweise auch die Goldkörner mitgeführt, und diese meist winzigen Körnchen lassen sich leicht absondern. Man braucht nur eine flache Schale oder Pfanne, in die man den Sand schüttet, und schnell darüberfließendes Wasser, das den Sand wegwäscht und die schwereren Körnchen zurückläßt.

Auch die Hostelier verfügten nur über diese primitiven Geräte. Trotzdem waren die ersten Resultate recht ermutigend. Im Tal des Golden Creek lag eine mehrere Kilometer lange, zwei- bis dreihundert Meter breite und acht Fuß tiefe Schlammschicht. Bei einer Kapazität von fünfundzwanzig Pfannen pro Kubikmeter war die Schicht sehr ergiebig, denn selten blieben in der Pfanne nicht wenigstens ein paar Körner zurück. Allerdings so winzige, daß man eher von Goldstaub reden sollte; und bald war offenkundig, daß dieses Lager niemals die Hunderte von Millionen abwerfen würde, die man in den berühmt gewordenen Gebieten geschürft hatte. Immerhin – der Schlamm war fündig genug, um den armen Leuten, die sich ihren Lebensunterhalt mit saurer Arbeit hatten sichern müssen, den Kopf zu verdrehen.

Die Regierung wäre sehr fahrlässig gewesen, hätte sie die Ausbeutung der Goldvorkommen nicht reglementiert. Das Goldlager war gemeinsamer Besitz, und der Staat hatte die Pflicht, den Gewinn der Gemeinschaft zukommen zu lassen.

Der Kaw-djer zwang sich, wie immer auch seine persönliche Einstellung war, das Problem unter dem Blickwinkel der Mehrheit zu betrachten. Und so suchte er nach der günstigsten Lösung für das hostelische Volk.

Schon im Verlauf des Winters hatte er mit Dick, den er bereits an allen Entscheidungen teilhaben ließ, den ganzen Fragenkomplex mehrfach durchgesprochen. Dieser Meinungsaustausch führte zu dem Schluß, daß man dreierlei erreichen mußte: die Zahl der einheimischen Goldwäscher möglichst zu beschränken; zumindest einen Teil der Ausbeute beziehungsweise des Gewinns in die Staatskasse zurückfließen zu lassen; und endlich den zu erwartenden Zustrom unerwünschter Fremder einzudämmen oder – besser noch – ganz abzuwehren.

Das Gesetz, das gegen Ende des Winters erlassen wurde, trug diesen drei Forderungen Rechnung. Es machte das Schürfrecht von einer Konzession abhängig, legte einen Pachtbetrag fest und bestimmte, daß ein Viertel des Ertrags an den Staat abgeführt werden mußte. Konzessionen wurden nach diesem Gesetz grundsätzlich nur an hostelische Bürger erteilt, und Bürger konnte man in Zukunft nur werden, nachdem man ein Jahr lang tatsächlich auf Hoste gewohnt und der Gouverneur die Einbürgerung gebilligt hatte.

Das Gesetz war erlassen; nun mußte es angewendet werden.

Und da stieß man sofort auf Schwierigkeiten. Keiner der Siedler interessierte sich für den Schutz und die Vorteile, die ihm geboten wurden. Jeder starrte nur auf die Verpflichtungen. Wozu eine Konzession beantragen, wo man sich sein Recht doch einfach nehmen konnte? Oder war es etwa nicht das Recht eines jeden Menschen, den Boden umzugraben und den Schlamm der Flüsse auszuwaschen? Und warum durfte man dieses natürliche Recht nur unter der Bedingung in Anspruch nehmen, einen Teil des Ertrags einer Institution abzuliefern, die nichts damit zu tun hatte?

Der Kaw-djer wußte, daß diese Leute genau seine eigenen Ansichten vertraten und er ihren Argumenten nur beistimmen konnte. Aber er hatte nun einmal die fürchterliche Aufgabe übernommen, Herrscher zu sein, und so mußte er einmal mehr seine Grundsätze einer fragwürdigen ›besseren Einsicht‹ opfern.

Das einzige, was er unternehmen konnte und was jetzt äußerst wichtig schien: Den Siedlern, welche die Klugheit und Energie besaßen, dieser ansteckenden Seuche zu widerstehen und bei ihrer gewohnten Arbeit zu bleiben, mußte der Rücken gestärkt werden. Und das beste Mittel war, ihnen die Gewißheit zu geben, daß sie ihren zwar geringeren, aber sicheren Anteil auch dann bekamen, wenn sie zu Hause blieben.

Wo das Gesetz umgangen wurde, mußte man Gewalt anwenden.

In Liberia verfügte der Kaw-djer nur über eine Polizeitruppe von fünfzig Mann. Auf der Einberufungsliste standen jedoch weitere neunhundertfünfzig Hostelier, deren ältere Jahrgänge bereits Reservisten und von nachrückenden volljährigen jungen Leuten abgelöst worden waren.

Der Kaw-djer ließ jedem seinen Stellungsbefehl schicken.

Nur noch siebenhundertfünfzig Hostelier kamen. Die zweihundert Wehrdienstverweigerer tauchten unter oder waren selber schon auf Goldsuche und hockten irgendwo am Golden Creek hinter ihrer Waschpfanne.

Der Kaw-djer teilte seine Streitmacht in zwei Gruppen. Fünfhundert Mann wurden der Küstenlinie entlang postiert mit dem Auftrag, jeden Goldschmuggel über die Kanäle hinweg zu unterbinden. An der Spitze der übrigen dreihundert, aus denen er zwanzig Rotten bildete, marschierte er in das strittige Gebiet ein.

Die Truppe zog einen Kordon quer über die Halbinsel am Fuß der Sentry Boxes, rückte dann langsam gegen Norden vor und kämmte so die Landzunge in ihrer ganzen Breite durch. Sämtliche Goldwäscher, die man aufstöberte, wurden unerbittlich nach Hause geschickt, sofern sie nicht imstande und bereit waren, alle Konzessionsbedingungen zu erfüllen.

Mit dieser Methode hatte man zunächst einigen Erfolg. Es gab Siedler, die ihr Schürfrecht legal erwarben. Ihnen wurden die Grenzen des *Claim*, das sie sich ausgesucht hatten, sorgfältig abgesteckt.

Aber das waren einzelne. Die meisten verfügten über keinen Pfennig Bargeld und mußten deshalb ihr Vorhaben aufgeben; und so verringerte sich die Anzahl der Goldwäscher vorübergehend ganz beträchtlich.

Wie gesagt – vorübergehend! Bald war der *status quo ante* wieder erreicht. Wer nämlich keine Konzession hatte, schlich sich in der Nacht durch den von den Truppen des Kaw-djer gebildeten Sperrgürtel und setzte sich wieder genau an die Stelle, von der man ihn tags zuvor verjagt hatte.

Und das Übel breitete sich aus. Übertriebene Erfolgsmeldungen der ersten Goldwäscher erreichten Liberia, und eine zweite Welle von Hosteliern ergoß sich über das Schlammtal von Golden Creek. Den Meldungen nach, die beim Kaw-djer einliefen, war die ganze Insel von der unheilbaren Krankheit befallen. Und sie fing auch schon an, Ableger zu bilden: Nicht nur in Golden Creek – überall, und besonders im Zentralmassiv wurde schon gegraben und gewaschen.

Denn man sagte ganz mit Recht, daß sich aller Wahrscheinlichkeit nach nicht nur im Schlamm der Sentry Boxes Gold finden ließ, sondern daß auch die anderen Wasserläufe, die aus dem gleichen Gebirge kamen, Spuren des kostbaren Metalls mit sich geschwemmt haben mußten. Deshalb machte man sich überall dort auf die Suche, wo ein Wildbach der Küste zufloß – von der Spitze der Halbinsel Hardy bis zur Halbinsel Pasteur am Darwin-Sund.

Inzwischen hatten einige Versuche zu Erfolgen geführt, und das Fieber der Leute ging in Delirium über. Wie Trichter sogen die einzelnen Fundstellen Männer, Frauen und Kinder an, die in unwiderstehlichem Wahnsinn Haus und Hof im Stich ließen und sinnlos an Felswänden herumkratzten oder tonnenweise Sand auswuschen.

Einige wenige gab es, die sehr reich wurden. Sie hatten zufällig eine der ›Taschen‹ entdeckt, wo sich – am Fuß ehemaliger Wasserfälle – die Goldkörner angehäuft hatten.

Alle anderen lebten von der Hoffnung, daß

auch sie einmal Glück haben könnten, und rackerten sich Tag für Tag ab, ohne etwas zu finden.

Ganz Hoste saß nun in den Bergen. Von ihren Feldern waren sie weggelaufen, aus den Fischereibetrieben, den Fabriken, den Kontoren – das Gold hatte die Kraft eines Magnets, der ihnen den Verstand aus dem Kopf zog.

In Liberia befanden sich noch ganze hundert Siedler, die als letzte ihren Geschäften nachgingen. Aber wie sollte man noch Geschäfte machen in einer ausgestorbenen Stadt?

Wie beschämend das Geständnis auch sein mag: Die einzigen Bewohner der Insel Hoste, die nicht überschnappten, sondern von dieser Epidemie völlig unberührt blieben, waren die Familien der Indios. Diesen bescheidenen Feuerländern hatte man es zu verdanken, daß die Fischereibetriebe nicht schließen und die landwirtschaftlichen Arbeiten nicht eingestellt werden mußten.

Die Indios waren eben immun gegen Habsucht und Ehrgeiz und hatten es außerdem nicht verlernt, auf den Kaw-djer zu hören. Nie wäre ihnen der Gedanke gekommen, etwas gegen den Willen des Mannes zu unternehmen, der seine Überlegenheit allen andern gegenüber so oft bewiesen hatte und dem sie überdies zu so großem Dank verpflichtet waren.

Es wurde immer schlimmer. Die Seuche griff schon auf die Schiffe über, die im Hafen von Neudorf vor Anker lagen. Immer mehr Matrosen desertierten, schlichen sich einfach von Bord und marschierten los – ins Innere des Landes, um Millionäre zu werden. Die Kapitäne, entsetzt über diese unmöglichen Zustände und voller Angst, den Rest ihrer Mannschaft zu verlieren, steuerten Hals über Kopf wieder ins offene Meer hinaus, manchmal ohne das Löschen der Ladung abzuwarten. Man kann sich vorstellen, was sie ihren Kollegen erzählten! Liberia mußte sich darauf gefaßt machen, von allen Schiffsgesellschaften der Welt vorerst mit Quarantäne belegt zu werden.

Die Krankheit verschonte nicht einmal diejenigen, die sie bekämpfen sollten. Das Korps, das die Küsten zu kontrollieren hatte, verschwand ebenso schnell, wie es aufgestellt worden war. Von den fünfhundert Mann fanden sich keine zwanzig auf den Posten ein, die ihnen der Kaw-djer zugewiesen hatte. Und die Truppe, die seinem eigenen Kommando unterstand, schmolz auch wie der Schnee unter der Märzsonne. Es gab keine Nacht, in der nicht ein paar Leute spurlos verschwanden. Nach vierzehn Tagen waren von den dreihundert nur noch neunundvierzig übrig.

Bei aller Energie fing der Kaw-djer allmählich an, die Hoffnung aufzugeben.

Nach vielen Jahren der Resignation war er zu den Menschen zurückgekehrt, um tausend von ihnen zu retten und ihnen zu einer lebenswerten Existenz zu verhelfen, und mußte jetzt mit ansehen, wie sie zynisch den Mantel der Menschenwürde wieder abwarfen und nackt in ihrer ganzen Jämmerlichkeit vor ihm standen. Was er in zehn Jahren mit so viel Mühe aufgebaut hatte, stürzte alles in wenigen Tagen zusammen. Und nur weil der Zufall ein paar Goldkörner von einem Felsen absplittern ließ, würde nun diese unglückliche Kolonie unter ihren Trümmern begraben werden!

Er konnte nicht einmal mehr weiterkämpfen, denn selbst die Zuverlässigsten verließen ihn. Mit der Handvoll Männer, die noch bei ihm blieben – und morgen vielleicht auch desertierten –, war es nicht möglich, die Lage wieder unter Kontrolle zu bekommen.

Der Kaw-djer kehrte nach Liberia zurück. Der Goldrausch, der sich wie ein verheerender Sturzbach über die Insel ergossen hatte, war nicht mehr einzudämmen. Man konnte nur noch warten, bis sich seine Kraft erschöpfte.

Einen Augenblick lang schien es besser zu werden. Gegen Mitte Dezember, vierzehn Tage nach der Rückkehr des Kaw-djer, trafen einige Liberianer wieder in der Hauptstadt ein. Und in den folgenden Tagen kamen noch ein paar – und alle nahmen mit hängenden Ohren ihre altgewohnte Beschäftigung wieder auf.

Zwei Gründe gab es für ihre Umkehr. Erstens war das Goldschürfen und -waschen doch nicht so ganz einfach, wie man sich's vorgestellt hatte. Das Gestein mit dem Pickel loshacken oder von morgens bis abends Sand schlämmen – das ist eine mühselige Arbeit; man erträgt sie überhaupt nur in der ständigen Hoffnung auf einen plötzlichen reichen Fund.

Ausgezogen war man im Glauben, man müsse einfach einen Stein kaputtschlagen und sich dann bücken und die Goldkörner aufsammeln. Und jetzt sah man, daß einer von hundert das Glück gehabt hatte, auf eine ›Tasche‹ zu stoßen, und die neunundneunzig um ihn herum sowie viele tausend andre Schürfer in aller Welt härter arbeiten mußten und weniger verdienten als in jedem vernünftigen – also auch in ihrem eigenen früheren – Beruf.

Man war auf die Parolen hereingefallen, welche von märchenhaften Reichtümern erzählt hatten, die im Schlamm von Golden Creek liegen sollten.

Nun mußte man die Hoffnungen begraben und die Erwartungen beinahe auf ein Nichts herunterschrauben. Daß es auf dieser Insel Gold gab, war nicht zu bestreiten. Nur konnte man es nicht mit der Schaufel auf den Karren laden, wie man sich das so schön ausgemalt hatte. Und deshalb gaben einige Siedler auf, und es waren meist diejenigen, die als erste den Pickel zur Hand genommen und sich die Waschpfanne über die Schulter gehängt hatten.

Inzwischen war aber in Liberia der industrielle und landwirtschaftliche Stillstand nicht ohne Folgen geblieben. Natürlich konnte man noch alles kaufen. Aber die Preise – selbst für Lebensmittel und Gebrauchsgegenstände – waren bereits enorm gestiegen. Und nur die wenigen, die in Golden Creek Erfolg hatten, spürten das nicht. Alle anderen traf die allgemeine Verteuerung um so empfindlicher, als sie wochenlang nichts verdient und dafür nur ein paar Gramm Goldstaub in ihr Sacktuch geknotet hatten.

Im übrigen fiel die Rückwanderung kaum ins Gewicht; sie blieb auf wenige beschränkt.

Für den Kaw-djer bedeutete dieses kurze Zwischenspiel weder eine Enttäuschung noch eine Illusion. Er glaubte nicht an ein Abklingen der Krise – im Gegenteil. Mit scharfem Blick sah er schon voraus in die nächste Zukunft, und sie schien ihm noch weit düsterer als die Gegenwart.

Bis jetzt hatte man es nur mit Hosteliern zu tun; aber das würde nicht mehr lange so bleiben. Jeden Tag mußte man mit der furchtbaren Invasion fremder Goldgräber rechnen. Und in dem Gebiet, über das diese gefräßigsten aller Heuschrecken herfielen, blieb nach ihrem Abzug kein grüner Halm stehen.

Am 17. Januar war es so weit. Die erste Bande traf in Neudorf ein. Ein Steamer setzte ungefähr zweihundert Männer ab – Männer mit brutalen, zu allem wild entschlossenen Gesichtern. Jedem stak ein großes Messer im Gurt, und die Hosentasche war aufgebauscht vom Kolben eines Revolvers. Auf der Schulter trugen sie den abgewetzten Pickel und ihren Sack mit dreckiger Wäsche, an

der linken Hüfte klapperten eine Feldflasche, eine Pfanne und eine Schüssel.

Der Kaw-djer sah traurig zu, wie sie an Land stiegen. Er wußte: Diese zweihundert waren das erste Glied der Kette, mit welcher die Insel Hoste erdrosselt werden sollte.

Von diesem Tag an kamen in immer kürzer werdenden Abständen immer mehr Goldsucher. Da sie an Formalitäten gewöhnt waren, gingen sie vom Kai aus direkt zum Regierungsgebäude und erkundigten sich über die Lizenzbedingungen. Sie fanden sie unglaublich und unannehmbar und trieben sich zunächst einige Tage in der Stadt herum. Natürlich fiel ihnen gleich auf, daß diese Stadt so gut wie ausgestorben war, und bald wußten sie alles: daß sich die Hostelier selbst nicht um die Gesetze kümmerten und daß die Verwaltung dieser Situation ohnmächtig gegenüberstand.

Was den Hosteliern recht war, konnte ihnen billig sein, und so machten sie auch keine weiteren Umstände mehr, warfen sich den Pickel über die Schulter, gingen in die Berge und suchten sich ihr *Claim*.

Der Winter stand vor der Tür, und mit dem Augenblick, da die Schürfarbeiten eingestellt werden mußten, versiegte auch der Strom der Zuwanderer. Am 24. März verließ das letzte Schiff Neudorf, nachdem es seine Ladung Goldgräber abgesetzt hatte. Über zweitausend waren es inzwischen, die den Boden der Insel durchwühlten.

Dieses letzte Schiff trug übrigens ein Dekret an Bord, das der Gouverneur in großer Auflage hatte drucken lassen. Es richtete sich an alle Staaten der Welt und verkündete, daß die Insel Hoste übervölkert und die Landung eines jeden weiteren Ausländers untersagt sei und notfalls mit Waffengewalt verhindert würde.

Konnte diese Maßnahme wirksam werden? Die Zukunft mußte den Beweis erbringen, doch selbst der Kaw-djer glaubte nicht mehr daran. Für eine bestimmte Sorte von Leuten ist das Gold ein so starker Magnet, daß sie sich von keiner Macht und keinem Risiko zurückhalten lassen.

Und das Unglück war ja auch bereits geschehen: Die Revolte der Hostelier, ihre Auflehnung gegen jede Disziplin, das unvermeidliche Elend, das sie erwartete, und schließlich die Invasion einer Armee von Galgenvögeln – da gab es nichts mehr zu hoffen.

Und unternehmen konnte man auch nichts. Nur noch warten – auf bessere Zeiten, wenn es jemals wieder dazu kommen sollte.

Halg, Karroly, Hartlepool, Harry und Edward Rhodes, Dick, Germain Rivière und noch etwa dreißig andere standen allein gegen alle – auf verlorenem Posten. Ohnmächtig mußten der Kaw-djer und seine letzten Freunde zusehen, wie ein großes Werk der sicheren Zerstörung anheimfiel.

ZWÖLFTES KAPITEL

DIE PLÜNDERUNG DER INSEL

Dies war der erste Akt, dem wie in jedem gut gebauten Drama noch zwei weitere folgen sollten. Die Pausen zwischen den Akten waren die beiden Winter.

Die traurigen Ereignisse des letzten Sommers hatten natürlich Rückwirkungen auf das bisher angenehme Leben der Hostelier. Manche blieben verschwunden. Was war aus ihnen geworden? Niemand wußte es. Aber alles ließ darauf schließen, daß sie irgendeiner Rauferei oder einem Unfall zum Opfer gefallen waren. Es gab mehrere Familien, die um einen Vater, Sohn, Bruder oder Gatten trauerten oder immer noch vergebens auf ihn warteten.

Der allgemeine Wohlstand unter der Bevölkerung war natürlich stark zurückgegangen. Es fehlte zwar noch nicht an den zum Leben unumgänglich notwendigen Dingen, aber alles kostete inzwischen das Drei- oder Vierfache.

Am meisten hatten darunter natürlich die Lohnempfänger und deren Familien zu leiden. Ein Arbeitsbeschaffungsprogramm des Kaw-djer war nicht sehr erfolgreich, denn die private Geschäftstätigkeit kam ebenso wie der Handel fast völlig zum Erliegen, und niemand traute sich mehr, etwas zu unternehmen oder gar zu investieren. Auch die öffentlichen Arbeiten konnten nur in bescheidenem Umfang fortgesetzt werden – die Staatskasse war leer. Eine paradoxe Folge der Entdeckung: Seit man das Gold fand, fehlte das Geld.

Wo hätte es auch herkommen sollen? Nur wenige Hostelier waren anständig genug gewesen, ihre Konzessionen legal zu erwerben und zu bezahlen. Aber auch von ihnen hatte kein einziger die gesetzlich geforderten fünfundzwanzig Prozent seiner Schürfgewinne an den Staat abgeführt. Die wachsende Arbeitslosigkeit hatte auch die Steuerquellen verstopft, so daß der Kaw-djer mit dem Rest seines Privatvermögens die notwendigsten Ausgaben – für Polizei, Schulen und so weiter – bestritt.

Aber auch seine persönlichen Rücklagen waren bald erschöpft. Er hatte sie im Lauf des Sommers schon zu stark anzapfen müssen, damit die Arbeiten auf Kap Hoorn fortgesetzt werden konnten. Denn auch unter den dort beschäftigten Arbeitern war das Goldfieber ausgebrochen, und trotz günstigster Bedingungen und Sonderprämien hatten es viele Maurer und Zimmerleute vorgezogen, nach Golden Creek davonzulaufen. Dadurch kamen sämtliche Fertigungstermine durcheinander, und das ganze Projekt erlitt einen empfindlichen Rückschlag. Im April 1892, acht

Monate nach dem ersten Spatenstich, war man erst wenige Meter überm Fundament, und nach der ursprünglichen Planung hätte zu diesem Zeitpunkt der Leuchtturm bereits im Rohbau stehen müssen.

Zu den rund zwanzig Hosteliern, denen die Goldwäscherei etwas eingebracht hatte, gehörte Kennedy, der ehemalige Matrose der *Jonathan*. Er schien durch eine besonders fündige ›Tasche‹ – oder durch einen besonders glücklichen Pickelschlag – wirklich reich geworden zu sein. Zumindest führte er sich großspurig genug auf, um jeden Zweifel auszuschließen.

Wieviel besaß er? Kein Mensch wußte es – vielleicht nicht einmal er selber, denn es ist fraglich, ob er überhaupt so weit zählen konnte. Es mußte aber, gemessen an seinen Ausgaben, sehr viel sein. Denn er warf mit Gold nur so um sich. Nicht mit gemünzten Goldstücken, die ja überall einen festgesetzten Wert haben, sondern mit den Rohmetallblättchen und -körnchen, von denen er immer die Hosentaschen voll hatte.

Sein Benehmen war ebenso lächerlich wie aufreizend. Er hielt Reden wie ehedem Beauval, spielte den Milliardär und verkündete jedem, der es hören oder auch nicht hören wollte, daß er beabsichtige, nächstens in eine Stadt zu ziehen, die ihm einen seinem Niveau und Vermögen entsprechenden Lebensstandard bieten könne.

So wenig wie den Umfang seines Vermögens

kannte man dessen Herkunft. Niemand hatte die geringste Ahnung, wo das *Claim* lag, in dem der Bursche sein Gold gefördert haben wollte. Versuchte man ihn darüber auszufragen, so machte er nur sehr geheimnisvolle und völlig unsinnige Andeutungen und brach dann die Unterhaltung ab. Man hatte ihn zwar im Sommer oft und an vielen Stellen gesehen, aber nie bei der Arbeit, sondern immer nur – die Hände in den Taschen – herumstrolchend.

Manche erinnerten sich an ihn deshalb so gut, weil sein Auftauchen zeitlich mit einem großen Unglück zusammengefallen war, das sie betroffen hatte. Wenige Stunden oder Tage nach Kennedys Erscheinen war ihnen nämlich ihr ganzes Gold – bei einigen wirklich schon ein Vermögen – gestohlen worden.

Den Schuldigen hatte man zwar nie entdeckt; aber den Bestohlenen fiel das regelmäßige Zusammentreffen des Diebstahls mit der zufälligen Anwesenheit des Matrosen in der Gegend des Tatorts allmählich auf. Doch das war ein Verdacht, der sich auf keinerlei weitere Indizien oder gar konkretes Beweismaterial stützen konnte.

Und Kennedy war der letzte, der sich darüber Sorgen gemacht hätte. Er sonnte sich in der Bewunderung des dummen Volkes, das es in Liberia wie überall auf der Welt gab und das ihn als einen Krösus vergötterte und feierte und seinem primitiven Geschwätz Beifall klatschte. Obwohl jeder wußte, daß er ein krimineller Vagabund war, fanden viele sein Auftreten sehr imposant, und die Zahl seiner Jünger wuchs von Tag zu Tag.

Der Kaw-djer konnte das nicht mehr dulden und beschloß, mit diesem Unfug Schluß zu machen. Denn Kennedy und seinesgleichen fingen an, die staatliche Ordnung offensichtlich zu provozieren. Bisher hatte man das hinnehmen müssen, aber jetzt war die Lage etwas besser geworden, und man konnte durchgreifen.

Die Siedler waren inzwischen fast alle wieder zurück und dem Kaw-djer dankbar, daß er ihnen im Rahmen seiner bescheidener gewordenen Möglichkeiten zu Arbeit und Brot verhalf. Viele, die keinen Pfennig in der Tasche hatten, meldeten sich sofort zum Dienst in der neu gegründeten Miliz, wo sie wenigstens ihr regelmäßiges Essen und die Familie eine kleine Unterstützung bekamen. Die Disziplin dieser Truppe war im Augenblick also sehr gut.

An einem Morgen drang die Polizei überraschend in all die Häuser ein, deren Bewohner ihren Reichtum besonders deutlich zur Schau getragen hatten. Diese Razzia wurde unter dem Kommando von Hartlepool als regelrechte Haussuchung durchgeführt. Von dem Gold, das man fand, beschlagnahmte Hartlepool unerbittlich die fünfundzwanzig Prozent, die der Eigentümer dem Staat unterschlagen hatte, und vom übrigen zog man die zweihundert Pesos oder argentinischen

Piaster ab, die für die Konzession festgesetzt worden waren.

Kennedy hatte den dicken Mann nicht nur gespielt – bei ihm machte man tatsächlich die reichste Beute. Der Wert des Goldes, das man entdeckte, entsprach hundertfünfundsiebzigtausend Franken in französischer Währung.

Aber bei ihm stieß man auch auf den stärksten Widerstand. Während man seine Wohnung durchsuchte, mußten ihn zwei Polizisten festhalten. Er schäumte vor Wut.

»Saubande!« schrie er.

»Sprich dich nur aus, alter Junge«, meinte Hartlepool und ließ sich in seiner Beschäftigung nicht weiter stören.

»Das werdet ihr mir bezahlen!« drohte Kennedy, den die Ruhe seines ehemaligen Vorgesetzten immer mehr aufregte.

»Im Augenblick bist du es, der bezahlt, oder stimmt's nicht?«

»Warte nur, wir sehen uns mal wieder!«

»Wann du willst! Ich lege allerdings keinen großen Wert darauf!«

»Du – Räuber!« heulte Kennedy.

»Irrtum, mein Lieber!« erwiderte Hartlepool in bester Laune. »Der Beweis dafür ist, daß ich dir von deinen dreiundfünfzig Kilo Gold nur genau dreizehn Kilo und zweihundertfünfzig Gramm wegnehme – also ein Viertel – und dann natürlich noch den Gegenwert der zweihundert Piaster für die Konzession! Selbstverständlich kannst du dir –«

»Schuft!«

»– für nächsten Sommer eine neue Konzession kaufen!«

»Aasgeier!«

»Du brauchst uns nur zu sagen, wo dein *Claim* liegt!«

»Hund!«

»Oder kannst du das vielleicht gar nicht, weil du es selber nicht weißt?« Hartlepool hatte das Gold geteilt, den Staatsanteil eingesteckt und ging mit seinen Leuten ins nächste Haus.

Insgesamt brachte diese Razzia dem hostelischen Staatshaushalt fast siebenunddreißig Kilo Gold ein, was einem Wert von ungefähr hundertzweiundzwanzigtausend französischen Franken entsprach. Dafür konnten jetzt endlich reguläre Konzessionen ausgestellt werden – außer an Kennedy. Er kam nicht in den Genuß dieses Privilegs, da er sich hartnäckig weigerte, die Lage des *Claims* bekanntzugeben, das sich für ihn als eine so reiche Fundgrube erwiesen hatte.

Das auf die Weise der Staatskasse zugeflossene Gold wurde im Regierungsgebäude sicher deponiert. Sobald im Frühjahr die Schiffahrtswege wieder frei waren, würde man es in gängige Währungen wechseln. Fürs erste gab der Kaw-djer das Ergebnis der Durchsuchungen bekannt und ließ eine dem Goldwert entsprechende Summe Papiergeld drucken und in Umlauf bringen. Die Bevölkerung hatte Vertrauen zu diesem Geld, und der Kaw-djer konnte jetzt manche Schwierigkeiten beheben.

Der Winter ging zu Ende, es wurde Frühling. Und damit öffnete sich der Vorhang zum zweiten Akt des Dramas. Wie im letzten Jahr entvölkerte sich Liberia – offenbar hatte man nichts gelernt oder schon wieder alles vergessen. Beinahe noch verrückter stürzten sie sich auf die Goldfelder; man mußte an ruinierte Spieler denken, die ihren letzten Groschen einsetzen in der unsinnigen Hoffnung, alles Verlorene wiederzugewinnen.

Kennedy war einer der ersten, die nicht mehr gesehen wurden. Nachdem er das Gold, das ihm verblieben war, gut versteckt hatte, verschwand er bei Nacht und Nebel. Zweifellos suchte er wieder das geheimnisvolle *Claim* auf, dessen Lage er um keinen Preis verraten wollte. Einige hatten ihm folgen wollen; durch seinen überstürzten Aufbruch durchkreuzte er ihren Plan.

Sogar die Miliz, die sich während der Wintermonate als eine treu ergebene und zuverlässige Garde erwiesen hatte, schmolz wieder mit dem letzten Schnee dahin. Wie im vergangenen Jahr stand der Kaw-djer bald mit wenigen Freunden allein und mußte tatenlos und hilflos alles mitansehen.

Die Szenen folgten einander diesmal schneller als im ersten Akt. Knappe acht Tage nach ihrem

Aufbruch kamen die ersten Hostelier schon wieder zurück, und ihnen folgten immer mehr, so daß nach kurzer Zeit die Miliz erneut aufgestellt werden konnte. Die Männer nahmen schweigend ihre alten Posten ein, und der Kaw-djer machte keinem von ihnen auch nur den leisesten Vorwurf. Strenge war im Augenblick nicht angebracht.

Alle Auskünfte vom Innern der Insel stimmten darin überein, daß sich auch dort die Lage etwas besserte und beruhigte. Die Bauernhäuser füllten sich also ebenso wie die Fabriken und Kontore. Man konnte von einer allgemein rückläufigen Bewegung sprechen.

Das war vor allem dem Umstand zu verdanken, daß die einheimischen Goldsucher in diesem Jahr eine völlig veränderte Situation vorfanden. Im vergangenen Sommer waren sie unter sich gewesen, unter Hosteliern. Inzwischen waren die Fremden eingedrungen, und mit ihnen mußte man leben.

Und was für Fremde das waren! Der Abschaum der Menschheit! Vertierte Kreaturen, die auf der nackten Erde schliefen, Schmerzen nicht mehr spürten und den Tod auslachten. Erbarmungslos gegen sich und gegen die anderen. Ein *Claim* gehörte dem, der aus der Prügelei als Sieger hervorgegangen war, die Stärksten hatten die besten Plätze und kontrollierten ihre Umgebung. Die meisten Hostelier hatten bald eingesehen, daß sie bei dieser Art des Existenzkampfes, der an die Steinzeit erinnerte, nicht mithalten konnten.

Es war höchste Zeit, etwas zu unternehmen. Die Invasion hatte bereits wieder eingesetzt – in weit umfangreicherem Maß als letzten Sommer. Jede Woche luden zwei oder drei Steamer ihre Fracht von fremden Schürfern aus. Der Kaw-djer hatte vergeblich versucht, die Ausschiffung zu unterbinden. Man kümmerte sich nicht um ein Gesetz, hinter dem keine Macht stand, und ging einfach an Land. Täglich randalierten neue Banden in Liberia herum, bevor sie sich zu den fündigen Gebieten aufmachten.

Die mit Goldgräbern beladenen Schiffe waren fast noch die einzigen, die den Hafen von Neudorf anliefen. Kein Wunder – für die anderen gab es nichts mehr zu löschen und nichts mehr zu laden. Die Geschäfte waren am Rand des Bankrotts, die Holzlager leer, die Fabriken geschlossen. Und der Ausfuhr von Vieh, Getreide und Konserven widersetzte sich der Kaw-djer mit aller Energie, denn das waren die einzigen Reserven, um die Hungersnot abzuwenden, mit der man spätestens im kommenden Winter rechnen mußte.

Nachdem der Kaw-djer seine Miliz wieder auf eine Stärke von zweihundert Mann gebracht hatte, konnte er sich endlich gegen neue Landungsversuche zur Wehr setzen. Mit aufgepflanzten Bajonetten erwartete man die Boote, und jetzt auf einmal wurden sämtliche Erlasse respektiert. Die

Kapitäne baten um Landeerlaubnis, erhielten sie nicht und dampften mit ihrer unerwünschten Fracht wieder der offenen See zu.

Doch sehr bald stellte sich heraus, daß dieser Rückzug ein Täuschungsmanöver gewesen war. Man wich der Gewalt, fuhr die östliche oder westliche Seite der Insel hinauf und ruderte die Goldgräber in irgendeiner kleinen Bucht an Land. Patrouillen, die der Kaw-djer zur Bewachung der Küste eingesetzt hatte, standen an solchen Stellen einer Übermacht gegenüber. Wer also auf die Insel wollte, konnte nicht daran gehindert werden, und so schwoll der Strom der Zuwanderer immer noch mehr an.

Rings um Golden Creek und auch schon in anderen, kleineren Goldlagern herrschten entsetzliche Zustände. Dort war schreiender Jahrmarktbetrieb, und jede Nacht kam es zu wilden Orgien, die meist in Messerstechereien, oft sogar in regelrechte Revolverschlachten ausarteten. So wie ein Kadaver die Hyänen und Aasgeier anlockt, hatten die Goldgräber des Vorjahres inzwischen ein Volk angezogen, das noch verkommener war als sie selber.

Diese zweite Welle von Einwanderern dachte schon gar nicht mehr daran, sich mit der Suche nach Gold abzuplagen. Ihre *Claims* waren die Goldgräber selbst, die man unendlich viel müheloser ausbeuten konnte als die Felsen und den Schlamm.

Überall auf der Insel – ausgenommen Liberia, wo man es in unmittelbarer Nachbarschaft des Kaw-djer nicht gewagt hätte – schossen Bars und Spelunken aus dem Boden. Aus Brettern errichtete man auf freiem Feld sogenannte *Music-halls*, wo schrecklich ordinäre Weiber mit heiseren Stimmen ihre zotigen Witze und Songs zum besten gaben. Und natürlich floß der Alkohol in Strömen.

Trotz all dieser Sorgen bewahrte der Kaw-djer seinen Mut und seine Ruhe. Er blieb in Liberia auf seinem Posten. Denn er wußte, daß er der Mittelpunkt war, um den man sich sammeln würde, wenn nach dieser Katastrophe wieder aufgebaut werden mußte.

Im Augenblick kam es ihm darauf an, sich das Vertrauen der Hostelier zu erhalten, die langsam, aber sicher zur Vernunft zu kommen schienen. Deshalb stellte er sich taub gegen die chaotischen Nachrichten aus dem Landesinnern und blind gegen das Versagen seiner Landsleute. Als sei alles in bester Ordnung, übte er gelassen sein Amt als Gouverneur aus.

Vor allem den Bau des Leuchtturms, der ihm so sehr am Herzen lag, hatte er keine Stunde vernachlässigt. Auf seine Veranlassung unternahm Dick im Lauf des Sommers eine Inspektionsreise nach der Insel Hoorn. Denn dort waren die Arbeiten, obwohl man natürlich längst keine Fertigungstermine mehr einhalten konnte, nie ganz zum Stillstand gekommen. Bis zum Ende des Sommers hoffte man, den Rohbau vollendet zu haben und die Motoren einbauen zu können. Die Montagen würden dann noch einen Monat in Anspruch nehmen.

Gegen den 15. Dezember war die Hälfte der

Hostelier an ihre Arbeitsplätze und auf ihre Güter zurückgekehrt, während der Hexensabbat im Innern der Insel sich noch steigerte.

Um diese Zeit erhielt der Kaw-djer einen unerwarteten Besuch, der sich sehr günstig auswirken sollte. Zwei Männer, ein Engländer und ein Franzose, waren mit dem gleichen Schiff angekommen und meldeten sich gemeinsam im Regierungsgebäude. Der Kaw-djer ließ sie sofort vor, und die beiden nannten ihre Namen. Der Franzose hieß Maurice Reynaud, der Engländer Alexander Smith.

Sie erklärten ihm ohne Umschweife, sie wollten sich um eine Konzession bewerben. Der Kaw-djer lächelte traurig:

»Messieurs, gestatten Sie mir eine Frage«, sagte er: »Sind Sie auf dem laufenden, was auf der Insel Hoste im Augenblick für Zustände herrschen?«

»Ja«, antwortete der Franzose.

»Trotzdem möchten wir unser Schürfrecht auf legale Weise erwerben«, ergänzte der Engländer.

Der Kaw-djer schaute seine beiden Gäste aufmerksamer an. Sie waren verschiedener Rasse und hatten doch etwas Gemeinsames: Sie waren intelligente, vitale, gesunde junge Männer, kaum dreißig Jahre alt. Breite Schultern, frische Gesichtsfarbe, energisch vorspringendes Kinn und ein freier, ehrlicher, mutiger Blick.

Zum erstenmal hatte der Kaw-djer Goldgräber vor sich, die ihm sympathisch waren.

»Aha, Sie wissen das also«, sagte er. »Aber Sie sind doch vorhin erst angekommen?«

»Genauer gesagt, wir sind zurückgekommen«, erklärte Maurice Reynaud. »Wir waren schon letzten Sommer für einige Tage hier. Wir haben Schürfproben entnommen und uns die Stelle ausgesucht, die wir gerne abbauen möchten.«

»Sie beide?«

»Ja, wir beide«, bestätigte Alexander Smith.

Mit aufrichtigem Bedauern mußte der Kaw-djer ablehnen:

»Wenn Sie schon über alles so gut informiert sind, müßten Sie eigentlich wissen, daß ich Ihnen leider nicht helfen kann. Das Gesetz, das Sie respektieren wollen, schließt alle Fremden vom Schürfrecht aus. Konzessionen dürfen grundsätzlich nur an Hostelier vergeben werden.«

»Konzessionen für *Claims* – ja!« wandte Maurice Reynaud ein.

»Wie meinen Sie das?« fragte der Kaw-djer.

»Wir wollen ein Bergwerk bauen«, erklärte Alexander Smith. »Und von Konzessionen für Bergwerke ist in Ihrem Gesetz nicht die Rede.«

»Das stimmt«, räumte der Kaw-djer ein. »Aber ein Bergwerk ist doch ein Unternehmen, das beträchtliche Kapitalien erfordert!«

»Die besitzen wir«, versicherte Alexander Smith. »Wir sind nur über Winter nach Hause gefahren, um sie uns zu beschaffen.«

Maurice Reynaud erklärte es genauer: »Wir

vertreten hier die *Franco-English Gold Mining Company.* Mein Freund Smith ist der Chefingenieur, ich der leitende Direktor. Unsere Gesellschaft wurde am 10. September letzten Jahres in London gegründet. Wir verfügen über ein Kapital von vierzigtausend Pfund Sterling, von dem wir die eine Hälfte für den Ausbau der Mine und die andere als Betriebsrücklage vorgesehen haben. Sobald wir – wie ich sehr hoffe – über die Konzessionen und die Bedingungen einig sind, wird der Steamer, der uns gebracht hat, die Bestellungen mitnehmen. In acht Tagen können wir mit den Vorarbeiten beginnen, in einem Monat haben wir die ersten Maschinen, und nächstes Jahr wird das Bergwerk voll in Betrieb sein.«

Der Kaw-djer war an diesem Angebot sehr interessiert. Trotzdem mußte man alle Gründe dafür und dagegen sorgfältig abwägen.

Die beiden jungen Leute gefielen ihm. Ihr entschlossenes Auftreten und ihr unverblümtes Angebot machten auf ihn den besten Eindruck. Andrerseits barg eine solche Genehmigung gewisse Risiken für die Zukunft. Frankreich und England waren Großmächte, und die Anwesenheit einer französisch-englischen Gesellschaft auf hostelischem Staatsgebiet konnte leicht irgendwann zu internationalen Verwicklungen führen. Es mußte nur zu einer tatsächlichen oder scheinbaren Krise kommen, und schon konnte eine der beiden Großmächte unter dem Vorwand, ihre Landsleute schützen zu müssen, intervenieren. Und dann wäre es möglicherweise vorbei mit der Unabhängigkeit.

Trotz dieser Bedenken entschied sich der Kawdjer für eine positive Antwort. Der Vorschlag war zu seriös, als daß man ihn ablehnen konnte – zumal in der gegenwärtigen Situation. Vielleicht gelang es sogar, durch dieses Projekt dem Spuk, der sich über die ganze Insel verbreitet hatte, ein Ende zu machen. Möglicherweise würde ein Bergwerk die wenigen tüchtigen und vernünftigen Goldsucher absorbieren und dem ganzen Rest die Sinnlosigkeit seiner Bemühungen vor Augen führen. In jedem Fall war ein Bergwerk leicht unter Kontrolle zu halten. Und man durfte sogar die Möglichkeit nicht ausschließen, daß man im Lauf der Zeit alle Goldlager verschiedenen Gesellschaften unterstellen konnte.

»Ich bin grundsätzlich einverstanden«, sagte er. »Nachdem es sich aber um Arbeiten unter Tag handelt, sollte man die für *Claims* geltenden Konzessionsbedingungen ändern.«

»Inwiefern?« fragte Maurice Reynaud.

»Wir müssen den Preis pro Hektar festsetzen.«

»Wenn Sie meinen –«

»Ich denke an hundert argentinische Piaster.«

»Einverstanden.«

»Wieviel Land brauchen Sie?«

»Hundert Hektar.«

»Das wären also zehntausend Piaster.«

»Bitte sehr!« Maurice Reynaud stellte den Scheck aus.

»Da Ihre Kosten bei einem Abbau unter Tag bedeutend höher liegen, bin ich gern bereit, unsern Anteil an Ihrer Förderung zu senken. Ich schlage zwanzig Prozent vor statt der üblichen fünfundzwanzig.«

»Nehmen wir gerne an!«

»Dann sind wir uns also einig?«

»In allen Punkten!«

»Ich sehe es als meine Pflicht an, Sie noch zu warnen«, fügte der Kaw-djer hinzu. »Der hostelische Staat ist vorerst nicht in der Lage, Ihnen die freie Verfügung über Ihr Gelände zu garantieren und den Schutz Ihrer Arbeiter und Angestellten zu übernehmen.«

Die beiden jungen Leute waren zuversichtlich.

»Wir werden unsere Interessen zu verteidigen wissen«, lächelte Maurice Reynaud.

Nachdem der Vertrag unterzeichnet war, wurde den beiden jungen Fremden die Konzession ausgehändigt, und sie verabschiedeten sich. Drei Stunden später hatten sie Liberia verlassen und waren auf dem Weg zu den westlichen Ausläufern der zentralen Bergkette, die Hoste in zwei Hälften teilt.

Das Chaos im Innern der Insel nahm im Lauf des Sommers noch zu. Maßlose Übertreibungen schürten fortlaufend die Phantasie der Alten und der Neuen Welt. Bald hielt man Hoste für eine einzige riesige Tasche, für eine Insel aus purem Gold. Neue Schürfer kamen in hellen Scharen – ganze Kompanien ließen sich Tag und Nacht in den kleinen Buchten absetzen. Nach zuverlässigen Informationen schätzte der Kaw-djer Ende Januar die Zahl der fremden, auf wenige Schwerpunkte zusammengedrängten Schürfer auf mindestens zwanzigtausend.

Eines Tages würden sie einander auffressen! Man konnte sich überhaupt nicht vorstellen, was geschehen sollte, wenn über diese Verbrecherbande, die sich jetzt schon um den Besitz eines jeden *Claim* zerfleischte, der große allgemeine Hunger hereinbrechen würde.

Aber schlimmer als in diesen Tagen konnte es eigentlich gar nicht mehr werden. Mord und Totschlag standen auf der Tagesordnung, und schon mehrere Hostelier waren den brutalen Ausschreitungen zum Opfer gefallen.

Zu Anfang hatte der Kaw-djer versucht, durch persönliches Dazwischentreten solche Vorfälle zu verhindern. Aber sein mutiger Einsatz war vergeblich gewesen. Man drängte und stieß ihn zurück, und er mußte froh sein, daß die Verbrecher ihre Drohungen, auch ihn über den Haufen zu schießen, nicht auf der Stelle wahrmachten.

Dieser Schlichtungsversuch hatte allerdings Folgen, mit denen er nicht rechnen konnte.

Die bunt zusammengewürfelte Menge der Goldgräber umfaßte nicht nur Menschen aller

Rassen, sondern auch aller sozialen Schichten. Und wenn sie inzwischen auch auf das gleiche – niedrigste – Niveau gesunken waren, so kamen sie doch aus sehr unterschiedlichen Häusern. Die meisten waren in der Gosse oder in den Slums der Großstädte aufgewachsen als Kinder von Banditen, die sich ständig auf der Flucht vor der Polizei befanden. Einige jedoch hatten Familien der sogenannten Gesellschaft angehört, und mehr als einer war darunter, der einen bekannten Namen getragen und ein beträchtliches Vermögen besessen hatte, bevor ihn Ausschweifungen und Alkohol ruinierten.

Ein paar von diesen heruntergekommenen Subjekten – man wußte nie, welche – erkannten den Kaw-djer, so wie ihn seinerzeit der Kapitän der *Ribarto* erkannt hatte. Aber im Gegensatz zu diesem, der nur nach einer Fotografie urteilen konnte, waren sie sich ihrer Sache ganz sicher. Sie hatten nämlich den Kaw-djer seinerzeit persönlich gesehen, und wie lange das auch her sein mochte, sie täuschten sich nicht. Denn der Kaw-djer war damals ein so prominenter Mann gewesen, daß sich jeder dessen Züge genau eingeprägt hatte.

So gingen sein Name und sein Titel bald von Mund zu Mund, und es war schon der richtige Name und ein berühmter Titel.

Als Kronprinz der regierenden Dynastie eines mächtigen Reiches im Norden war der Kaw-djer auf den Stufen eines Thrones aufgewachsen. Aber wie es die Ironie des Schicksals manchmal will, hatte die Natur diesem Cäsarensprößling die Veranlagung eines anarchistischen Savonarola mitgegeben.

Sobald er die Kinderschuhe ausgezogen hatte, machte ihn seine privilegierte Stellung nicht mehr glücklich, sondern sie ließ ihn verzweifeln. Er konnte all das Elend ringsum nicht mehr mitansehen. Zuerst wollte er einfach helfen, dann Reformen durchführen. Aber er mußte bald erkennen, daß ein einzelner, so reich und so mächtig er auch sein mag, im Lauf seines kurzen Lebens nicht einmal den hundertmillionsten Teil der menschlichen Not auf dieser Welt zu beheben oder auch nur zu lindern in der Lage ist.

Um seine Ohnmacht zu vergessen, warf er sich auf die Wissenschaften, so wie andere sich vielleicht ins Vergnügen gestürzt hätten. Er machte sich einen Namen als Arzt, Ingenieur und Soziologe. Aber auch damit konnte er sich nur vorübergehend ablenken, und immer wieder versuchte er, wenigstens im Bereich privater Möglichkeiten seine Ideale zu verwirklichen. Es wurde jedesmal eine einzige große Enttäuschung und endete damit, daß er nach und nach sein klares Urteilsvermögen verlor. Er fing an, Ursachen und Wirkungen zu verwechseln, und begriff nicht mehr, daß der einzelne schon immer das hilflose Opfer der unerbittlichen Masse war, gegen die er sich nur behaupten konnte, wenn er ihr zu seinem eigenen Schutz gewisse allgemeinverbindliche Rechte abtrat. Statt dessen machte der Kaw-djer eben diese Rechte – beziehungsweise deren Mängel – für alles Unglück verantwortlich. Er verbohrte sich in einen abgrundtiefen Haß gegen alle gesetzlichen Institutionen und sozialen Organisationen, weil sie seiner Meinung nach das Übel legalisierten und damit verewigten.

Schließlich konnte er sich auch selber keiner staatlichen Ordnung mehr unterwerfen, und da blieb ihm nur noch der eine Weg – ins Exil: irgendwohin, wo es keinen Staat und keine Ordnung gab.

Ohne jemanden von seinem Entschluß in Kenntnis zu setzen, verschwand er eines Tages spurlos und gab damit seinen Rang und sein Vermögen auf. Er irrte durch die ganze Welt, bis er das Gebiet gefunden hatte, das einzige vielleicht, in dem noch völlige Unabhängigkeit herrschte. So war er in Magellanien gelandet und hatte sich sechs Jahre lang in den Dienst der ärmsten Armut gestellt, bis die Abmachung zwischen Chile und Argentinien – und wenig später der Schiffbruch der *Jonathan* – seinem Weg eine völlig neue Richtung gegeben hatten.

Es ist nicht so ungewöhnlich, daß Fürstensöhne aus gleichen oder ähnlichen Gründen, wie sie beim Kaw-djer vorlagen, verschwinden. Jeder erinnert sich der Namen einiger Prinzen, deren ungewöhnlicher Verzicht sie ebenso berühmt machte wie die

Geschicklichkeit, mit der sie ihre Spuren zu verwischen verstanden. Einige sollen Handwerker oder Geschäftsleute geworden sein und ihr Leben als einfache Bürger beschlossen haben. Andere Mitglieder des Hochadels haben dieser jämmerlichen Welt den Rücken gekehrt, sich in die Wissenschaften vergraben und großartige Werke geschaffen, die Gegenstand allgemeiner Bewunderung geworden sind. Der Kaw-djer hatte einen anderen Weg gewählt – und sicher nicht den schlechtesten.

Nur ein einziges Mal – das war kurz nach seiner Machtübernahme – hatte er sich an den erinnert, der er gewesen war.

Er kannte die gesetzlichen Bestimmungen genau genug, um zu wissen, welche Folgen sein Untertauchen gehabt hatte. Die Gesetze befassen sich in solchen Fällen weniger mit der Person als mit deren hinterlassenem Vermögen, das sie noch über einen beträchtlichen Zeitraum hinweg sorgfältig schützen. Selbst wenn man ihn also völlig vergessen hatte, war sein Besitz ohne Zweifel unangetastet geblieben und stand ihm nach wie vor zur Verfügung. Da er ihn brauchte, überwand er den Widerwillen gegen seine Identität, sagte Harry Rhodes die Wahrheit und schickte ihn mit den nötigen Vollmachten nach Europa, um Gold zu holen – Gold, das die Insel inzwischen in so beklagenswerter Fülle selbst lieferte.

Der Eindruck, den die Enthüllung des Namens

und der Herkunft des Kaw-djer auf die Goldgräberbande und auf die Hostelier machte, war diametral entgegengesetzt, wobei allerdings beide Seiten sich von den wahren Motiven und Hintergründen überhaupt keine Vorstellung machen konnten.

Die fremden Schürfer waren als alte Rabauken und Globetrotter mit zu vielen Leuten verschiedenster Bildungsschichten zusammengekommen, um soziale und gesellschaftliche Unterschiede noch zur Kenntnis zu nehmen oder gar zu respektieren. Sie haßten den Kaw-djer als ihren natürlichen Feind jetzt noch mehr: Kein Wunder, daß er für die ärmsten Teufel die unverschämtesten Gesetze erließ. Er war eben ein Aristokrat vom alten Schlag – das erklärte alles!

Die Hostelier dagegen waren stolz, von einem so bedeutenden Mann aus höchstfürstlichem Geblüt regiert zu werden. Dadurch fühlten sie sich irgendwie ein bißchen mitgeadelt, und diese kleine Eitelkeit kam wiederum der Autorität des Kaw-djer zugute.

Dieser war in heller Verzweiflung nach Liberia zurückgekehrt. Die scheußlichen Exzesse aller Art, deren Zeuge er geworden war, hatten ihn so deprimiert, daß man in seiner Umgebung allen Ernstes die Möglichkeit erwog, Hoste zu verlassen. Harry Rhodes meinte, ob man nicht als letztes Mittel versuchen solle, Chile zu einer Intervention zu veranlassen, bevor man die Insel aufgebe.

»Die chilenische Regierung wird uns nicht im Stich lassen«, sagte er. »Es liegt in ihrem Interesse, daß hier wieder alles ins rechte Geleise kommt!«

»Ein Appell ans Ausland?« Das wollte der Kaw-djer nicht!

»Wahrscheinlich würde es schon genügen«, fuhr Harry Rhodes fort, »wenn ein Kriegsschiff von Punta-Arenas vor unserer Küste kreuzt. Mehr braucht es vielleicht gar nicht, um die Bande zur Raison zu bringen!«

»Karroly soll nach Punta-Arenas« – Hartlepool führte den Gedanken weiter –, »und in spätestens vierzehn Tagen –«

»Nein!« Der Kaw-djer schnitt ihm das Wort ab. »Und wenn die hostelische Nation zugrunde geht – einem solchen Schritt werde ich nie zustimmen. Und es ist ja auch noch nicht alles verloren. Wir haben uns schon einmal selber gerettet, und mit etwas Geduld und dem nötigen Stehvermögen werden wir auch diesen Sommer hinter uns bringen.«

Das war so deutlich gesagt, daß keiner mehr zu widersprechen wagte.

Und einige Tage später zeichnete sich – geradezu als Rechtfertigung seiner unbeugsamen Energie – unter den Hosteliern eine Rückwanderung ab, die viel stärker war als die vorangegangene.

Die Situation in den Goldgebieten war aber auch wirklich unhaltbar geworden. Im Wettbewerb mit den skrupellosen Banditen, die bei jeder

Meinungsverschiedenheit als einziges Argument ihr Messer zogen, waren die Einheimischen hoffnungslos verloren. So gaben sie jetzt endgültig den Kampf auf und flüchteten wieder zu ihrem Gouverneur zurück wie Küken unter die Fittiche ihrer Henne. Und da sie nun sogar seinen wahren Namen kannten, schrieben sie ihm nahezu schrankenlose Macht zu.

Innerhalb weniger Tage hatte in Liberia und auf der ganzen Insel jeder Bürger wieder seine alte Beschäftigung aufgenommen.

Einen hätte man allerdings vergeblich unter den Rückkehrern gesucht, und das war Kennedy. Er zog es vor, bei seinesgleichen zu bleiben, zumal erneut üble Gerüchte über ihn in Umlauf gekommen waren. Genau wie im vorigen Sommer hatte man ihn weder schlämmen noch schürfen sehen, und auch diesmal war in seiner Umgebung wiederholt gestohlen worden; sogar zwei Raubmorde mußte man mit seiner Anwesenheit am Tatort unmittelbar in Zusammenhang bringen. Von diesen Indizien war es natürlich nicht mehr weit zur offenen Beschuldigung.

Leider konnte man diesen Schritt im Augenblick nicht wagen. Die Zustände im Innern der Insel waren viel zu undurchsichtig, als daß eine Untersuchung zu juristisch brauchbaren Ergebnissen geführt hätte. So mußte man es bei dem mehr als begründeten Verdacht belassen und auf die offizielle Anklage verzichten.

Der Kaw-djer war eine zu vornehme Natur, um Undankbarkeit nachzutragen. Aber selbst wenn er die Empfindung von Schadenfreude überhaupt gekannt hätte – beim Anblick der Siedler wäre nichts davon übriggeblieben. Sie kehrten völlig erschöpft und in erbarmungswürdiger Verfassung zurück.

Im engen Kontakt mit einer verkommenen Gesellschaft, die alle ansteckenden Seuchen der Welt in sich trug und alle morbiden Keime der Welt ausschwitzte und ausspuckte, dabei unter offenem Himmel kampierend und schutzlos den Sommergewittern und dem besonders schädlichen Sumpfklima ausgesetzt, waren fast alle krank. Ausgezehrt und vom Fieber geschüttelt, schleppten sie sich oft mit letzter Kraft in ihre Häuser, und einen ganzen Monat lang war der Kaw-djer mehr Arzt als Gouverneur, denn Dr. Arvidson kam mit Krankenbesuchen einfach nicht mehr nach.

Doch gerade jetzt schöpfte der Kaw-djer neue Hoffnung. Denn er hatte das Gefühl, daß diesmal sein Volk wirklich zu ihm zurückkam. Er spürte, wie es bedrückt war und zu denken anfing und sich sogar ein bißchen schämte. Und die Anstrengungen eines jeden einzelnen, seine Dummheit wiedergutzumachen, waren unverkennbar. Noch ein bißchen Geduld – und man würde stark genug sein, das Krebsgeschwür endlich zu beseitigen.

Gegen Ende des Sommers war die Insel Hoste in zwei deutlich getrennte Zonen geteilt. In der einen, größeren, lebten fünftausend Hostelier – Männer, Frauen und Kinder, die ihr alltägliches Leben wieder aufgenommen hatten und allmählich zu Ruhe und Frieden zurückfanden. Im anderen Lager drängten sich, meist auf engstem Raum, zwanzigtausend Goldgräberbanditen, die zu allem bereit waren und immer frecher wurden, weil sie keine Strafen zu fürchten hatten.

Sie kamen sogar schon gruppenweise nach Liberia und behandelten die Stadt wie erobertes Gebiet. Mit hallenden Schritten marschierten sie fluchend und lachend durch die Straßen und nahmen alles mit, was ihnen gefiel. Wenn der Besitzer protestierte, wurde er zusammengeschlagen.

Aber endlich war es doch so weit, daß der Kaw-djer sich stark genug fühlte, den Kampf aufzunehmen. Er entschloß sich, ein Exempel zu statuieren.

An einem vereinbarten und vorher geheimgehaltenen Tag wurden alle Goldgräber, die sich innerhalb der Stadt befanden, aufgegriffen und ohne alle Formalitäten auf den Steamer geschleppt, der im Hafen von Neudorf vor Anker lag und den der Kaw-djer zu diesem Zweck gechartert hatte. Die Operation wurde in den folgenden Tagen noch mehrmals wiederholt, und am 15. März konnte der Steamer mit mehr als fünfhundert unfreiwilligen Passagieren im Laderaum abdampfen.

Diese rigorose Zwangsevakuierung löste im Innern der Insel Panik und Empörung aus. Wenn

man den spärlichen und unzuverlässigen Nachrichten, die von dort durchsickerten, Glauben schenken durfte, war die Stimmung in den Goldlagern so gespannt, daß man jederzeit mit einer allgemeinen

Revolte oder einem Marsch der Banditen auf Liberia rechnen mußte.

Außerhalb der Stadt waren die Hostelier jetzt schon vogelfrei. Einzelne Verbrechen kündigten den Aufstand der Massen an. Bauernhöfe wurden geplündert, Vieh vertrieben. Zwanzig Kilometer vor Liberia waren in kurzer Folge drei Morde verübt worden. Man erfuhr, daß sich die Schürfer zusammenrotteten, Versammlungen abhielten und vor Tausenden von Zuhörern zum Kampf gegen Liberia aufriefen. Die Stadt sollte dem Erdboden gleichgemacht, die Einwohner umgebracht werden.

Und nur die wenigen Banditen, die sich noch einen Rest von Vernunft bewahrt hatten, sahen ein, daß sie gut daran getan hätten, über ein ganz anderes Problem nachzudenken: über den Hunger, der auf sie wartete. Wenn er sich erst in die Eingeweide dieser aufgeputschten Menschenmassen fraß – und das war mit unausweichlicher Sicherheit vorauszusehen –, dann mußte man wirklich auf das Schlimmste gefaßt sein.

Doch plötzlich wurde es ganz still. Über Nacht war der Winter gekommen und hatte die aufgeregten Gemüter zu Eis erstarren lassen.

Aus schwarzgrau verhangenem Himmel senkte sich der Schnee wie ein unerbittlich schweres Kissen auf die Insel Hoste – und damit fiel der Vorhang über dem zweiten Akt des Dramas.

DREIZEHNTES KAPITEL

DIES IRAE

Der letzte Sommer hatte die Produktion der Insel fast völlig zum Stillstand gebracht, und das Schlimme daran war nicht diese Tatsache an sich, sondern deren Folgen: Eine fünfmal größere Bevölkerung als vorher mußte von den nahezu erschöpften Vorräten leben.

Die Not war unbeschreiblich in diesem Winter des Jahres 1893, und während der fünf Monate, die er dauerte, vollbrachte der Kaw-djer Übermenschliches. Aber er schaffte es. Überall stand er gleichzeitig im Kampf gegen immer neue Schwierigkeiten, gegen Hunger, gegen Krankheiten.

Das war die Rache dieses großen Mannes an denen, die ihm feige davongelaufen waren. Die Liberianer spürten es wohl und bewunderten ihn um so rückhaltloser, als sie jetzt wußten, worauf er verzichtet hatte, um sich ihr Elend mitaufzuladen.

Doch bei allen Anstrengungen konnte er seine Mitbürger in Liberia nur eben vor dem völligen Verhungern bewahren. Wie mochte es im Innern der Insel zugehen, auf den Bauernhöfen? Und erst in den Goldgebieten, wo Tausende zusammengepfercht waren, von denen keiner auch nur die primitivsten Vorkehrungen getroffen hatte gegen Hunger und Kälte?

Wiedergutmachen konnten sie ihren Leichtsinn jetzt nicht mehr, dafür war es zu spät. Berge von Schnee lagen zwischen ihnen und der Küste, und sie hatten nichts als ihr bißchen Proviant. Und der mußte selbst bei vernünftiger Einteilung in wenigen Tagen erschöpft sein.

Später erfuhr man allerdings, daß es einigen doch gelang, in die Barriere von Eis und Schnee einzudringen und dabei beträchtliche Strecken zurückzulegen. Zwischen diesen kleinen Trupps und den Bauern kam es dann zu regelrechten Gefechten: Flüsse und Bäche hatte der Winter zum Versiegen gebracht, nicht aber den Strom menschlichen Blutes.

Immerhin war es nur eine verschwindende Minderheit, die den Kampf um Brot und schützende Dächer aufgenommen hatte. Wie blieben die andern am Leben? Alles, was sich später herausstellte, war, daß tatsächlich viele verhungert und erfroren waren. Und wie ihre glücklicheren Kumpane diesen Winter überstanden, wird ewig ein Rätsel bleiben.

Der Kaw-djer brauchte keine Einzelheiten, um sich das chaotische Elend im Tal von Golden Creek vorstellen zu können. Es war ihm auch völlig klar, daß sich mit den ersten Sonnenstrahlen die Verzweiflung der halbverhungerten Massen in Aggressivität verwandeln mußte. Und dann stünde bald die Gefahr unmittelbar vor der Tür: Die Lawine des Pöbels würde nach allen Seiten brennend und mordend über die Insel rollen – zuerst natürlich nach Liberia –

Und tatsächlich erfuhr man schon zwei Tage nach Eintritt der Schneeschmelze, daß die Belegschaft der *Franco-English Gold Mining Company* von einer Bande überfallen worden sei. Aber wie sie es dem Kaw-djer schon vorausgesagt hatten, wußten sich die beiden jungen Leute zu wehren. An der Spitze ihrer Arbeiter – es waren bereits mehrere hundert – hatten sie die Angreifer zurückgeschlagen und ihnen schwerste Verluste beigebracht.

Ein paar Tage später gingen Berichte von Verbrechen ein, die den nördlichen Teil der Insel betroffen hatten. Höfe waren angezündet und die Bauern totgeschlagen worden. Man mußte also etwas unternehmen, denn man konnte sich ausrechnen, daß auf die Weise in einem oder zwei Monaten die ganze Insel geplündert und verwüstet sein würde.

Die Lage auf seiten der Hostelier war sehr viel günstiger als im Vorjahr. Denn was sich in den Goldlagern abspielte, hatte auf ihr Verhalten keinen Einfluß. Diesmal waren sie gründlich kuriert. Und so hatte sich die Bevölkerung – abgesehen von etwa hundert Unverbesserlichen, die in Golden Creek geblieben und dort wahrscheinlich umgekommen waren – auch nicht mehr verringert.

Kein einziger kam auf die Idee, einen dritten Versuch zu unternehmen, nicht einmal die wenigen, die vorher Glück gehabt hatten; obwohl auch diese Minderheit inzwischen ebenso ruiniert war wie die andern. Denn das bescheidene Vermögen, das sie sich mit ihren Picken zusammengescharrt oder in ihren Pfannen zusammengewaschen hatten, war längst in Schnaps ertränkt oder im Würfelspiel verloren. So hatten alle gleichen Grund zur Klage: die einen über ihr Pech, die anderen über ihre Unfähigkeit, mit dem Glück etwas anzufangen. Und einig waren sie sich darüber, das Experiment nie zu wiederholen.

Der Kaw-djer verfügte also endlich wieder über eine brave Miliz.

Nun sind tausend disziplinierte, modern bewaffnete und gut geführte Männer eine durchaus ernst zu nehmende Truppe, und obwohl der erwartete Gegner zahlenmäßig zwanzigfach überlegen war, hatte der Kaw-djer keine Bedenken, mit diesen unorganisierten Horden von Verbrechern fertig zu werden. Man wollte noch ein paar Tage warten, bis die vom Schneewasser aufgeweichten Straßen wieder etwas fester waren; dann würde man mit wenigen, starken Kolonnen die Insel systematisch durchkämmen.

Aber die Goldgräber kamen diesem Plan zuvor. Sie waren es, die nicht mehr warten konnten und so die Tragödie auslösten, die über das Schicksal der Insel entscheiden sollte.

Am 3. November – die Straßen und Wege waren noch ein einziger Morast – kamen hostelische Bauern auf ihren Pferden angesprengt und meldeten dem Kaw-djer den Anmarsch einer Bande von etwa tausend Schürfern auf die Stadt. Noch wußte

man nicht, was sie wollten, aber ihre Haltung machte deutlich, daß sie bestimmt nicht als friedfertige Bittsteller auftreten würden.

Der Kaw-djer traf die erforderlichen Maßnahmen: Er konzentrierte die Miliz vor dem Regierungsgebäude und sperrte alle Straßen, die zu diesem Platz führten. So wartete man – Gewehr bei Fuß.

Der wilde Haufen erreichte Liberia gegen abend; stundenlang vorher hatte er sich schon durch seine heiseren Gesänge und sein böses Geschrei angekündigt. Und so glaubten die Goldgräber auch, in die überraschte Stadt einziehen zu können. Nun erlebten sie selber die Überraschung, auf eine in Gefechtsordnung stehende Garde zu stoßen, und das dämpfte ihren Schwung ganz beträchtlich. Sie blieben ratlos stehen. Statt einfach zu handeln, mußten sie jetzt wohl oder übel verhandeln.

Zuerst diskutierten sie untereinander. Dann – nach viel Krach und Geschrei – trat einer vor und rief Hartlepool zu, man wünsche den Gouverneur zu sprechen. Hartlepool schickte einen Melder zum Kaw-djer, und dieser erklärte sich bereit, zehn Wortführer der Bande anzuhören.

Die Auswahl dieser Delegation vollzog sich auch wieder unter mächtigem Radau. Endlich stellte sie sich vor der Miliz auf, und diese teilte sich zu einer schmalen Gasse, um sie durchzulassen. Hartlepool hatte einen kurzen Befehl gegeben, und seine Männer waren zur Seite getreten – altgediente Soldaten hätten die Schwenkung nicht exakter durchführen können. Die zehn Wortführer waren sichtlich beeindruckt und staunten noch mehr, wie schnell und dicht sich hinter ihnen die Reihe wieder schloß.

Der Kaw-djer stand auf dem Platz, mitten im freien Karree seiner Truppen. Während die zehn Kerle auf ihn zukamen, konnte er sie in Ruhe betrachten. Aus der Nähe war ihre Erscheinung alles andere als beruhigend: groß, breitschultrig und robust, obwohl sie der Hunger bis auf die Knochen abgenagt hatte. Die meisten waren ganz in Leder gekleidet, und der Schmutz hatte aus ihren verschiedenen Hosen und Jacken einheitlich schlammverkrustete Uniformen gemacht. Das struppige Haar und die buschigen Bärte verwandelten die Gesichter in Tierschnauzen. In den tiefen Höhlen über den Backen fieberten Wolfsaugen, und die Hände waren zu Fäusten verkrampft.

Der Kaw-djer ging ihnen keinen Schritt entgegen und schaute sie nur unbewegt an. Als sie vor ihm standen, wartete er gelassen ab, was sie ihm zu sagen hatten. Er forderte sie nicht zum Reden auf.

Dieser Empfang verschlug den Schürfern eine Zeitlang die Sprache. Sie zogen unwillkürlich die Mützen ab, bildeten in respektvoller Entfernung einen Halbkreis um ihn und traten von einem Bein aufs andere. Ihr wildes Aussehen bildete jetzt einen lächerlich-grotesken Gegensatz zu ihrem Auftreten. Wie kleine Buben, die man von ihren

Kameraden weg zum Lehrer zitiert hatte, standen sie in ungehobelter Verlegenheit mutterseelenallein auf diesem großen Platz vor einem Mann, der einen Kopf größer war als sie und eine kalte Überlegenheit ausstrahlte, die ihnen wider Willen imponierte.

Endlich nahmen sie sich zusammen, und einer von ihnen ergriff das Wort.

»Gouverneur«, sagte er, »wir kommen im Namen unserer Kameraden –«

Eingeschüchtert – oder weil er das Pulver seiner Beredsamkeit schon verschossen hatte – brach er ab. Der Kaw-djer tat nichts, um ihm weiterzuhelfen. Da setzte er schließlich von neuem an:

»Unsere Kameraden haben uns also geschickt –«

Und damit war er schon wieder am Ende, und der Kaw-djer half ihm wieder nicht.

»Verdammt nochmal – wir haben hier einen Auftrag!« polterte ein anderer los.

»Welchen?« sagte der Kaw-djer, ohne eine Miene zu verziehen.

Die Delegation war völlig aus dem Konzept gebracht. Sie hatten mit Sicherheit angenommen, vor einem angstschlotternden Gouverneur zu stehen; jetzt sahen sie, wie er schlotterte!

Es entstand eine lange Pause. Endlich nahm ein dritter Schürfer, dem ein riesiger, dreckstarrender Bart unterm Kinn zitterte, seine ganze Courage zusammen und kam zum Kern des Problems.

»Wir haben uns zu beklagen!«

»Ja!«

»Das ist es!«

Der Kaw-djer fragte:

»Worüber?«

»Über alles! Wie sollen wir's zu was bringen, wenn ihr uns wie die Schweine behandelt?«

»Ja!«

»Richtig!«

»Genau!«

»Wie die Schweine!«

Die Lage war bitter ernst, und trotzdem mußte der Kaw-djer innerlich lachen über die seltsame Ironie einer solchen Beschuldigung aus dem Mund dieser Erzhalunken.

»Sonst noch was?« fragte er.

»Und ob!« antwortete wieder der dritte Schürfer und erwies sich als ein relativ intelligenter Abgeordneter, denn er fuhr sogar fort: »Wir wollen auch zum Beispiel, daß die *Claims* nicht einfach dem gehören, der sie sich unter den Nagel reißt. Wir haben die Schnauze voll! Wir wollen uns nicht mehr um jede ›Tasche‹ mit dem Messer kitzeln, ist das klar?«

Er hatte den Eindruck, der Kaw-djer verstehe nicht recht, und wurde so höflich wie noch nie in seinem Leben. Mit einer für seine Verhältnisse geradezu eleganten Handbewegung deutete er über die Köpfe der hinter ihm stehenden Miliz hinweg zu seinen tausend Ganoven zurück:

»Die Gentlemen« – er war ein Amerikaner aus

dem Westen und sprach dieses Wort mit der ernsthaftesten Selbstverständlichkeit aus, ja er wiederholte es sogar nachdrücklich – »die Gentlemen hätten gern Konzessionen!«

Und nach zwei Minuten angestrengter geistiger

Konzentration erwies sich, was der Geist eines Abgeordneten sich in solchen zwei Minuten zu erarbeiten vermag:

»Das wäre dann – nämlich – sozusagen – offiziell!«

»Ist das alles?« fragte der Kaw-djer.

»Von wegen!« rief der Schürfer mit dem großen Bart: »Da gibt es noch alles mögliche! Aber erst wollen die Gentlemen eine Antwort von wegen Konzessionen! Was sollen wir ihnen also sagen?«

»Nein!«

»Nein?«

»Nein!« Der Kaw-djer nickte bestätigend.

Die Delegierten schoben die Unterkiefer vor, und kleine böse Lichter glommen in ihren Augen.

»Warum?« fragte einer, der noch nicht gesprochen hatte. »Die Gentlemen wollen wissen, warum?«

Der Kaw-djer schwieg. Die Frage war ihm einfach zu dumm und zu frech. Als ob die Schürfer die Gründe nicht ebenso gut kannten wie er: Das Gesetz, das keiner respektierte, das einen Preis für jede Konzession festlegte und das das Schürferlaubnis den Einheimischen vorbehielt und diesen Fremden das Betreten hostelischen Bodens überhaupt untersagte!

»Also – warum?« wiederholte der Schürfer und wartete auch diesmal vergebens auf die Antwort.

Schließlich gab er sie selbst:

»Wegen diesem Gesetz, was?« bellte er aggressiv. »Der Teufel soll's holen, euer Gesetz! Warum bürgert ihr uns nicht ein? Gehört der Boden nicht allen Menschen? Oder sind wir vielleicht keine Menschen – hm?«

Früher hätte der Kaw-djer diesen Argumenten rückhaltlos zugestimmt. Inzwischen hatte sich das geändert, und er verstand diese Sprache nicht mehr. Nein, die Erde gehört nicht allen. Sie gehört denen, die auf ihr pflanzen und auf ihr bauen; die mit Fleiß und Ausdauer den Boden zwingen, jeden Sommer den goldenen Teppich seiner Ernten zu weben.

»Und noch was«, begann der Schürfer mit dem Bart noch einmal: »Wenn man schon Gesetze macht, dann sind sie nicht nur für die andern da! Wenn sie der Herr Gouverneur selber nicht befolgt, warum sollen wir's dann? Heute ist der 3. November. Warum war am Ersten keine neue Gouverneurswahl, wie sich das gehört?«

Dieser Vorwurf überraschte den Kaw-djer. Wer hatte die Schürfer so gut informiert? Sicher Kennedy, der bei ihnen sein mußte – ein anderer konnte es nicht gewesen sein.

Und es stimmte sogar: Die Amtszeit, die er sich nach jener freiwilligen ersten Wahl gesetzt hatte, war vorgestern abgelaufen, und so hätte man eigentlich vor zwei Tagen Neuwahlen durchführen müssen. Man hatte nur darauf verzichtet, weil es unsinnig gewesen wäre, in dieser schwierigen Situation einer Formalität zu genügen, deren Ergebnis außer Frage stand. Aber was ging das überhaupt diese Leute an, die weder aktiv noch passiv wahlberechtigt waren?

Der Delegierte mit dem langen, dreckigen Bart fing an, das Schweigen des Kaw-djer als Verlegenheit zu mißdeuten, und wurde auf einmal sehr selbstsicher.

»Die Gentlemen verlangen diese Wahl! Und sie verlangen auch, daß ihre Stimmen zählen! Oder sind unsere Stimmen weniger wert als die andern? Sollen fünftausend das Gesetz für zwanzigtausend machen – hm? Ist das eure Gerechtigkeit?«

Und wieder wartete er vergeblich auf Antwort. Und sein Selbstvertrauen fing an zu schmelzen, als er den kalt auf ihn gerichteten Blick des Kaw-djer zu erwidern versuchte. So verzichtete er auf weitere Angriffe und wollte seine Mission beenden:

»Na – also bitte!«

»Und das war alles?«

»Ja! – Das heißt – sozusagen – für den Anfang jedenfalls!«

Der Kaw-djer blieb bewegungslos und schaute den zehn gespannt zuhörenden Männern – einem nach dem anderen – unbarmherzig in die Augen.

»Ihr seid hier – gegen unsern Willen. Ich gebe euch vierundzwanzig Stunden Zeit. Ihr könnt euch überlegen, ob ihr bereit seid, euch bedingungslos meinen Anordnungen zu unterwerfen. Nach

Ablauf dieser Frist werde ich tun, was die Sicherheit meines Volkes erfordert.«

Mit einer knappen Handbewegung winkte er Hartlepool und zwanzig Männer heran.

»Hartlepool«, sagte er ruhig, »führen Sie die Herren zurück!«

Die Delegation war wie vor den Kopf geschlagen. Bei allem Bewußtsein ihrer zahlenmäßigen Stärke hatte sie die eisige Gelassenheit des Kaw-djer völlig durcheinandergebracht. Eskortiert von den zwanzig Hosteliern, schlichen sie wie geprügelte Hunde davon.

Erst im Kreis ihrer ›Gentlemen‹ kamen sie wieder zu sich. Und da änderte sich der Ton natürlich sehr schnell. Sie berichteten über das Ergebnis ihrer Unterredung, und die lang unterdrückte Wut brach jetzt um so hemmungsloser aus. Lautstarke Flüche gingen über in grölende Beschimpfungen.

Bald hatte der Lärm die ganze Bande erfaßt, und das Konzert ihres unartikulierten Geschreis bewies dem Kaw-djer, daß man seine Antwort kannte.

Es dauerte lange, bis die Aufregung nachließ. Und selbst die folgende Nacht konnte sie nicht ganz ersticken. Bis zum Morgen quollen immer wieder wütende Drohungen aus dem Dunkel. Zwar sah man die Schürfer nicht mehr, aber es war offenkundig, daß sie vor der Stadt lagerten – das heißt eigensinnig an ihrem Entschluß festhielten.

So mußte auch die Miliz in höchster Alarmbereitschaft bleiben. Man löste sich in der Wache ab und stand die ganze Nacht über Gewehr bei Fuß.

Tatsächlich hatte die Bande gar nicht daran gedacht, sich etwa zurückzuziehen, und schon früh am Morgen waren die Straßen schwarz von Menschen. Sogar die wenigen, die sich ein paar Stunden irgendwo auf den Boden gelegt hatten, um sich von den Strapazen ihres Geschreis auszuruhen, sprangen mit dem ersten Sonnenstrahl hoch, so daß der Radau bald wieder voll einsetzen konnte.

In den von der Meute beherrschten Straßen waren alle Häuser sorgfältig verriegelt. Kein Hostelier wagte sich ins Freie. Sobald ein Neugieriger den Fensterladen auch nur einen Spaltbreit öffnete, um zu sehen, was draußen vorging, empfingen ihn Flüche und böses Gelächter.

Der Morgen blieb zunächst verhältnismäßig ruhig. Die Bande schien sich nicht einig, wie sie nun vorgehen sollte; man sah verschiedene Gruppen heftig diskutieren.

Aber von Stunde zu Stunde vergrößerte sich die Anzahl – inzwischen mochten es schon vier- bis fünftausend sein. Denn in der Nacht waren Boten ins Land geschickt worden, und die hatten überall Alarm geschlagen und Verstärkungen angefordert. So stießen zu den Schürfern von Golden Creek, die gestern gekommen waren, immer mehr Gruppen aus dem Zentralmassiv und von der Landzunge im Nordwesten, die unterschiedlich weite Anmarschwege – manche von ihnen eine ganze Tagesstrecke – zurückzulegen hatten.

Ihre Kumpane, die schon in der Stadt waren, hätten eigentlich nur zu warten brauchen, bis alle beisammen gewesen wären: Zehn- oder fünfzehntausend Verbrechern hätte sich die Stadt ergeben müssen.

Zum Glück waren diese Hohlköpfe unfähig zu warten, bis sie Liberia durch ihre Übermacht erdrücken konnten. Dazu fehlten ihnen Disziplin und Geduld. Sie wurden nur immer aufgeregter. Unter dem doppelten Peitschenschlag der ausgestandenen Strapazen und der Hetztiraden, mit denen sie sich gegenseitig anfeuerten, rannten sie immer wilder durch die Straßen.

Gegen elf stürzte sich plötzlich ein großer Haufen in blinder Wut auf die Miliz. Diese senkte sofort die Bajonette. Die vorderste Reihe der Angreifer wich hastig zurück und stemmte sich gegen den Druck ihrer Kameraden, die hinter ihnen nachdrängten.

Um Blutvergießen zu vermeiden, ließ der Kawdjer seine Truppe zurücknehmen. Die Soldaten wichen in vollkommener Ordnung Schritt für Schritt langsam dem nachdrängenden Pöbel und bezogen Posten vor dem Regierungsgebäude. Dadurch mußte die auf den Platz mündende Hauptstraße aufgegeben werden.

Natürlich verstanden die Schürfer dieses Manöver als Rückzug und stießen ein ohrenbetäubendes Siegesgeheul aus. Und die freigewordene Hauptstraße war in Sekundenschnelle von einer wimmelnden Menschenmenge ausgefüllt.

Doch bald sah man ein, daß es ein Irrtum war zu glauben, man hätte damit den Sieg schon in der Tasche. Noch beherrschte die Miliz das Stadtzentrum – und wenn diese tausend Mann bisher auch keinen Schuß abgegeben hatten, so waren sie doch nach wie vor den Angreifern an Feuerkraft weit überlegen.

Ihre tausend amerikanischen Karabiner – die Schürfer wußten das sehr gut, sie kannten das Modell – konnten in weniger als einer Minute siebentausend Schuß abgeben, denn jedes Magazin enthielt sieben Patronen. Und es würde in diesem Fall aus nächster Nähe gefeuert!

Das hätte eigentlich sogar dem Verwegensten zu denken geben müssen. Aber sie waren eben nicht mehr in der Lage zu denken. Sie randalierten nur noch laut und sinnlos. Sie waren ein einziger riesiger Knäuel von Selbstvertrauen; die Truppe des Kaw-djer existierte für sie nicht mehr; denn diese Feiglinge waren ja schon dem ersten Druck gewichen.

Es mußte der Augenblick kommen, wo sie den Rest ihrer Vernunft verlieren würden.

Eine tragische Groteske: Am Rand des Platzes und in den Ausfallstraßen eine zerlumpte, heulende Menge; aus tausend Kehlen Geschrei, das niemand verstand; Tausende hochgereckter Fäuste

– und dreißig Meter entfernt, vor der Front des Regierungsgebäudes in Reih und Glied, unbeweglich wie Zinnsoldaten, die hostelische Miliz; hinter ihr, auf der obersten Stufe der Freitreppe zum Haupteingang, der Kaw-djer; allein, den Blick voller Sorge. Was konnte er tun? Gab es noch einen unblutigen Ausweg aus dieser Situation, deren Gefährlichkeit niemand besser einschätzen konnte als er?

Von ein Uhr mittags an verringerte sich der Abstand zwischen den Angreifern und der Miliz ganz allmählich – erst auf fünfundzwanzig, dann auf zwanzig Meter; und das bisher allgemeine und sinnlose Geschrei ging dabei in persönliche Beleidigungen und Beschimpfungen über, mit denen man den Kaw-djer und seine Männer provozieren wollte, was natürlich nicht gelang.

In der ersten Reihe des sich schiebenden und drängenden Haufens konnte man jetzt ein altbekanntes Gesicht erkennen. Es war Kennedy. Die Schürfer hatten ihn nach vorn gestoßen, denn vor allem von ihm waren sie mehr als enttäuscht. Er hatte sie nämlich zu diesem Abenteuer aufgestachelt. Von ihm stammte der Vorschlag, Konzessionen, Bürgerrechte und Wahlbeteiligung zu verlangen, und er war es gewesen, der ihnen eingeredet hatte, der Kaw-djer könne sich auf seine Leute nicht mehr verlassen und man brauche nur in die Stadt einzumarschieren und würde keinen nennenswerten Widerstand vorfinden.

Die Wirklichkeit hatte sich als ganz anders erwiesen. Man war auf eine modern ausgerüstete, disziplinierte und dem Kaw-djer treu ergebene Truppe gestoßen. Und da war es doch nur recht und billig, daß der Halunke, der sie so hinters Licht geführt hatte, in der ersten Reihe stand und den ersten Schuß abkriegte, falls es dazu kommen sollte!

Der ehemalige Matrose hatte sich am Kaw-djer rächen wollen, dabei aber ein denkbar schlechtes Geschäft gemacht. Er war jetzt nicht mehr der aufgeblasene Angeber – bleich und zitternd stand er da und schwitzte vor Angst.

Die Menge hatte jede Kontrolle über sich selbst verloren. Geschrei und Gerenne und Gedränge genügten ihr nicht mehr. Man wollte Taten sehen. Man fing an, auf die Miliz Steine zu werfen, und damit wurde die Lage bedrohlich.

Eine Stunde lang standen die Soldaten unbewegt unter diesem mörderischen Hagel. Mehrere wurden verletzt, zwei Männer mußten weggetragen werden. Der Kaw-djer wurde an der Stirn getroffen. Er taumelte, richtete sich wieder hoch, wischte das Blut ab, das ihm übers Gesicht lief, und beobachtete weiter.

Nach einer Stunde wurde den Belagerern diese Art der Provokation langweilig, weil sie zu nichts führte. Immer weniger Steine flogen, und schon konnte man hoffen, dieser Unsinn würde ganz aufhören.

Da verstärkte sich das Geschrei plötzlich zu wildem Jubel. Was war geschehen? Der Kaw-djer stellte sich auf die Zehenspitzen und versuchte vergeblich, über die tausend Köpfe hinweg in die Hauptstraße hineinzuschauen. Dort schien sich ein heftiger Wirbel von Menschen zu drehen – die Ursache war nicht zu erkennen.

Wenige Minuten später wußte man es: Drei bärenstarke Schürfer hatten sich mit Ellenbogenstößen durch die Masse geboxt und standen nun einen Schritt vor der ersten Reihe, als wollten sie damit klarmachen, daß sie die feindlichen Kugeln nicht zu fürchten brauchten.

Und sie waren tatsächlich sicher vor ihnen. Denn sie schoben als lebende Schilder Geiseln vor sich her.

Das war eine teuflische Idee gewesen: Sie hatten die Tür eines Hauses aufgebrochen, in dem zwei junge Frauen mit einem Kind alleine lebten, nachdem der Mann der einen letzten Winter verstorben war. Zwei Schürfer hatten die Frauen herausgezerrt, ein dritter das Kind, und so standen sie nun vor dem Kaw-djer und seiner Miliz. Wer würde es wagen, das Feuer zu eröffnen, wenn die ersten Kugeln drei unschuldige Geschöpfe treffen mußten?

Die beiden Frauen waren halb ohnmächtig; sie wußten wohl gar nicht mehr genau, was sich um sie abspielte. Das kleine Kind, das ein vertierter Riese mit ausgestreckten Armen wie ein Schlachtopfer vor sich hertrug, lachte.

Dieses Bild war grausamer als alles, was der Kaw-djer sich bisher hatte vorstellen können. Der starke Mann wurde vom Grauen geschüttelt. Er bekam zum erstenmal in seinem Leben Angst. Er wurde blaß. Aber es mußte ein schneller Entschluß gefaßt werden, eine sofortige Entscheidung fallen. Denn hinter dem Schild ihrer Geiseln rückte die Masse ganz langsam vor.

Sie war außer sich in dem Gefühl, die Schlacht gewonnen zu haben. Sie konnte es nicht mehr erwarten, mit ihrer Überzahl den Gegner gegen die Mauer des Regierungspalastes zu drücken und dort unter sich zu zertrampeln. Keine zwanzig Meter trennte sie mehr von der Miliz, die immer noch stand wie eine Phalanx aus Stein.

Die ersten Revolverschüsse fielen. Ein Hostelier stürzte zu Boden.

Jetzt durfte nicht mehr gezögert werden. Vielleicht noch eine Minute, und man würde überrannt – und eine Stunde später wäre ganz Liberia, Männer, Frauen und Kinder, gnadenlos massakriert.

»Legt an!« befahl der Kaw-djer. Sein Gesicht war weiß.

Die Miliz gehorchte mit der Präzision geschulter Soldaten. Die Kolben legten sich an die Schultern, und die Gewehrläufe suchten ihr Ziel.

Die Masse taumelte im Delirium ihrer Mordlust den Mündungen der Karabiner entgegen. Es fehlten keine zehn Schritte mehr.

»Feuer!« Der Kaw-djer gab den Befehl und schloß dann die Augen.

In ihrer stoischen Disziplin hatten die Männer des Kaw-djer ihrem Gouverneur gegenüber vieles wiedergutgemacht. Sie hatten sich überwunden, mitten im Orkan bis zur letzten Sekunde zu warten. Sie hatten sich als Soldaten erwiesen.

Aber sie waren keine. Das donnernde Echo der ersten Salve, die Wolke von Pulverdampf, in der sie standen, der tausendfache Todesschrei vor ihnen – das alles überstieg ihre Kraft. Sie verloren die Nerven, und jeder von ihnen drückte siebenmal hintereinander ab.

Siebentausend Kugeln in drei Sekunden. Und dann eine ungeheure Stille.

Die Männer der Miliz senkten ihre Karabiner und starrten in den Qualm. Nur in der Ferne konnten sie noch Bewegung sehen und Geschrei hören: den Tumult einer wilden Flucht.

Der Platz vor ihnen war leer.

Leer? – Ja, abgesehen von einem Leichenberg, unter dem träge und rote Bäche von Blut nach allen Seiten abflossen. Wie viele Tote mochten das sein? Tausend? – Fünfzehnhundert? – Man wußte es nicht.

Vor diesem scheußlichen Haufen lagen der tote Kennedy – und die beiden Frauen. Eine von ihnen war an der Schulter schwer verwundet worden. Die andere sprang auf und rannte unverletzt mit irren Schreien davon. Das Kind lag in einem kleinen See von Blut. Ein Wunder: Es hatte nicht die kleinste Schramme. Es lachte über dieses ihm völlig neue Spiel.

Der Kaw-djer hob das Gesicht und öffnete die Augen. Seine tausend Mann drehten sich ihm zu und schauten ihn an.

Er hatte keinen Blick für sie. Er schaute auf das gigantische Massengrab, und große Tränen rollten ihm über sein entstelltes, in diesem Augenblick um ein ganzes Leben gealtertes Gesicht.

Er weinte.

VIERZEHNTES KAPITEL

DER VERZICHT

Der Kaw-djer weinte.

Wie schwer wogen die Tränen eines solchen Mannes! Und wie deutlich sprachen sie seinen Schmerz aus!

›Feuer!‹ hatte er befohlen – er! Seine Stimme hatte die Kugeln auf ihre blutige Bahn geschickt!

Dahin hatten ihn also die Menschen gebracht. Durch ihre Schuld durfte er sich nun mit den finstersten Tyrannen in eine Reihe stellen. Mit denen, die er wild gehaßt hatte, weil ihre Macht mit Mord besudelt war. So wie jetzt seine Macht!

Und schlimmer noch: Es würde noch mehr Blut fließen. Denn was er angefangen hatte, mußte er zu Ende führen. Niemand konnte ihm diese Pflicht abnehmen.

Der Kaw-djer war zusammengebrochen, aber nur für Augenblicke. Er hatte keine Zeit, sich der Verzweiflung zu überlassen. Unter Aufbietung seiner ganzen Energie trat er seinem Volk sofort wieder gegenüber.

Die Alten und die Frauen erhielten den Befehl, die Toten zu begraben und die Verletzten zu versorgen. Mit seinen Männern machte er sich an die Verfolgung des geschlagenen Feindes. Dieser war so entsetzt, daß er nicht mehr an Widerstand dachte. Tag und Nacht trieb die Miliz den aufgelösten Haufen Schürfer wie eine Viehherde vor sich her.

Manchmal begegnete die Truppe Banden, die noch auf dem Weg nach Liberia waren, um an der Eroberung der Stadt teilzunehmen. Sie wurden – eine nach der anderen – ohne Schwierigkeiten aufgerieben und ebenfalls nach Norden abgedrängt.

Der Kaw-djer durchkämmte die Insel gründlich kreuz und quer. In vielen Tälern war der Boden übersät mit Leichen von Goldgräbern, die der Hunger aus ihren Lagern getrieben hatte und die auf ihrer Suche nach menschlichen Behausungen von Schnee und Kälte besiegt worden waren. Der Frost hatte ihre sterblichen Hüllen den ganzen

Winter über konserviert. Erst mit dem Einsetzen des Tauwetters verflüssigten sie sich, und der Schlamm von Fleisch und Leder vermischte sich mit dem der Erde.

In drei Wochen wurden die fast achtzehntausend Schürfer auf die Halbinsel Dumas zurückgedrängt, deren Landenge der Kaw-djer hermetisch abriegeln ließ.

Zu seiner Truppe waren noch dreihundert Mann der *Franco-English Gold Mining Company* gestoßen, die für die Miliz eine wirksame Verstärkung bedeuteten. Trotzdem blieb die Lage jedoch beunruhigend. Denn so groß der Schock nach dem Blutbad unter den Verbrechern auch gewesen sein mochte und so leicht man sie deshalb auf die Halbinsel Dumas zurücktreiben konnte – hier saßen sie nun auf engstem Raum zusammengepfercht und hatten die Möglichkeit, sich zu organisieren. Und ihre zahlenmäßige Überlegenheit war immer noch so groß, daß man jederzeit mit einem Ausfallversuch rechnen mußte.

Die Intervention der franko-englischen Gesellschaft setzte diese Gefahr beträchtlich herab. Denn ihre beiden Direktoren Maurice Reynaud und Alexander Smith benötigten noch Arbeitskräfte für ihr Bergwerk. Sie schlugen vor, unter den Goldgräbern nach strengsten Maßstäben die tausend brauchbarsten Leute auszusuchen, und ihnen sollte man erlauben, auf der Insel zu bleiben. Die Gold Mining Company würde diese Leute auf eigene Verantwortung und eigenes Risiko anstellen und jedem einzelnen von vornherein unmißverständlich klarmachen, daß er beim ersten Vergehen unbarmherzig abgeschoben würde.

Dem Kaw-djer kam dieser Vorschlag sehr gelegen, denn ein Abzug der tausend kräftigsten und intelligentesten Schürfer mußte die Kräfte des Gegners bedeutend schwächen. Maurice Reynaud und Alexander Smith gingen sofort auf die Halbinsel Dumas; sie bewiesen damit mehr Courage als der Dompteur, der sich in einen Käfig mit fremden Tieren wagt. Aber acht Tage später kamen sie zurück, munter und unverletzt, und hinter ihnen marschierte die lange Kolonne ihrer tausend neu angeworbenen Arbeiter.

Diese kleine Heldentat gab den Dingen ein verändertes Gesicht. Da Reynaud und Smith ihre Leute umgehend mit modernen Gewehren ausrüsteten und dem Kaw-djer zur Verfügung stellten, konnte dieser nun mit seiner ganzen Streitmacht die Landenge überschreiten und den Gegner systematisch aufrollen, bei dem immer noch ein so völliges Durcheinander herrschte, daß er kaum Widerstand leistete.

Während Hartlepool mit einer kleinen Eliteeinheit die rückwärtigen Verbindungen zur Landenge besetzt hielt, spalteten kräftige Stoßtrupps die Bande in lauter kleine Gruppen, die dann leicht überwältigt, entwaffnet und gezwungen werden konnten, sich auf die Schiffe zu begeben, die inzwischen von Neudorf angefordert worden waren und vor der Küste kreuzten.

In wenigen Tagen war diese Operation ohne nennenswerte Verluste abgeschlossen. Mit Ausnahme der tausend Goldgräber, die unter der Obhut von Maurice Reynaud und Alexander Smith keine Gefahr mehr bildeten, war der Boden endlich wieder frei von dem Heuschreckenschwarm, der ihn überfallen hatte.

Aber man durfte gar nicht daran denken, in welch jämmerlichem Zustand er Hoste zurückließ. Die Felder lagen unbebaut – eine Ernte gab es also ebenso wenig wie im letzten Jahr. Die meisten Tiere waren auf den Weiden und in den Stallungen sich selbst überlassen gewesen und eingegangen. Diese zweite, schlimmere Invasion hatte die Insel in ihrer Entwicklung um Jahre zurückgeworfen, und wie kurz nach ihrer Unabhängigkeit war sie auch jetzt wieder vom Hunger bedroht.

Der Kaw-djer sah diese Gefahr sehr deutlich, aber er wußte, was zu tun war: keine Zeit verlieren – auch nicht mit Experimenten und Diskussionen. So schwer es ihm fiel, er mußte wieder in der Rolle des Diktators auftreten.

Wie in den schlimmsten Notzeiten wurden auf der ganzen Insel sämtliche Lebensmittel konfisziert und in Tagesrationen an alle gleichmäßig ausgegeben. Da man inzwischen an demokratische Spielregeln gewöhnt war, löste diese Maßnahme unter den Bürgern, die durch etwas mehr Glück und

Sparsamkeit noch gewisse Vorräte hatten, heftige Proteste aus, aber das interessierte den Kaw-djer überhaupt nicht.

Übrigens konnten diese Rationierungen bald wieder aufgehoben werden. Denn schon gleichzeitig mit der Bestandsaufnahme wurde in Südamerika das Nötigste eingekauft – auf Rechnung des Staates wie auch von Privatpersonen. Und nachdem man die Katastrophe gemeistert hatte, zeigte sich, wie sehr schon das Vertrauen in den jungen Staat gewachsen war. Von allen Seiten wurden ihm zu günstigen Bedingungen beachtliche Kredite angeboten.

Einen Monat später konnte in Neudorf die erste Ladung Reis gelöscht werden, und von nun an besserte sich die Lage mit jedem Tag.

So hatte der Kaw-djer wieder einmal seine sämtlichen Grundsätze auf den Kopf gestellt und Liberia durch einen Akt von philanthropischem Despotismus gerettet.

Die Hauptstadt erholte sich ebenso schnell wie ihr Vorort. Den Hafen von Neudorf liefen in diesem Sommer sogar mehr Schiffe an als je zuvor.

Besonders für den Walfang war es ein außergewöhnlich ergiebiges Jahr. Ganze Flottillen amerikanischer und norwegischer Fangboote kreuzten vor den Buchten, und über hundert Hostelier waren zusätzlich mit der Gewinnung und Verarbeitung des Trans beschäftigt und verdienten ausgezeichnet.

Überhaupt machte sich jetzt überall wieder ein gesunder Mangel an Arbeitskräften bemerkbar, denn beispielsweise die Sägewerke hatten einen ebenso großen Nachholbedarf zu decken wie die Konservenfabriken.

Die Zahl der Robbenjäger verdoppelte sich in diesem Sommer, und mehrere hundert Ruderindios, die ihre Nomadengewohnheiten nicht den unvernünftig harten Verwaltungsvorschriften der argentinischen Behörden anpassen konnten, hatten Feuerland verlassen, den Beagle-Kanal überquert und machten sich nun an den Küsten der Insel Hoste seßhaft.

Mitte Dezember waren die Wunden der Kolonie zwar nicht geheilt, aber wenigstens verbunden. Natürlich hatte die vorangegangene Katastrophe große Lücken hinterlassen, und sie wieder restlos auszufüllen würde noch mehrere Jahre in Anspruch nehmen.

Im Stadtbild waren jedoch längst keine Spuren mehr zu sehen. Jedermann ging seiner gewohnten Beschäftigung nach – der Alltag regierte wieder.

Der hostelische Staat hatte einen Steamer von sechshundert Tonnen erworben, und dieser erhielt den Namen *Yacana*. Er wurde dazu bestimmt, eine regelmäßige Verbindung mit den Küstendörfern und den Kontoren des Archipels zu schaffen. Außerdem sollte er den sicheren Kontakt mit Kap Hoorn gewährleisten, dessen Leuchtturm endlich fertiggestellt war.

Diese Nachricht hatte der Kaw-djer in den letzten Tagen des Jahres 1893 erhalten. Alles war zur Aufnahme des Betriebs bereit: die Unterkünfte der Leuchtturmwärter, das Vorratsmagazin, der zwanzig Meter hohe Turm aus Metall, der Raum, in dem die Dynamos lagen. Diese Generatoren waren eine Erfindung Dicks und wandelten die durch Ebbe und Flut entstehenden Wasserkräfte in elektrische Energie um. Man hatte also für alle Zukunft eine ständige Lichtquelle, ohne irgendwelchen Treibstoff zuführen zu müssen – sofern man nur die Maschinen sorgfältig instand hielt und mit Ersatzteilen eingedeckt war.

Die Einweihung, die der Kaw-djer als einen feierlichen Akt vornehmen wollte, wurde auf den 15. Januar 1894 festgesetzt. An diesem Tag würde die *Yacana* zwei- bis dreihundert Hostelier nach der Insel Hoorn bringen, und sie sollten das erste Lichtbündel begrüßen, das der Turm in die umgebenden Ozeane hinausstrahlte. Nach allen Aufregungen des vergangenen Jahres freute sich der Kaw-djer sehr auf diese Einweihung in festlichem Rahmen, zumal damit auch sein letzter, größter Traum in Erfüllung ging.

Niemand hätte gedacht, daß dieses schöne Programm nie zur Durchführung kommen sollte, weil unerwartete Ereignisse die Situation plötzlich und in äußerst seltsamer Weise veränderten.

Am 10. Januar, also fünf Tage vor der geplanten Einweihung, lief ein Kriegsschiff im Hafen

von Neudorf ein. An seinem Heckmast wehte die chilenische Flagge.

Der Kaw-djer verfolgte im Regierungsgebäude am Fenster seines Zimmers mit dem Fernglas die verschiedenen Landemanöver. Er glaubte an Bord eine gewisse Unruhe zu bemerken; Genaueres konnte er auf die Entfernung nicht erkennen.

So blieb er etwa eine Stunde lang im ungewissen; da wurde ihm gemeldet, ein Mann sei ganz außer Atem von Neudorf hergekommen und wolle ihn im Auftrag Karrolys unverzüglich sprechen.

»Was gibt's?« fragte der Kaw-djer, als der Mann vor ihm stand.

»Ein Schiff ist da! Liegt vor Neudorf! Ein chilenisches Schiff!« rief der Mann, immer noch schwer atmend.

»Das habe ich schon gesehen. Noch etwas?«

»Es ist ein Kriegsschiff!«

»Das weiß ich auch schon!«

»Es liegt mitten im Hafen!«

»Und?«

»Es setzt mit seinen Jollen Soldaten an Land!«

»Soldaten?«

»Ja, chilenische Soldaten! Schwer bewaffnet! Hundert – zweihundert – dreihundert! Karroly hat sie nicht gezählt, er hat mich lieber gleich hierhergeschickt, ich soll's Ihnen sagen!«

Dieser Vorfall war allerdings eine sofortige Meldung wert und rechtfertigte Karrolys Erregung vollauf.

Seit wann gab es denn so etwas: daß mitten im Frieden bewaffnete Soldaten in fremdes Hoheitsgebiet eindringen? Allerdings beruhigte den Kaw-djer ein wenig die Tatsache, daß es sich um chilenisches Militär handelte. Denn von dem Land, dem die Insel Hoste ihre Unabhängigkeit verdankte, hatte man wohl am wenigsten zu befürchten. Immerhin war die Ausschiffung dieser Soldaten mehr als ungewöhnlich, und deshalb schien es doch ratsam, gegen alle Eventualitäten die nötigen Vorkehrungen zu treffen.

»Dort kommen sie!« rief der Mann und deutete mit dem Finger zum offenen Fenster hinaus in Richtung Neudorf.

Tatsächlich marschierte auf der Straße zur Stadt eine Kompanie Soldaten, und ihre Gewehrläufe blitzten in der Sonne. Der Kaw-djer schätzte die Stärke dieses Trupps und stellte erleichtert fest, daß Karroly in seiner Aufregung ein bißchen übertrieben hatte: Es mochten etwa hundertfünfzig Mann sein.

Er gab sofort eine Reihe präziser Befehle: Die Garnison wurde mobilisiert und die Reservisten aufgerufen, Melder ritten ins Landesinnere. Dann wartete er ab.

Nach einer Viertelstunde kam die Kompanie, von den Hosteliern mißtrauisch angestaunt, auf dem Platz vor dem Regierungsgebäude an und stellte sich auf. Ihr Anführer, der seiner Uniform und deren Rangabzeichen nach ein sehr hoher Offizier sein mußte, trat vor, klopfte mit dem Knauf seines Degens ans Portal, bis geöffnet wurde, und verlangte den Gouverneur zu sprechen.

Man führte ihn in den Raum, in dem der Kaw-djer sich aufhielt. Hinter ihm ging geräuschlos die Tür zu. Er hörte nicht, daß sich leise der Schlüssel drehte und auch die äußeren Türen verriegelt wurden und er somit jetzt schon ein Gefangener war.

Der Kaw-djer sprach ihn gleich an:

»Wollen Sie mir erklären, Monsieur«, fragte er trocken, »was diese Landung bewaffneter Streitkräfte auf der Insel Hoste zu bedeuten hat? Soweit ich unterrichtet bin, befinden wir uns nicht im Krieg mit Chile.«

Der Offizier streckte dem Kaw-djer einen großen versiegelten Umschlag entgegen.

»Monsieur le Gouverneur«, sagte er, »darf ich Ihnen zunächst mein Beglaubigungsschreiben der chilenischen Regierung überreichen?«

Der Kaw-djer brach das Siegel auf und studierte aufmerksam das Schreiben, ohne die Stimmung zu verraten, in die ihn der Inhalt des Briefes versetzte. Als er die Lektüre beendet hatte, sagte er ruhig:

»Ich nehme an, Sie sind unterrichtet: Die chilenische Regierung stellt Sie zu meiner Verfügung, um in Liberia Ruhe und Ordnung aufrechtzuerhalten.«

Der Offizier nickte zustimmend und sagte nichts. Der Kaw-djer fuhr fort:

»Die chilenische Regierung ist unzulänglich informiert, Monsieur. Es ist wohl richtig – die Insel Hoste hat unruhige Zeiten hinter sich. Aber wie gesagt – hinter sich! Wie Sie auf Ihrem Marsch in die Stadt schon selber bemerken mußten, konnten wir längst Ordnung und Sicherheit aus eigener Kraft wiederherstellen.«

Der Offizier schien ein bißchen verlegen.

»Unter diesen Umständen«, beendete der Kaw-djer seine Erklärung, »bin ich der Republik Chile dankbar für ihre freundliche Aufmerksamkeit; das Hilfsangebot muß ich jedoch ablehnen und Sie bitten, Ihre Mission als beendet zu betrachten.«

Der Offizier wurde noch verlegener und meinte schließlich:

»Monsieur le Gouverneur, ich will Ihre Ausführungen zu dieser Angelegenheit gern meiner Regierung übermitteln. Aber Sie werden verstehen, solange ich aus Valparaiso keine Antwort habe, muß ich mich an meine Instruktionen halten.«

»Und wie lauten diese Instruktionen?«

»Ich habe auf der Insel Hoste eine Garnison einzurichten, die unter Ihrer Souveränität und unter meinem Kommando die Aufrechterhaltung von Ruhe und Ordnung garantieren soll.«

»Sehr schön«, antwortete der Kaw-djer, »und nehmen wir einmal an, ich wünsche diese Garnison nicht oder ich würde mich der Errichtung sogar widersetzen? Sehen Ihre Instruktionen auch diesen Fall vor?«

»Jawohl, Monsieur le Gouverneur!«

»Was hätten Sie dann zu tun?«

»Meinen Befehl auszuführen!«

»Mit Gewalt?«

»Notfalls – ja! Aber es liegt ja in beiderseitigem Interesse, daß ich nicht zu diesem Schritt gezwungen werde!«

»Das läßt allerdings an Deutlichkeit nichts zu wünschen übrig«, sagte der Kaw-djer gelassen. »Aber – offen gestanden – etwas Ähnliches habe ich erwartet. Na schön, jedenfalls werden Sie Verständnis haben, wenn ich eine so schwerwiegende Entscheidung nicht von einer Sekunde auf die andere treffen will. Geben Sie mir ein paar Minuten Zeit zum Überlegen!«

»Ich warte gern!« antwortete der Offizier. »Bitte lassen Sie mir dann Ihren Entschluß mitteilen!«

Er salutierte, drehte sich auf dem Absatz um, ging zur Tür und drückte die Klinke. Seine wiederholten Anstrengungen blieben vergeblich. Er wandte sich wieder zum Kaw-djer zurück und war sichtlich nervös.

»Ich scheine in eine Falle geraten zu sein?«

Der Kaw-djer lachte und antwortete dann mit einiger Ironie: »Sie gestatten doch, daß ich Ihre Bemerkung ziemlich unangebracht finde. Wer von uns beiden stellt hier die Falle? Doch wohl der, dessen Soldaten mitten im Frieden mit der Waffe in der Hand in ein befreundetes Land eindringen!«

Der Offizier wurde rot bis hinter die Ohren.

»Monsieur le Gouverneur, meine Regierung hat Ihnen für das, was Sie eine Invasion zu nennen belieben, eine stichhaltige Begründung gegeben! Es ist weder meine Schuld noch die meiner Regierung, wenn Sie der unschuldigsten Sache der Welt einen so unschönen und in diesem Fall unpassenden Namen geben!«

»Sind Sie ganz sicher, daß die Bezeichnung ›Invasion‹ für diesen Fall nicht zutrifft?« fragte der Kaw-djer ruhig. »Könnten Sie mir mit gutem Gewissen Ihr Ehrenwort darauf geben, daß die Republik wirklich keine anderen Ziele im Hintergrund hat? Sie wissen doch selber, daß eine Garnison ebenso leicht unterdrücken wie beschützen kann! Wäre es nicht denkbar, daß zum Beispiel Ihre Garnison hier eines Tages den Auftrag bekäme, Chile tatkräftig zu unterstützen, wenn es unseren Unabhängigkeitsvertrag vom 26. Oktober 1881 bedauern würde und rückgängig zu machen versuchte?« Der Offizier wurde noch verlegener.

»Es steht mir nicht zu«, sagte er, »die Maßnahmen meiner Regierung zu kritisieren und deren Überlegungen zu diskutieren. Ich habe einen Befehl und die Pflicht, ihn durchzuführen.«

»Genauso geht es mir«, sagte der Kaw-djer. »Auch ich habe Pflichten, die ich befolgen muß. Nur fallen sie zusammen mit den Interessen eines ganzen Volkes, für das ich verantwortlich bin. Und deshalb dürfen Sie mir nicht übelnehmen, wenn ich sehr genau durchkalkulieren muß, was mir in einer so komplizierten Angelegenheit meine Pflicht zu tun befiehlt.«

»Ich habe volles Verständnis«, versicherte der Offizier. »Seien Sie versichert, Monsieur le Gouverneur, daß ich Ihre Entscheidung geduldig abwarten werde.«

Damit wandte er sich wieder zur Tür zurück, und der Kaw-djer belehrte ihn:

»Danke – und leider müssen Sie diese Entscheidung hier abwarten, in diesem Raum!«

»Sie betrachten mich als Ihren Gefangenen?«

»Ja!«

Der chilenische Offizier hob die Schultern:

»Sie vergessen wohl«, er machte einen Schritt gegen das Fenster, »daß ein einziger Ruf von mir genügt –«

»Versuchen Sie's mal!« unterbrach der Kaw-djer und trat ihm in den Weg.

»Wer sollte mich hindern?«

»Ich!«

Die beiden Männer schauten sich an, und für einen Augenblick war ungewiß, ob es zu einer tätlichen Auseinandersetzung kommen würde. Schließlich verzichtete der chilenische Offizier. Er hatte das Gefühl, daß er trotz seiner Jugend dem alten Hünen vor sich nicht gewachsen war. Außerdem hielt ihn ein gewisser Respekt davor zurück, an diesem majestätischen alten Mann seine Fäuste zu versuchen.

»Gut«, nickte der Kaw-djer. »Bleiben wir – jeder auf seinem Platz –, bis ich Ihnen sagen kann, was ich tun muß.«

Der Offizier stellte sich an die Tür und war offensichtlich bemüht, seine Nervosität unter einer lässigen Haltung zu verbergen. Ihm gegenüber, zwischen den beiden Fenstern, stand der Kaw-djer und dachte so intensiv nach, daß er die Anwesenheit seines Gegners bald völlig vergaß. Ruhig analysierte er das Problem, das sich ihm stellte.

Zuerst die Motive Chiles. Sie waren nicht schwer zu durchschauen. Das Angebot, die Sicherheit der Insel zu gewährleisten, war ein primitiver Vorwand. Aufgezwungene Hilfe hat zu große Ähnlichkeit mit Annexion, als daß man sich darüber täuschen könnte.

Aber warum das alles? Welche Interessen lagen auf seiten Chiles vor, das im Unabhängigkeitsvertrag gegebene Wort zu brechen? Der wirtschaftliche Aufschwung Liberias allein konnte diesen plötzlichen Gesinnungswandel nicht hinreichend erklären, denn bisher hatte die Insel der Republik Chile noch nie den geringsten Anlaß gegeben, die Folgen ihrer großzügigen Geste zu bereuen. Im Gegenteil, Chile war der Hauptlieferant und Hauptabnehmer und profitierte von dieser günstigen Entwicklung in steigendem Maß.

Allerdings war noch ein Faktor hinzugekommen, der die Situation grundlegend veränderte: die Entdeckung der Goldlager. Wahrscheinlich wollte sich Chile einen ihm angemessen scheinenden Anteil an den Bodenschätzen sichern, deren Vorhandensein inzwischen als erwiesen gelten durfte, und bedauerte deshalb seine vorschnelle Großzügigkeit vom 26. Oktober 1881. Der Kawdjer glaubte, der chilenischen Regierung dieses Motiv mit ziemlicher Sicherheit unterstellen zu können.

Aber auf das Motiv kam es eigentlich in diesem Augenblick schon gar nicht mehr an. Das Ultimatum war ja bereits klar ausgesprochen, und es ging jetzt nur noch darum, ob man es annehmen sollte oder nicht.

Ablehnen – notfalls Widerstand leisten? Warum nicht? Die hundertfünfzig Soldaten unten auf dem Platz wären ebenso wenig in der Lage, die Annexion mit Gewalt durchzusetzen wie das Kriegsschiff, das im Hafen von Neudorf vor Anker lag. Denn selbst wenn es noch mehr Soldaten an Bord hätte – es wären bestimmt nicht genug, um mit der hostelischen Miliz fertig zu werden. Und das Schiff selber könnte nur ein paar Granaten auf Liberia abfeuern, die mehr Lärm verursachen als Schaden anrichten würden. Und dann? Die Munition wäre aufgebraucht, und es könnte nur noch schleunigst abdampfen, denn es lag ja im Feuerbereich der drei hostelischen Kanonen.

Nein, man konnte ohne weiteres Widerstand leisten! Aber das bedeutete nur neues Blutvergießen. Und war der hostelische Boden nicht längst überreich gedüngt mit Menschenblut?

Und was erreichte er damit eigentlich? Was verteidigte er denn? Die Unabhängigkeit der Hostelier? Ihre Freiheit? Waren sie überhaupt frei? Wollten sie überhaupt frei sein? Waren sie nicht immer am glücklichsten, wenn er am unerbittlichsten die Peitsche über ihnen geschwungen hatte?

Oder tat er es am Ende für sich selber? Wollte

er seine Stellung halten, Gouverneur bleiben? Rechtfertigten seine Verdienste, daß ihnen jetzt Menschenopfer dargebracht wurden? Hatte er sich seit seiner Machtübernahme denn so sehr unterschieden von allen anderen Potentaten, die unsere Welt unter ihrer Knute halten?

Der Offizier, dem die Zeit lang zu werden schien, machte eine Bewegung, und das störte den Kaw-djer. Mit einer unwilligen Geste bat er ihn um Geduld und setzte seine Betrachtungen fort. Nein, er war nicht besser und nicht schlechter als alle Mächtigen vor ihm und neben ihm – ganz einfach deshalb, weil die Funktion der Macht Verpflichtungen einschließt, denen sich auch der Klügste und Anständigste nicht entziehen kann. Die Redlichkeit seiner Absichten und die Selbstlosigkeit seines Wirkens hatten ihm nicht erspart, die gleichen unausweichlich notwendigen Verbrechen zu begehen, um deren willen er vorher so viele andere Herrscher verabscheut hatte.

Der Anarchist hatte die Disziplin eingeführt; der Verfechter der Gleichheit hatte Urteile vollstreckt; der Pazifist hatte Krieg geführt; der Prediger des Altruismus hatte den Feuerbefehl gegeben und eine Hekatombe von Menschenleibern vor sich aufgetürmt.

Jede einzelne seiner Taten stand in krassem Widerspruch zu seinen Theorien, und auf Schritt und Tritt stieß er auf die Erkenntnis, daß diese Theorien unbrauchbar waren.

Zuerst hatten sich ihm die Menschen in ihrer Unvollkommenheit und Unfähigkeit enthüllt. Er glaubte, sie nur an die Hand nehmen zu müssen und dann führen zu können wie Kinder. Aber eine Reihe von Tragödien hatte ihm bald bewiesen, daß sie keine Kinder waren, sondern Geschöpfe, die in der Befriedigung ihrer unglücklichen Triebe selbstmörderisch dem Abgrund zutaumeln, wenn man sie nicht mit brutaler Gewalt zurückhält und an die Kette der Gesetze schmiedet.

Drei Beispiele waren ihm schließlich geliefert worden dafür, daß die Solidarität der sozialen Gruppe ein ebenso vitaler Faktor ist wie die Zuverlässigkeit des Individuums.

Kein Volk kann alleine leben. Es ist abhängig von der Verläßlichkeit und dem guten Willen aller anderen Völker, so wie jene seinen eigenen guten Willen brauchen. Das heißt: Selbst wenn ein Volk sich zu den unerreichbaren Idealen aufschwingen könnte, die der Kaw-djer einst als reale Möglichkeit betrachtet und angestrebt hatte, müßte dieses Volk zugrunde gehen in einer Umwelt, die eine ähnliche sittliche Höhe allenfalls nach Jahrhunderten gemeinsamer Anstrengungen erreichen würde.

Der erste Beweis war der Einfall der Patagonier gewesen. Wie irgendein General – nicht mehr und nicht weniger – hatte er kämpfen und töten müssen. Dabei lieferte ihm Patterson ein Beispiel, wie weit sich ein Mensch erniedrigen und selber entwürdigen kann. Und bei aller Nachsicht blieb dem Kaw-djer keine Wahl; er mußte sich ein Recht anmaßen, das keinem Menschen zusteht: Er hatte über einen Winkel dieses Planeten verfügt, als wäre er sein persönliches Eigentum. Er richtete, verurteilte und verbannte – wie jeder beliebige Tyrann.

Den zweiten Beweis hatte ihm die Entdeckung des Goldlagers gebracht. Dieses Heer internationaler Verbrecher, das über die Insel Hoste hergefallen war, hatte ihm nachdrücklichst die – in diesem Fall negative – Solidarität aller Völker vor Augen geführt. Und auch gegen diese Plage war ihm nur das altbekannte und einzig bewährte Mittel eingefallen: Macht – Gewalt – Tod. Auf seinen Befehl hatte sich der Platz vor dem Regierungsgebäude rot gefärbt.

Der dritte Beweis – der entscheidende – war jetzt das Ultimatum der chilenischen Regierung.

Sollte er noch einmal zum Kampf aufrufen – zu einem Kampf, der vielleicht noch blutiger und grausamer würde als die bisherigen? Und nur, um den Hosteliern einen Gouverneur zu erhalten, der letzten Endes allen Gouverneuren dieser Welt glich wie ein Ei dem anderen? An seiner Stelle hätte ja jeder andere das gleiche getan, und wer auch immer sein Nachfolger würde, er konnte keine schlimmeren Methoden anwenden als die, zu denen ihn die Fatalität der Macht gezwungen hatte.

Warum also weiterkämpfen?

Und wie müde er war! Das Blutbad, das auf seinen Befehl angerichtet wurde, diese grauenhafte Schlächterei, dieses entsetzliche Gemetzel, dieser Berg von Leichen – das alles waren Zwangsvorstellungen geworden. Von Tag zu Tag beugte sich seine mächtige Gestalt tiefer unter dieser Last; seine Augen begannen ihr Feuer, seine Gedanken ihre frühere Klarheit zu verlieren.

Er konnte nicht mehr. Er hatte genug.

In dieser Sackgasse endete also sein Leben. Mit verstörtem Blick schaute er noch einmal auf den Weg zurück. Die Illusionen, die er sich zu Maximen gemacht und denen er alles geopfert hatte, waren zu einer einzigen langen Spur von Scherben geworden. Und in ihm lag eine Wüste, übersät mit Ruinen einer Welt, die es nie gegeben hatte und nie geben würde.

Was tun? – Sterben? – Es wäre das folgerichtige Ende gewesen. Aber er konnte sich nicht entschließen.

Nein – Angst vor dem Tod hatte er nicht. Für diesen großen Geist übte der Tod nur eine natürliche Funktion aus; er war nicht wichtiger und ebenso wenig zu fürchten wie die Geburt. Aber gerade aus diesem natürlichen Empfinden heraus sträubte er sich gegen einen Akt der Willkür, der ihm nicht zustand.

Wie ein gewissenhafter Handwerker seine begonnene Arbeit nicht halbfertig liegenlassen kann, so mußte er bis ans Ende gehen. Er war sich der Pflicht bewußt, seinen Mitbürgern den ganzen Rest an Kraft und Aufopferung zu geben, dessen er noch fähig war. Er wußte, daß er nicht genug getan hatte, solange er nicht alles getan hatte.

Waren das wirklich so unvereinbare Widersprüche?

Endlich schien sich der Kaw-djer wieder der Anwesenheit des chilenischen Offiziers zu entsinnen, der inzwischen recht ungeduldig geworden war, und er wandte sich ihm zu:

»Monsieur, Sie haben mir vorhin mit Gewalt gedroht. Sind Sie sich im klaren über unsere militärische Stärke?«

»Militärische Stärke?« fragte der Offizier überrascht zurück.

»Sehen Sie sich das an und urteilen Sie selbst!« sagte der Kaw-djer und forderte ihn auf, zum Fenster zu kommen.

Unten auf dem Platz, gegenüber dem Regierungsgebäude, standen die hundertfünfzig chilenischen Soldaten in Reih und Glied, vor ihnen die Unteroffiziere. Aber ihre Lage wäre in einem Ernstfall hoffnungslos gewesen, denn fünfhundert Hostelier hatten – ebenso sauber in Reih und Glied ausgerichtet, mit geladenen Karabinern und aufgepflanzten Bajonetten – rings um sie ein Karree gebildet.

»Die hostelische Armee verfügt heute über fünfhundert Gewehre«, erklärte der Kaw-djer freundlich. »Morgen werden es tausend sein, übermorgen fünfzehnhundert.«

Der chilenische Offizier wurde blaß. In was für ein Wespennest war er da geraten! Sein Auftrag schien ihm plötzlich mehr als fragwürdig. Trotzdem versuchte er, Haltung zu bewahren.

»Der Kreuzer –« begann er mit nicht ganz überzeugender Stimme.

» – nützt Ihnen nicht viel«, unterbrach ihn der Kaw-djer: »Er hat ein paar Kanonen, wir haben auch welche.«

»Chile –« stotterte der Offizier, der sich natürlich nicht geschlagen geben wollte. Aber der Kaw-djer schnitt ihm erneut das Wort ab:

»– hat noch mehr Schiffe und noch mehr Kanonen und auch viel mehr Soldaten als wir, das wissen wir alles. Aber es würde mit einem Krieg gegen uns ein sehr schlechtes Geschäft machen. Eine gebirgige Insel mit sechstausend Einwohnern, die jeden Felsen kennen und verteidigen, ist nicht im Handstreich zu nehmen. Ganz zu schweigen von Ihren hundertfünfzig Mann dort unten, die für uns wertvolle Geiseln wären.«

Der Offizier schwieg. Der Kaw-djer trat einen Schritt auf ihn zu:

»Und noch etwas: Wissen Sie eigentlich, wer ich bin?«

Der Chilene betrachtete seinen Gegner, der ihm immer unbehaglicher wurde und in dessen souveränem Blick die Antwort auf die eigene Frage zu stehen schien. Völlig verwirrt meinte er:

»Ich verstehe nicht recht. Vor zwölf oder dreizehn Jahren gingen einmal Gerüchte um. Der Kapitän der *Ribarto* glaubte Sie erkannt zu haben. Aber offensichtlich war das ein Irrtum, denn Sie selber hatten ja diese Identität abgestritten!«

»Die Gerüchte entsprachen den Tatsachen«, sagte der Kaw-djer. »Wenn ich damals vergessen hatte, wer ich einmal war, und auch heute nicht daran erinnert sein will, so ist das meine Angelegenheit. Für Sie, Monsieur, wäre es allerdings kein Fehler, diese Tatsache Ihren Überlegungen zugrunde zu legen. Vielleicht kommen Sie dann zur Einsicht, daß ich sehr leicht Verteidiger unserer Unabhängigkeit finden könnte, die diplomatisch einflußreich und notfalls militärisch stark genug wären, um die chilenische Regierung zur Revision ihrer diese Insel betreffenden Pläne zu veranlassen.«

Der Offizier hatte nichts mehr zu erwidern. Er gab sich geschlagen.

»Glauben Sie mir nun endlich«, fragte der Kaw-djer, »daß ich es nicht nötig habe, schlicht und einfach nachzugeben, sondern daß wir lieber versuchen sollten, gemeinsam und als gleichgestellte Verhandlungspartner eine vernünftige Lösung zu finden?«

Der chilenische Offizier hob überrascht den Kopf. – Verhandlungspartner? Der Kaw-djer wollte verhandeln? Unter diesem neuen Aspekt konnte dieses unvorsichtige Abenteuer vielleicht doch noch zu einem erträglichen Abschluß gebracht werden!

»Natürlich wird es davon abhängen, wie weit Sie uns entgegenkommen können«, fuhr der Kaw-djer fort, »das heißt, mit welchen Vollmachten Sie ausgestattet sind.«

»Mit sehr weitgehenden!« versicherte der Offizier lebhaft.

»Haben Sie das schriftlich?«

»Ja – schriftlich!«

»Darf ich sehen?« fragte der Kaw-djer.

Der Offizier zog aus der Innentasche seines Waffenrocks einen zweiten Umschlag, öffnete ihn und gab dem Kaw-djer das Schreiben.

»Hier – bitte!«

Hätte sich der Kaw-djer mit dem ersten Beglaubigungsschreiben begnügt, so wäre dieses weit wichtigere Dokument nie zum Vorschein gekommen. Er las es mit großer Aufmerksamkeit; tatsächlich enthielt es umfassende Verhandlungsvollmachten für den Offizier.

»Es ist völlig in Ordnung«, erklärte er dem Offizier und reichte das Schreiben lächelnd zurück. »Ich kann also Ihrer Unterschrift dasselbe Vertrauen schenken wie der unter der Unabhängigkeitsgarantie vom 26. Oktober 1881, die sich übrigens als sehr brüchig erwiesen hat, wie Ihre Anwesenheit ja beweist.«

Der Offizier biß sich auf die Lippen und gab keine Antwort. Auch der Kaw-djer schwieg eine Weile, dann fuhr er fort:

»Reden wir trotzdem ganz offen miteinander. Die chilenische Regierung will die Insel Hoste wieder unter ihren Einfluß bringen. Ich könnte mich widersetzen, aber das möchte ich nicht – im Gegenteil: Unter gewissen Bedingungen stimme ich dieser Forderung sogar zu.«

»Bitte nennen Sie Ihre Bedingungen!«

»Die chilenische Regierung wird auf der Insel Hoste keine Zölle einführen und keine Steuern oder Abgaben irgendwelcher Art erheben. Auch später nicht, das heißt, wenn die Goldlager einmal erschöpft sind. Was diese Goldminen angeht, so hat Chile völlig freie Hand. Von ihnen kann es jederzeit die ihr angemessen erscheinenden Anteile festsetzen und einziehen.«

Der Offizier traute seinen Ohren nicht. Damit wurde ihm ja ohne Schwierigkeiten und ohne Diskussion das, worauf es seiner Regierung ankam und weswegen sie ihn geschickt hatte, sozusagen geschenkt! Über alles übrige würde man sich rasch einig werden!

Der Kaw-djer fuhr fort:

»Die Souveränität Chiles wird sich also auf seine Gewinne aus der wirtschaftlichen Ausbeutung der Minen beschränken. Die Insel Hoste selbst behält – genau wie bisher – ihre Autonomie und ihre Flagge, Chile kann einen Geschäftsträger auf der Insel bestellen, der aber wohlverstanden nur eine beratende Stimme hat. Die Regierung bleibt in den Händen des durch Volksabstimmung gewählten Rats und eines Gouverneurs, den ich bestimme.«

»Wie meinen Sie das? Der Gouverneur sind Sie doch selber!« rief der Offizier erstaunt.

»Nein«, entgegnete der Kaw-djer, »ich kann nur in unbeschränkter und unantastbarer Freiheit leben. Außerdem bin ich es genauso überdrüssig, Befehle zu erteilen, wie ich nicht in der Lage bin, welche zu akzeptieren. Deshalb ziehe ich mich zurück – behalte mir nur noch das Recht vor, meinen Nachfolger zu ernennen.«

Der Offizier hörte sich die unerwartete Erklärung an, ohne zu unterbrechen. War dieser alte Mann wirklich so enttäuscht, daß er für sich selber gar nichts mehr zu fordern hatte?

»Mein Nachfolger heißt Dick«, fuhr der Kaw-djer mit ziemlich müder Stimme fort. »Einen anderen Namen hat er nicht. Er ist erst zweiundzwanzig Jahre alt, aber als mein Adoptivsohn großgeworden und für sein Amt gut vorbereitet. Ich kann mich für ihn verbürgen. In seine Hände – und nur in seine – will ich die Macht legen. Das sind meine Bedingungen.«

»Ich nehme sie an«, sagte der Offizier sofort. Er war glücklich, in der Hauptfrage, der Besteuerung der Goldminen, seiner Regierung einen Erfolg mitbringen zu können.

»Gut«, nickte der Kaw-djer, »dann werden wir unsere Abmachung gleich schriftlich fixieren!«

Der Vertrag wurde in drei Exemplaren angefertigt und von beiden Kontrahenten sofort unterzeichnet.

»Ein Exemplar ist für Ihre Regierung bestimmt«, erklärte der Kaw-djer, »ein zweites für meinen Nachfolger. Das dritte behalte ich selber – für den Fall, daß die Abmachungen, die der Vertrag festlegt, nicht eingehalten werden sollten. Vor einer solchen Unvorsichtigkeit möchte ich Ihre Regierung aber noch einmal nachdrücklich warnen. Und noch etwas«, fügte er hinzu und legte dem Offizier ein zweites Dokument vor: »Es betrifft meine persönliche Situation. Bitte lesen Sie, in dieser Verfügung ist das alles geregelt.«

Der Offizier las und wunderte sich bei jeder Zeile mehr.

»Wie?« rief er und gab das Schriftstück zurück. »Das ist doch nicht Ihr Ernst?«

»Doch!« antwortete der Kaw-djer. »Es ist mir sogar so ernst damit, daß ich diese Verfügung zur *conditio sine qua non* für den anderen Vertrag mache. Sind Sie also mit beidem einverstanden?«

»Selbstverständlich!«

Die Unterschriften unter das zweite Dokument wurden ausgetauscht.

»Damit wäre alles geregelt«, schloß der Kawdjer die Unterredung. »Schiffen Sie jetzt Ihre Leute ein. Sie dürfen unter gar keinen Umständen die Insel Hoste wieder betreten. Und morgen wird die neue Regierung ihr Amt übernehmen. Seien Sie versichert, der Übergang wird sich völlig reibungslos vollziehen. Ich muß Sie bis dahin nur um strengste Diskretion bitten.«

Damit entließ er den chilenischen Offizier und ließ Karroly rufen. Während man ihn holte, schrieb er einige Zeilen auf einen Zettel, steckte ihn – zusammen mit dem Exemplar des Vertrags – in einen Umschlag und klebte diesen zu. Die Arbeit erforderte nur wenige Minuten und war beendet, als der Indio kam.

»Schaffe all dieses Zeug auf die *Wel-kiej*«, sagte er und gab Karroly eine Liste, die außer einer beträchtlichen Menge von Lebensmitteln Pulver, Kugeln und Saatgut enthielt.

Bei aller blinden Ergebenheit wunderte sich Karroly so sehr, daß er ganz gegen seine Gewohnheit anfing, Fragen zu stellen: Wohin soll die Reise gehen? Warum nahm man nicht den Kutter statt der alten Schaluppe? Doch der Kaw-djer antwortete ihm nur mit einem einzigen Wort:

»Gehorche!«

Als Karroly gegangen war, ließ er Dick rufen.

»Mein Sohn«, sagte er und reichte ihm den verschlossenen Umschlag, »hier gebe ich dir ein wichtiges Dokument. Es gehört dir. Du wirst den Umschlag aber erst morgen früh öffnen. Nicht vor Sonnenaufgang!«

Dick versprach es.

Die Überraschung, die er dabei empfand, ließ er sich nicht anmerken. Er war so geübt in Selbstbeherrschung, daß man ihm sein Erstaunen nicht einmal ansah. Und überdies war es ein Befehl, und einen Befehl diskutiert man nicht – man führt ihn aus.

»Gut«, sagte der Kaw-djer, »dann geh jetzt und halte dich genau an meine Anweisungen.«

Sobald der Kaw-djer allein war, trat er ans Fenster und schob den Vorhang zur Seite. Er schaute lange hinaus. Er wollte sich zum letztenmal das Bild einprägen, das er nie wieder sehen sollte.

Vor ihm lag Liberia, dahinter Neudorf, und noch weiter entfernt standen die Mastspitzen der Schiffe über der Bucht.

Der Abend dämmerte, die Arbeit des Tages war getan. Zuerst belebte sich die Straße nach Neudorf, dann wurde mit der einbrechenden Nacht in Liberia ein Fenster nach dem anderen hell.

Diese Stadt, diese Tätigkeit und diese Ruhe, diese Ordnung und diese Zufriedenheit – all das war sein Werk. Er dachte noch einmal daran, wie alles angefangen hatte. Er war sehr müde und sehr stolz.

Und jetzt endlich durfte er an sich selber denken. So wie er gekommen war – ohne Interessen und Ambitionen –, würde er wieder gehen, nachdem er aus einem hilflosen Menschenhaufen ein reiches, glückliches und mächtiges Volk gemacht hatte. Wer auch immer diese Leute regieren mochte, sie würden den Wechsel nicht einmal bemerken. Er aber konnte als einziger so sterben, wie er sich immer zu leben gewünscht hatte: in Freiheit!

Der Abschied war ihm die Erlösung, und keiner sollte davon wissen: weder der gute alte Karroly, noch sein Freund Harry Rhodes oder Hartlepool – nicht einmal Dick. Wozu auch? Zum zweitenmal – und endgültig – verließ er die Menschen.

Und endgültig und endlos konnte sich jetzt auch seine Liebe ausweiten; unpersönlich werden wie die eines Gottes und die ganze Welt umfassen. Sie brauchte keine kindischen Gebärden mehr: Abschied nehmen, Umarmungen – ohne ein Wort und ohne ein Zeichen wollte er verschwinden.

Die Nacht wurde sehr finster. Wie Augen, die sich zum Schlaf schließen, erloschen die Lichter in den Fenstern – eines nach dem anderen. Endlich war das letzte Haus eingeschlafen.

Der Kaw-djer verließ das Regierungsgebäude und ging nach Neudorf. Er begegnete keinem Menschen.

Die *Wel-kiej* schaukelte am Kai. Der Kaw-djer stieg ein und zog den Anker hoch. Mitten im Hafen sah er den großen Schatten des chilenischen Schiffes. In Liberia schlug eine Glocke Mitternacht. Der Kaw-djer schaute nicht zurück. Er hißte das Segel und steuerte das offene Meer an.

Die *Wel-kiej* nahm Fahrt auf und ließ die Molen hinter sich. Eine frische Brise aus Nordwest bauschte das Segel auf. Der Kaw-djer hielt die Ruderpinne in der müden Hand und lauschte den Wellen, die leise an die Schiffsplanken klatschten.

Als er schließlich doch noch einen letzten Blick zurückwerfen wollte, war es zu spät. Alles lag schon in der Nacht, im Nebel der Vergangenheit: Neudorf, Liberia, die Insel Hoste.

Das Stück war zu Ende, der Vorhang war gefallen.

FÜNFZEHNTES KAPITEL

ALLEIN

Am nächsten Morgen öffnete Dick beim ersten Sonnenstrahl den Umschlag, den ihm der Kawdjer gegeben hatte. Er las:

Mein Sohn!

Ich habe genug vom Leben und brauche nichts mehr als Ruhe. Wenn du diesen Brief liest, habe ich die Kolonie schon verlassen und werde nie mehr zurückkommen.

Ich vertraue dir die Zukunft dieses Staates an. Du bist zwar noch sehr jung für eine solche Aufgabe, aber ich weiß, du wirst ihr gewachsen sein.

Halte dich loyal an das von mir unterzeichnete Abkommen mit Chile und verlange die gleiche Loyalität auch von der Gegenseite. Es ist anzunehmen, daß die chilenische Regierung auf die nominelle Wahrung ihrer Rechte wieder verzichten wird, sobald die Goldlager erschöpft sind.

Der Vertrag kostet die Hostelier vorübergehend die Insel Hoorn, die in meinen Privatbesitz übergeht. Nach meinem Tod wird sie an Hoste zurückfallen.

Ich selbst ziehe mich nach dem Kap zurück; dort will ich mein Leben zu Ende führen.

Sollte Chile seine Verpflichtungen nicht einhalten, weißt du, wo du mich findest. Aber nur in diesem Fall darfst du dich meiner erinnern, und das ist kein Wunsch, sondern ein Befehl: mein letzter!

Leb wohl! Denke immer daran, daß es nur ein einziges menschenwürdiges Ziel gibt: die Gerechtigkeit; einen einzigen Haß: die Sklaverei; eine einzige Liebe: die Freiheit!

Zur gleichen Stunde, als Dick in verständlicher Erregung dieses Testament des Mannes las, dem er so viel verdankte, segelte dieser – ein kaum wahrnehmbarer Punkt auf der unendlichen Wasserfläche – immer weiter nach Süden. Tiefe Sorgen hatten sich in seine Stirn gegraben, aber die Hand hielt das Ruder der *Wel-kiej* auf strengem Kurs.

Die Morgendämmerung färbte den Himmel,

und goldene Strahlen zitterten über dem wogenden Spiegel des Meeres. Der Kaw-djer hob den Kopf, seine Augen suchten im Süden den Horizont ab. Und da tauchte auch schon ganz fern die Insel Hoorn aus dem immer heller werdenden Licht. Gebannt hingen die Blicke des Kaw-djer an diesem Nebelgebilde, dem Ziel und Ende seiner letzten Fahrt; nicht nur jener, die er im Augenblick unternahm, sondern der seines ganzen Lebens.

Gegen zehn Uhr morgens steuerte er eine kleine, vor der Brandung geschützte Bucht an. Er stieg an Land und lud die Schaluppe aus. In einer halben Stunde hatte er alles am Strand gestapelt.

Dann griff er nach seiner Axt und schlug mit einem hastigen Schlag – wie ein Mann, der ganz schnell eine unangenehme Arbeit hinter sich bringen will – ein großes Leck in die Schaluppe. Gurgelnd drang das Wasser in die offene Wunde, und wie ein tödlich getroffenes Tier taumelte die *Welkiej* nach Backbord, bäumte sich noch einmal hoch und sackte dann weg.

Der Kaw-djer sah sie verschwinden, und die Axt glitt ihm aus der Hand. Er spürte, wie in seinem Innern etwas zu bluten anfing. Er schämte sich der Zerstörung seiner Schaluppe, die ihm so viele Jahre treu gedient hatte. Ihm war, als habe er einen Mord auf dem Gewissen. Aber er mußte es tun. Er mußte die Vergangenheit umbringen. Erst mit diesem Axthieb war der letzte Faden, der ihn mit der Welt verbunden hatte, durchschnitten.

Er brauchte den ganzen Tag, um den Proviant und die Geräte, die er mitgebracht hatte, zum Leuchtturm zu transportieren und alles, was er dort vorfand, auszukundschaften. Der Leuchtturm selbst und die elektrischen Anlagen waren betriebsbereit, die Wohnung für die Wärter fertig eingerichtet. Materielle Schwierigkeiten würde es keine geben – im Gegenteil: Er würde hier komfortabler und sorgloser leben als irgendwann in den letzten zwanzig Jahren. Es waren reichlich Vorräte und Konserven da, er konnte sich mit seiner Flinte zusätzlich Seevögel schießen und das verschiedene Saatgut, mit dem er sich eingedeckt hatte, an geschützten Stellen zwischen Felswänden auswerfen. Gegen abend wollte er noch einmal zum Strand hinunterklettern. Da fiel ihm – noch ganz in der Nähe des Turms – ein Haufen Steine auf, die vom Ausheben des Fundaments stammten.

Einer dieser Steine war weggerollt bis an den Rand des Plateaus. Man hätte ihn nur mit dem Fuß leicht anzustoßen brauchen, und er wäre hinuntergefallen ins Meer.

Dieser Stein glitzerte, und der Kaw-djer ging hin und bückte sich. Haß und Verachtung standen in seinem Gesicht.

Denn er hatte sich nicht getäuscht: Der von glänzenden Adern durchzogene Stein war Goldquarz, war vielleicht ein ganzes Vermögen wert, dieser eine Brocken! Die Arbeiter hatten ihn übersehen, und deshalb lag er noch hier, unbeachtet und wertlos.

So verfolgte ihn also dieses verfluchte Metall bis ans Ende der Welt und seines Lebens! Noch einmal stiegen die Bilder all der Katastrophen in ihm auf, die seine Insel heimgesucht hatten: das Goldfieber der Hostelier, die Invasion der Verbrecher aus allen Winkeln der Erde, der Hunger, die Not, Mord und Verfall –

Er stieß mit dem Fuß den Goldklumpen in die Tiefe, dann hob er die Schultern und ging weiter, zum äußersten Ende des Kaps.

Hinter ihm ragte die imposante Eisenkonstruktion hoch, an deren Spitze die Scheinwerfer montiert waren. Noch an diesem Abend würde zum erstenmal ein lichtstarkes Strahlenbündel den Schiffen ihre Position zeigen.

Der Kaw-djer stand am Strand und schaute übers Meer – von einem Horizont zum anderen.

Schon einmal war er am Abend an diesen letzten Zipfel der bewohnten Welt gekommen. Damals hatte er im Orkan den Schuß gehört – aus der Kanone der *Jonathan*, die sich in Seenot befand. Welche Erinnerung! Dreizehn Jahre war das jetzt her!

Heute brauste kein Sturm, und nirgends pflügte ein Schiff die flachen Wellen. Wohin sich der Blick auch wandte, ringsum nur die unendliche Weite und Stille des Meeres. Und selbst hinterm Horizont gab es nichts mehr; denn dort, im südlichsten Süden, schlief die Antarktis ihren ewigen Schlaf; das tote Land, die Welt aus Eis, in der es kein Leben gibt.

So hatte er also sein Ziel erreicht – und dieser

Felsen war sein Refugium. Auf einem dunklen Weg war er hierhergekommen. Die kleinen Ängste und Schmerzen der Menschen hatte er nie gekannt. Er war immer sein eigener Tyrann gewesen. Er brauchte nicht auf diesem fast unsichtbaren Punkt in einer fast unendlichen Wasserwüste enden. Es hätte bei ihm gelegen, einer der Glücklichsten und Mächtigsten zu sein, die unsere Welt beneidet und vor denen sie kniet. – Warum war er hier?

Weil er nirgends sonst die Kraft gefunden hätte, die Last zu tragen, die ihm sein Anspruch an die Menschenwürde auferlegte.

Die wahren Tragödien – und sie sind grausamer als die auf der Bühne – spielen sich im Geist und im Empfinden ab. Wer zur Katharsis gelangt, zerbrochen und ausgebrannt, dem bleibt nur noch der Tod oder das Kloster. Der Kaw-djer hatte das Kloster gewählt. Dieser Felsstock war eine Zelle mit undurchsichtigen Mauern aus Licht und Raum.

Keiner sage, er hätte ein besseres Los verdient! Wir sterben, aber unser Wirken lebt weiter in dem, was sich daraus ergibt. Wir gehen und vergehen, aber unsere Schritte lassen im Sand der Geschichte ewige Spuren zurück. Alles, was geschieht, ist Folge von vergangenem Geschehen, und die Zukunft ist lediglich die unbekannte Verlängerung der Gegenwart.

Was immer aus dem Volk werden würde, das er geschaffen hatte – auch wenn es nach einem einzigen heißen Sommertag verwelken, ja wenn die ganze Erde in Stücke gesprengt und in die kosmische Unendlichkeit hinausgeschleudert werden sollte: Das Werk des Kaw-djer ging damit nicht unter; denn es war vollbracht worden, es war eingetragen in die Liste menschlicher Schöpfungen.

Aufrecht wie eine hohe Säule stand er auf dem Gipfel der Klippe. Die untergehende Sonne vergoldete sein lederbraunes Gesicht. Der Wind zerrte an seinen weißen Haaren und an seinem weißen Bart.

Er schaute und dachte über alle Grenzen aller Meere hinweg. Er freute sich. Denn sogar hier konnte er noch nützen. Und war endlich frei; frei und allein – für immer!

Die Erfindung des Verderbens
Roman. Deutsch von Karl Wittlinger.
detebe 64/XIII

Die Leiden eines Chinesen in China
Roman. Deutsch von Erich Fivian.
detebe 64/XIV

Das Karpathenschloß
Roman. Deutsch von Hansjürgen Wille
und Barbara Klau. detebe 64/XV

Die Gestrandeten
Roman in zwei Bänden. Deutsch
von Karl Wittlinger. detebe 64/XVI–XVII

Der ewige Adam
Geschichten. Deutsch von Erich Fivian.
detebe 64/XVIII

Robur der Eroberer
Roman. Deutsch von Peter Laneus.
detebe 64/XIX

Als Sonderbände erschienen:

Zwei Jahre Ferien
Roman. Deutsch von Erika Gebühr

Die großen Seefahrer und Entdecker
Eine Geschichte der Entdeckung und Erforschung der Erde
im 18. und 19. Jahrhundert. Mit zahlreichen Stichen
und Karten. Deutsch von Claudia Schmölders

Das erstaunliche Abenteuer der ›Expedition Barsac‹
Roman aus dem Nachlaß. Deutsche Erstausgabe.
Übersetzung von Eva Rechel-Mertens